Stoll, Otto

Die Sprache der Kekchi-Indianer

Nebst Die Uspanteca

Stoll, Otto

Die Sprache der Kekchi-Indianer

Nebst Die Uspanteca

Inktank publishing, 2018

www.inktank-publishing.com

ISBN/EAN: 9783750125872

DIE

MAYA-SPRACHEN

DER

POKOM-GRUPPE.

ZWEITER TEIL.

DIE SPRACHE DER K'E'KCHI-INDIANER.

NEBST EINEM ANHANG:

DIE USPANTECA.

VON

DR. MED. OTTO STOLL,

O. Ö. PROFESSOR DER GEOGRAPHIE UND ETHNOLOGIE AN DER UNIVERSITÄT ZÜRICH.

LEIPZIG

K. F. KÖHLER'S ANTIQUARIUM

1896.

Inhaltsverzeichnis.

Seite

Vorwort VII
Einleitung 1
Grammatik der K'e'kchí-Sprache 15
Phonologie 15
Wortbildung 17
Das Pronomen possessivum 18
Das Nomen 19
Derivate mit einfachen Suffixen 20
Derivate mit synthetischen Suffixen 22
Präfix-Derivate 25
Die Pluralbildung beim Nomen 27
Nominalstämme als Präpositionen 29
Die einfachen und synthetischen Formen des Pronomen personale 34
Das Pronomen demonstrativum 39
Das Pronomen interrogativum 41
Das Pronomen indefinitum 43
Das Numerale 43
Das Verbum 51
I Suffixe verbalen Gebrauches 56
II Suffixe nominalen Gebrauches 57
A. Die Transitiv-Konjugation 59
B. Die Neutral-Konjugation 61
Die Passiv-Konjugation 67
Die Konjugation mit persönlichem Objekt 70
Die Suffixderivate des Verbo-Nomens mit possessivem Verbalpräfix 73
Die Suffixderivate nominalen Gebrauches 91
Verbo-Nomina mit anomaler oder defektiver Flexion 95
Die Bildung der Imperative 102

Seite

Die Pluralbildung des Imperatives 107
Die Negation des Verbalinhaltes 108
Syntaktische Bemerkungen zur Verbalflexion . 112
Der abhängige Verbalinhalt . . . 115
Das Adverbiale 116
Der zusammengesetzte Satz 118
Lehnworte des K'e'kchí 120
Sprachproben 123
Wörterbuch 128
Die Uspanteca 193
Die Sprache von Uspantan 197
Wortverzeichnis 206
Ergänzungen 222

Vorwort.

Vor acht Jahren hatte ich unter dem Titel „die Sprache der Pokonchí-Indianer" den ersten Teil einer monographischen Bearbeitung der „Maya-Sprachen der Pokom-Gruppe" erscheinen lassen, deren Fortsetzung und Abschluss die nachstehend gegebene Untersuchung bildet. Diese umfasst in ausführlicherer Behandlung das K'e'kchí und in kürzerer Fassung auch die Sprache von Uspantan.

Die Pokom-Sprachen umfassen heute keine andern Idiome mehr als das Pokonchí- mit dem Pokomam, das K'e'kchí und die Uspanteca. Ob in vorspanischer Zeit noch andere Sprachen dieser Gruppe in der nördlichen Verapaz, speziell in den heute unbewohnten Ländereien, welche das Gebiet der Maya von Peten vom K'e'kchí trennen, geredet wurden, ist unbekannt, da aus dieser Gegend nur wenige, nicht mehr sicher zu klassifizierende Stammnamen in den Chronisten erwähnt werden.

Dem Pokonchí und im weitern auch den Sprachen der Qu'iché-Gruppe steht das K'e'kchí als sehr selbständiges und gut charakterisiertes Idiom gegenüber, dessen Erhaltungszustand glücklicherweise noch vollständig ausreicht, um eine klare Einsicht in den Sprachbau zu ermöglichen. Die sprachliche Analyse des K'e'kchí lässt nun als hervorstechendstes Merkmal dieser Sprache eine auffällige Verschleifung der Formen erkennen, gegenüber welcher die verwandten Sprachen der Qu'iché-Gruppe ein geradezu archaisches Gepräge besitzen, derart, dass viele Formen des K'e'kchí überhaupt nur unter Zuhülfenahme der archaischen Bildungen des Cakchiquel und Qu'iché zu analysieren und zu verstehen sind. Diese Verschleifung beschlägt in erster Linie die verbalen Suffixderivate. So sehr nun auch in der Schätzung des relativen Alters der

Maya-Sprachen Guatemalas die grösste Vorsicht geboten ist, werden wir doch kaum umhin können, im K'e'kchí eine Sprache zu erblicken, deren Bildung in späterer Zeit erfolgt ist, als diejenige der Qu'iché-Sprachen. Unter welchen Umständen und wann aber die Trennung der beiden Stamm-Gruppen erfolgt ist, entzieht sich der sichern Beurteilung vollständig.

Praktische Zwecke verfolgt die vorliegende ebensowenig wie meine früheren Arbeiten; ihr ausschliessliches Ziel ist die wissenschaftliche Untersuchung eines interessanten Gliedes der Maya-Familie. Bei dem regen Eifer aber, mit welchem in jüngster Zeit die archäologische Durchforschung des K'e'kchí-Gebietes an die Hand genommen wurde, dürfte wohl auch die Untersuchung seiner Sprache eine willkommene Ergänzung bieten.

Zürich, 1. Mai 1896

Otto Stoll.

Einleitung.

Der Oidor D. Diego Garcia de Palacio giebt in seiner vom Jahre 1576 datierten „Carta dirijida al Rey de España" eine Aufzählung der indianischen Sprachen für die damalige Audiencia de Guatemala. In derselben figurieren für die Verapaz das Poconchi und das „Caechicolchi". Da nun ein Idiom dieses Namens seither nicht bekannt geworden ist, so darf man wohl vermuten, dass erstlich Caechicolchi eine irrtümliche Schreibung (vielleicht nicht auf Rechnung des Originals, sondern erst der gedruckten Ausgabe zu setzen) für Cacchicolchi sei und dass ferner letztere Bezeichnung auf einer Verwechslung des K'e'kchí mit dem Cakchiquel beruhe, was bei der zu Palacio's Zeit noch sehr geringen Kenntnis der ethnographischen Verhältnisse der nördlichen Verapaz sehr begreiflich ist.

Bei den späteren Schriftstellern finden wir, wenn wir von dem nicht zu den Verapaz-Sprachen gehörigen Cakchiquel und dem Pokonchí absehen, bloss noch die Bezeichnungen *Caichi Kachi* und *Kakchi* für eine Sprache der Verapaz.

Der gut informierte Hervás[1]) sagt darüber: „Das Cakchiquel und Pocoman wurde in der Provinz Guatemala geredet, das Cakchi in der Provinz Verapaz in der Erstreckung von dreissig Leguas und in einer Ausdehnung von sechzehn Leguas westlich von den Cakchis das Poconchi. Der ganze Cakchi-Stamm

[1]) Hervás Catálogo I, p. 304 u. ff. Ich citiere die erst im Jahre 1800 erschienene spanische Ausgabe, da sie mit Hinsicht auf das K'e'kchi vollständiger und korrekter ist, als die italienische Originalausgabe von 1787.

ist durch die Dominikaner von San Vicente de Chiapa und von Guatemala bekehrt worden, und die Missionen im Cakchi-Gebiet sind Cobal[1]), San Pedro Carchado[2]), San Agustin[3]) und Sta Maria Cahabon."

Hervás war es auch, der zuerst die Verwandtschaft der Maya von Yucatan mit den Sprachen von Guatemala, dem Cakchi, Pokonchi, Cakchiquel und Pokomam entdeckte, wie aus folgender Stelle des Catálogo hervorgeht: „Ich verdanke die Entdeckung der Verwandtschaft dieser Sprachen der Kenntnis, welche ich vom Cakchi durch einen Cakchi-Indianer Namens Domingo Tot Baraona erlangte, eines Dieners des R. P. Miguel Zaragoza, der als Prokurator des Predigerordens in den letzten Jahren von Guatemala nach Rom kam. Der genannte Tot, welcher im Alter von sechzehn Jahren eine Aufgewecktheit und eine Begabung bekundete, wie sie nicht häufig sind und bei jungen Europäern desselben Alters sehr gerühmt würden, verstand vollkommen seine Muttersprache und das Spanische und nicht wenig vom Pocoman. Dadurch konnte ich diese mit andern amerikanischen Sprachen vergleichen und ich fand, dass sie in ihren Zahlen und vielen andern Wörtern, sowie in nicht Wenigem des grammatischen Baues der Maya-Sprache glichen, welche in Yucatan geredet wird: und aus dieser Vergleichung schloss ich, dass der Stamm der Yucateken sich in alter Zeit durch die hauptsächlichsten Provinzen Yucatan, Tabasco und Chiapas bis zur Enge von Panamá erstreckte."

Im „Saggio pratico delle lingue" giebt Hervás als einzige Sprachprobe ein Paternoster, das ihm von dem oberwähnten Prokurator von Chiapas, dem Dominikaner P. Miguel Zaragoza mitgeteilt wurde. Aus demselben ergiebt sich, dass das Kacchi des Hervás wirklich das heute noch geredete K'e'kchí der Alta Verapaz ist.

Wenn Hervás aber weiter sagt[5]), dass die alte Sprache von Guatemala von den Spaniern Poconchi und Pocomam genannt wurde, und dass diese Worte vielleicht von *pancoi* abgeleitet

---

[1]) Irrtümlich für Coban, dessen ältester überlieferter Name Coboan ist.

[2]) San Pedro Carchá.

[3]) Heute San Agustin Lanquin.

[4]) Articolo V, p. 226.

[5]) Vocabol. poliglotto p. 34.

seien, welches „Ort des Adlers“ bedeute und der Name der Hauptstadt der Indianer gewesen sei, so beruht diese Angabe auf mehrfacher Verwechslung. Erstlich waren die ersten Sprachen Guatemala's, mit welchen die Spanier bekannt wurden, nicht das Pokonchi und Pokomam, sondern diejenigen der Qu'iché-Gruppe, das Qu'iché und das Cakchiquel, welch letzteres auch geradezu als „Guatemalisch“ (guatemalico bei Flores) bezeichnet wurde, vom alten Nahuatl-Namen des Cakchiquel-Reiches: Quauhtemallan, der später der Name des ganzen Landes wurde. Ferner steht *pancoi* irrig für *panchoy* und müsste also italienisch *pancioi* geschrieben werden. *panchoy* aber ist nicht der Name einer der alten indianischen Hauptstädte, sondern derjenige des Thales von Antigua Guatemala und bedeutet nicht „Ort des Adlers“, sondern „im See“, wie denn in der That dieses Thal heute noch als alter Seegrund zu erkennen ist. Als „Ort des Adlers“, welches eine schlechte Uebersetzung von *tz'iquinajay* ist, wurde dagegen eine Ortschaft der Tz'utujil-Indianer am See von Atitlan bezeichnet.

Die von Hervás solchergestalt angerichtete Verwirrung ist dann auch in den „Mithridates“ von Adelung und Vater übergegangen[1]). Hervás selbst hat später in die spanische Ausgabe des „Catálogo de las lenguas“ vom Jahre 1800 die richtige Form *pancho* und deren richtige Übersetzung „dentro del agua“ aufgenommen.

Juarros[2]) zählt unter den 26 von ihm für das damalige „Reyno de Guatemala“ genannten Sprachen auch ein „Caichi“ und ein „Quecchi“ auf und zwar sind beide Namen in seiner Liste durch eine Reihe anderer Sprachnamen getrennt, so dass sich keine Anhaltspunkte dafür gewinnen lassen, ob damit zwei verschiedene Sprachen, resp. Dialekte, gemeint waren, oder ob es sich dabei bloss um zwei verschiedene Benennungen für eine und dieselbe Sprache handle. Aus einigen anderen Punkten seiner Sprachenliste lässt sich jedoch der Schluss ziehen, dass Juarros diese Sprachen nicht selbst kannte, sondern bloss die Namen zusammenstellte, die er in der Litteratur fand oder die ihm von den Ortsgeistlichen genannt worden waren. Was das

---

[1]) Vater, Mithridates 3, 3, p. 5 und 6.

[2]) Juarros, II p. 55 (2. Ed.).

1*

Caichi und Quecchi betrifft, so finden wir in seiner „Geografia ecclesiástica“[1]) das „Caichi“ als die Sprache von Sto. Domingo Coban und San Pedro Carchá angegeben, während das „Quecchi“ für die Ortschaften Cajabon und San Agustin Lanquin genannt wird.

Der Name Caichi ist sehr wahrscheinlich auf eine irrtümliche Lesung oder Schreibung für Cacchi zurückzuführen, sei es, dass bereits Juarros den Namen im Bericht seines Gewährsmannes unrichtig las, sei es, dass es sich dabei um einen Druckfehler handelt.

Brasseur de Bourbourg[2]) kehrt dieses von Juarros angegebene Verhältnis um, indem er, wohl aus Unachtsamkeit bei der Benützung des Juarros, das Caichi für Cajabon und Lanquin, das Quecchi für Coban und Carchah in Anspruch nimmt. Für das Quecchi giebt er als Synonym die Form Cagchi.

Ximenez,[3]) dessen Liste der Sprachen von Guatemala wir nur aus Brasseur kennen, erwähnt weder die Namen Caichi noch Quecchi, sondern nur Cakchi.

Orozco y Berra[4]) giebt als Synonyme Caichi, Kachi und Kakchi als die Sprache der „Caichis“ in Guatemala, wobei er Caichi und Kakchi offenbar aus Juarros, Kakchi dagegen aus Brasseur's Citat des Ximenez entlehnt.

Pimentel[5]) stützt sich bei der Erwähnung der fraglichen Verapaz-Sprache auf die bereits erwähnten Autoren, ohne Neues beizubringen. Er weist die Trennung des Cakchi und Caichi, die sich, wohl nach Juarros, bei Balbi findet, zurück und verwahrt sich gegen eine Vermengung des Cakchi mit dem Cakchiquel, wozu allerdings die 2. Auflage des Juarros Anlass geben konnte (s. Fussnote [1]).

Was das bisher vorhandene sprachliche Material über das

---

[1]) Juarros p. 99 (1 Ed.) In der 2. Ausgabe des Juarros vom Jahre 1857 p. 104 steht irrtümlicherweise bei Coban und S. Pedro Carchá: Kachi (Abkürzung des Juarros für Kachiquel) statt Caichi.

[2]) Arch. de la comm. scientif. du Mexique t. I. 1e livr. p. 129.

[3]) Bei Brasseur, Arch. de la comm. scientif. du Mexique t. I. livr. 1e p. 128.

[4]) Orozco y Berra, Geografia de las lenguas p. 56.

[5]) Pimentel, Cuadro descriptivo t. III p. 286.

K'e'kchi anbelangt, so erwähnt Brasseur[1]) einzig ein „Vocabulario de las lenguas Ixil, Cacchi (de Coban) y de San Miguel Chicah". Er bezeichnet es als „petit manuscrit moderne où il manque beaucoup de choses."

Graf H. de Charencey[2]) publicierte später „Mélanges sur la langue Cakgi„' welche er „un fragment de vocabulaire et de grammaire Cakgi, emprunté aux deux dialectes de Coban et de Cahabon" nennt und die wohl aus dem Besitze von Brasseur de Bourbourg stammen. Das darin enthaltene Material ist in mancher Beziehung mangelhaft, nicht einheitlich orthographiert, und zum Teil durch Druckfehler verwirrt.

Das Reisewerk von Arthur de Morelet[3]), das als eine der besten Schilderungen von Guatemala gelten muss, enthält einige K'e'kchí-Namen von Landconchylien.

Aus neuerer Zeit verdienen noch zwei in Centralamerika selbst erschienene Publikationen besondere Erwähnung.

Die erste bildet ein kleines Duodezbändchen, welches unter dem Titel: „Vocabulario para aprender con perfeccion el Quecchi" vor einigen Jahren in Coban erschien und eine Sammlung der gewöhnlichsten Worte und Phrasen enthält. Wie mir mein Freund Rockstroh mündlich mitteilte, war das diesem Drucke zu Grunde liegende handschriftliche Material weit umfangreicher und konnte namentlich für Sexualia als erschöpfend gelten. Diese Partie wurde jedoch beim Druck unterdrückt. Ich habe die meinen Aufnahmen fehlenden Ausdrücke in mein Wörterbuch aufgenommen und als „An. Cob." (Anonymus von Coban) citiert.

Die zweite Publikation erschien unter dem Titel „Lenguas Indígenas de Centro América en el siglo XVIII" im Jahre 1892 in San José de Costa Rica. Sie enthält unter zahlreichen andern Vocabularien aus Guatemala[4]) auch ein solches des K'e'kchí („Cacchí"), das wie die übrigen aus dem Jahre 1788 stammt. Trotz verschiedener Mängel, wie die Dürftigkeit der Angaben

---

[1]) Brasseur de Bourbourg. hist. nat. des nat. civil. I. p. LXXXIX.

[2]) H. de Charencey, Mélanges de philologie et de paléographie Américaines, Paris 1883, p. 59—67.

[3]) A. de Morelet, Voyage dans l'Amérique centrale, l'Ile de Cuba et le Yucatan, Paris 1857.

[4]) Diese sind: Quiché, Poconchí, Cacchiquel, Tzutuhil, Pocoman, Pupuluca.

über die genaue Lokalität der sprachlichen Erhebungen, die mangelhafte Orthographie und verschiedene Druckfehler bietet diese Publikation doch ein sehr grosses Interesse. Ich citiere sie als „L. I."

Der verstorbene Dr. Berendt hat, wie mir Herr Konsul F. Sarg in Guatemala mitteilte, lange in Coban gewohnt und daselbst einige Aufzeichnungen über den dortigen Dialekt gemacht. Was aus denselben geworden, ist mir unbekannt. Das handschriftliche „Vocabulario comparativo", welches sich im Berendtschen Nachlasse in Guatemala vorfindet, enthält blos circa 600 Vokabeln des K'e'kchí, als deren Quellen Berendt die Indianer Makú und K'oy, ferner eine „Doctrina" und eine „Gramática" angiebt, die beide mir unbekannt geblieben sind. Die Konjugation fehlt bei Berendt vollständig, seine Vokabeln bestehen lediglich aus Nomina und adverbialen Ausdrücken.

In Bezug auf die Schreibweise des Wortes K'e'kchí finden sich in den Berendtschen handschriftlichen Notizen die Formen Quecchi, Kekchi und Quekchi, von denen letztere als die endgiltige beibehalten wurde, weshalb ich in meinen ersten Arbeiten über Guatemala-Sprachen ebenfalls Quekchi schrieb. Indessen ersehe ich aus meinen Aufzeichnungen, dass die der kurrenten Aussprache am besten entsprechende Schreibweise Kekchí oder K'e'kchí ist, weshalb ich dieselbe im folgenden, wie schon in meiner Arbeit über das Pokonchí beibehalten werde. Es muss indessen bemerkt werden, dass auch die Schreibung Kakchí oder K'a'kchí ihre Berechtigung hat, indem die Indianer bei der Aussprache des Wortes häufig das *e* dergestalt auf *a* herüberziehen (^{e}a oder e^{a}), dass man K'a'kchí (K'^{e}a'kchi) statt K'e'kchí hört.

Aus den genannten Schriftstellern ergiebt sich folgende Synonymie für das K'e'kchí.

Benennung	Autor
Egkchi	Habel
Cachi	Vater, Brasseur, Leng. Indig.
Caechicolchi	Palacio
Caichi	Juarros (1 ed.), Orozco y Berra
Cakchi	Hervás, Ximenez
Cakgi	H. de Charencey
Kachi	Juarros (2 ed., nur für Coban und Carchá)

Benennung	Autor
Kakchi	Orozco y Berra
Quecchi	Juarros (Cajabon, Lanquin) Anon. v. Coban
Quekchi	Berendt, Stoll
Kekchi	Berendt
K'e'kchí	Berendt, Stoll

Das Gebiet der K'e'kchí-Sprache ist im Grossen und Ganzen auch heute noch dasjenige, welches schon Hervás (s. oben) angiebt. Ich hatte in meiner vor 12 Jahren publizierten ethnographischen Karte von Guatemala versucht, nach den Angaben der alten Chronisten die ursprünglichen Gebiete der Choles und K'e'kchíes zu bestimmen, was bei der Dürftigkeit der Angaben nur in groben Umrissen möglich war. Seither hat Dr. C. Sapper die heutige Verbreitung der K'e'kchí-Sprache genau bestimmt[1]). Aus seinen Aufnahmen ergiebt sich mir das interessante Resultat, dass das Areal des K'e'kchí sich seit der Conquista ausgedehnt hat, und zwar jedenfalls auf Rechnung der einst nordwärts und östlich von den K'e'chíes wohnenden Choles. Es ist mir wahrscheinlich, dass die von den ersten in diese Gegenden eingedrungenen Mönchen als Choles bezeichneten Indianer unter dem Einfluss der Mission von Coban allmählich ihre alte Sprache aufgaben und das K'e'kchí annahmen.

Nach Sappers Bestimmungen reicht die heutige Grenze des K'e'kchí-Gebietes nach Norden bis zum Stromknie des Rio Santa Isabel, schlägt sich von da nördlich von Chinaha an den Rio Chixoy hinüber, dessen Westufer etwas übergreifend, und verläuft dann in westöstlicher Richtung quer durch Alta Verapaz zwischen Coban und S. Cristóbal über La Tinta an den Rio Polochic, der auf seinem Süduſer noch bis an den See von Izabal von K'e'kchíes bewohnt ist. Nach Osten sendet das Areal des K'e'kchí einen zungenförmigen Ausläufer, der vom Thale des Rio Sarstoon gebildet wird, bis in die Nähe der Bai von Honduras.

Die hauptsächlichsten Gemeindeverbände (municipios), in denen heute noch K'e'kchí gesprochen wird, sind die folgenden[2]):

[1]) Sapper, Dr. C., Beiträge zur Ethnographie der Republik Guatemala (Peterm. geogr. Mitt. 1893, Heft I).

[2]) Die Zahlen sind dem offiziellen Bericht über die Volkszählung von 1893 entnommen.

Coban	10 035	Männer,	10 283	Weiber
Panzós	904	„	862	„
Senahú	2 117	„	1 746	„
S. Pedro Carchá .	16 000	„	14 825	„
S. Juan Chamelco	2 662	„	2 485	„
Lanquin	2 623	„	2 127	„
Cahabon	3 641	„	3 665	„
Chisec	608	„	591	„
Summa	38 590	Männer,	36 584	Weiber.

Zu diesem etwas über 75 000 Köpfe betragenden Grundstock der K'e'kchí-Bevölkerung kommen dann noch mehrere kleinere, ausserhalb der Alta Verapaz wohnende Gruppen von K'e'kchí-Indianern, über welche ich Herrn Dr. Sapper folgende briefliche Angaben verdanke:

„In der Baja Verapaz:

Purulá 3512 Männer, 3437 Weiber

Summa: 6949 Individuen. Da aber im Bezirk Purulá auch eine Anzahl von Pokonchí-Indianern wohnen, so kann die Zahl der K'e'kchí-Indianer auf rund 5000 angenommen werden.

Im Peten:

San Luis 157 Männer, 153 Weiber, Summa 310.

Da aber in San Luis noch einige Maya-Indianer wohnen, so darf die Zahl der K'e'kchi-Indianer auf nicht mehr als circa 280 veranschlagt werden.

Im Dep. Izabal:

Yzabal . . .	409	Männer,	397	Weiber
Livingston . .	24	„	30	„
El Estor . .	686	„	649	„
	1119	Männer,	1076	Weiber, Summa 2195

Dazu kommen noch im Dep. El Quiché etwa 1000, ebenso im südlichen Britisch-Honduras etwa 1000 und vielleicht noch einige wenige in Chiapas, westlich vom Rio Chixoy.

Die Gesamtsumme der K'e'kchí-redenden Indianer beträgt demnach etwa 85 000 Köpfe.

Das starke Überwiegen der männlichen Bevölkerung über die weibliche ist in manchen Orten auffallend. Da aber die

Kontrolle über die männliche Bevölkerung schärfer ist als über die weibliche, so darf man annehmen, dass letztere zu gering eingeschätzt („gezählt") ist und dass also die Gesamtzahl der K'e'kchi-Indianer etwas höher ist als oben angegeben."

In den Ortschaften am Rio Polochic, wie La Tinta und Teleman, vermengt sich das K'e'kchi-Gebiet mit dem des Pokonchi in der Weise, dass ein Teil der indianischen Bevölkerung K'e'kchi, ein anderer Pokonchi spricht.

In einem grossen Teile des K'e'kchi-Gebietes sind die Verhältnisse noch derart, dass auch die dort wohnenden Mischlinge des K'e'kchi mächtig sein müssen, um mit den Indianern verkehren zu können. Sie lernen allerdings schon von Jugend auf neben dem Spanischen auch die indianische Sprache. Selbst europäische, in diesen Gegenden wohnende Pflanzer und Kaufleute sehen sich veranlasst, im Interesse eines leichteren Verkehrs mit den Indianern sich mit den Rudimenten des K'e'kchi bekannt zu machen. Gerade hierin aber liegt auch die Gefahr, dass die europäische, speziell die spanische Syntax allmählich die altindianische beeinflusse und langsam umgestalte, obwohl die Eigenart des indianischen Sprachbaus diesem Prozesse wirksame Grenzen zu ziehen geeignet ist.

Die Archäologie des K'e'kchi-Gebietes ist noch durchaus ungenügend bekannt. Der Bericht des Obersten Modesto Mendez[1]) über seine Expedition in das nördliche Guatemala beschreibt Ruinen, welche in der Umgebung des Dorfes Dolores, teils nordwestlich von diesem gegen den See von Peten Itza hin, teils südöstlich davon in der Richtung von Poptun gelegen waren. Die nördlich von Dolores gelegenen nannten die Indianer *Ixcum*, die südlichen *Ixtutz*. An beiden Orten befanden sich Trümmerhaufen und Überreste von Mauern alter Gebäude. In *Ixtutz* stiess Mendez auf einige, teils aufrechtstehende, teils umgestürzte, mit haut-relief-Figuren bedeckte Monolithen, aus deren Abbildungen, so ungenau und phantasievoll entstellt sie auch sind, doch deutlich hervorgeht, dass es sich um Überreste handelt, die man nach der jetzigen Kenntnis der Palaeethnographie von Guatemala den Mayas sensu

---

1) Zeitschr. f. allg. Erdkunde, 1. Bd., p. 174 u. 175.

stricto zuschreiben muss. Danach lag diese Gegend schon in prähistorischer Zeit ausserhalb des K'e'kchi-Gebietes.

Aus letzterm waren mir früher als prähistorische Funde bloss Tierkrüge, Schuhgefässe, sowie Tier- und Menschenköpfe, sämtlich aus Thon, bekannt, wovon auch das Berliner Museum für Völkerkunde durch Herrn Konsul F. Sarg Einiges besitzt.

In neuester Zeit ist jedoch die archäologische Durchforschung des K'e'kchi-Gebietes durch die Herren Erwin Dieseldorff und Dr. Carl Sapper in Coban in energischer Weise an die Hand genommen worden und hat bereits zu höchst interessanten Ergebnissen geführt.[1]). Es steht zu erwarten, dass diese Ausgrabungen in ihrem weitern Verlaufe wesentlich zur Aufklärung der Palaeethnologie dieses Gebietes und speziell zur Lösung der Frage beitragen werden, wie sich die Kultur der K'e'kchi-Indianer zu derjenigen der Mayas von Yucatan verhielt.

Der Beginn der historischen Zeit fällt für die K'e'kchi-Indianer zusammen mit der Anlage der ersten Missionen der Dominikaner in der heutigen Verapaz. Leider sind gerade zwei der wichtigsten Werke, welche als Quellen für diese frühe Zeit der Landesgeschichte dienen könnten, nämlich die „Historia apologética" des Las Casas und der zweite Band von Fuentes' „Recopilacion florida" bis heute nicht gedruckt worden, sondern liegen als Manuskript, das erstere in Madrid, das letztere in Guatemala. Wir sind daher im Ganzen über die Versuche der Spanier, in die Gebiete nördlich vor den K'e'kchies vorzudringen, besser, wenigstens zuverlässiger unterrichtet, als über die Unterwerfung dieser.

Es ist hier zu erwähnen, dass die von den Geistlichen und hauptsächlich von Las Casas selbst über das Vordringen in der

---

[1]) Vergl. hierüber u. a.: Verhandl. Berl. anthrop. Ges. Sitzung vom 28. Oktober und 16. Dezember 1893 (Ausgrabungen des Herrn E. Dieseldorff), ferner: C. Sapper, Altindianische Ansiedelungen in Guatemala und Chiapas, in: Veröff. aus dem kgl. Mus. f. Völkerkunde, IV. Band, 1. Heft, p. 13 u. ff. und Ed. Seler, Altertümer aus Guatemala, ibid. p. 21 u. ff., sowie endlich Seler, Das Gefäss von Chamá, in: Verh. Berl. anthr. Ges., Sitzung vom 27. April 1895 und Schellhas, Neue Ausgrabungen des Herrn Dieseldorff in Chajcar, Guatemala, in: Verh. Berl. anthr. Ges., Sitzung vom 27. April 1895.

Verapaz überlieferten Berichte nicht ohne Widerspruch seitens der zeitgenössischen weltlichen Beamten geblieben sind.

Aus den vorhandenen spärlichen Nachrichten geht hervor, dass die Spanier nach der Unterwerfung des westlichen Guatemala auch erobernd gegen die Verapaz vorgingen. Und zwar scheint speziell Diego Alvarado, ein Bruder des Eroberers von Guatemala, sich mit dieser Gegend beschäftigt zu haben, welche er angeblich bis zum Atlantischen Meer unterwarf und mit hundert Spaniern besiedelte. Als dann aber die Kunde von den Reichtümern Perú's auch die Gebrüder Alvarado veranlasste, dorthin zu ziehen, wurde die Verapaz wieder verlassen und vergessen.

Entgegen dieser Schilderung, welche ein Brief des Bischofs von Guatemala, datiert vom 17. August 1545,[1]) entwirft, erzählen andere Berichte, dass die Spanier dreimal versucht hätten, mit Waffengewalt in die Verapaz einzudringen, dass die Indianer sie aber stets siegreich zurückgeschlagen hätten, weshalb die Spanier diese Gegend „Tezulutlan (tierra de guerra)" nannten und deren Eroberung aufgaben.

Bei dieser Gelegenheit sei erwähnt, dass die Übersetzung: *tezulutlan* „tierra de guerra" auf Schwierigkeiten stösst, trotzdem sie von den spanischen Chronisten übereinstimmend überliefert wird. Es ist mir kein Wortstamm der Nahuatl bekannt, der eine derartige Übersetzung erlaubte und ich bin daher geneigt, anzunehmen, dass es sich bei der erwähnten Übersetzung um die missverständliche Verquickung zweier verschiedener Dinge handelt. Dass die Spanier die Verapaz schon frühzeitig „tierra de guerra" nannten, ist unzweifelhaft, denn auch auf der rohen handschriftlichen Kartenskizze,[2]) welche der Bischof Landa seiner „Relacion de las cosas de Yucatan" beigab, figuriert jene Gegend als „Tierra que llaman de guerra". Dagegen vermute ich, dass die Lesart *Teçolutlan* oder *Tezulutlan* lediglich

---

[1]) Abgedruckt in: Fabié, Vida y escritos de Fray Bartolomé de las Casas, t. II p. 149, Madrid 1879.

[2]) Sie bildet das letzte Blatt des MS. von Landa's Bericht, das bekanntlich in der Bibliothek der „Academia de la historia" in Madrid aufbewahrt wird. Keine der beiden gedruckten Ausgaben von Landa reproduziert diese Karte, die ich zum eigenen Gebrauch photographieren liess, da sie mehrfaches Interesse bietet.

eine auf Missverständnis beruhende Variante von *Tecolotlan* (wörtlich: „Gegend der Nachteulen") bilde, welches seinerseits die wörtliche Übersetzung des Pokonchí-Ortsnamens *Tucurú* in die Nahuatl-Sprache wäre.

In der Einleitung zum Pokonchí wurde bereits erwähnt, wie Las Casas und seine Gefährten versuchten, auf friedlichem Wege in die „tierra de guerra" einzudringen und deren Bewohner dem Christentum und der spanischen Krone zu gewinnen. Dieser erste Vorstoss der Missionäre endigte mit der Bekehrung des Häuptlings von Rabinal und mit der Gründung der Mission Rabinal.

Als dieser Anfang gemacht war, kehrten Las Casas und Angulo nach Guatemala zurück und bloss Luis Cáncer blieb als Seelenhirt in Rabinal zurück. Las Casas nahm auch den Häuptling von Rabinal nach Guatemala mit, um ihm mit den Herrlichkeiten des Königreiches, dessen Unterthan er nunmehr geworden, zu imponieren. Aber der Indianer betrachtete die kostbaren Stoffe und Schmucksachen der Spanier so kaltblütig, „als wäre er", wie Remesal sich ausdrückt, „in Mailand geboren gewesen".

Da nun Las Casas mit einem seiner Gefährten nach Spanien reiste, trat ein Stillstand in den Missionsbestrebungen ein (1539). Sie wurden erst im Jahre 1544 wieder aufgenommen, als der Kaiser in einem Schreiben an den Superior der Dominikaner in Guatemala das bisherige Vorgehen der Ordensbrüder im Missionswerke lobte und die Fortsetzung der friedlichen Unterwerfung von Tezulutlan empfahl. Fr. Pedro de Angulo sandte demgemäss den Dominikaner Juan de Torres mit einem Gefährten nach Rabinal, damit sie von dort aus die Bewohner der Landschaft Coban auffordern lassen sollten, das Christentum anzunehmen und sich freiwillig der Krone Spaniens zu unterwerfen.

Dies scheint im Laufe der Jahre 1544 und 1546 wirklich geschehen zu sein, denn schon im Jahre 1545 besuchte der Licenciado Marroquin Coban und hob in einem Schreiben an den König (17. August 1545) den Eifer und die Erfolge der Dominikaner rühmend hervor. Und als Las Casas selbst, der mittlerweile Bischof von Chiapas geworden war, auf seiner Reise nach Gracias das alte Tezulutlan besuchte, um sich vom Fortschritte der Missionsthätigkeit zu überzeugen, kamen die Häuptlinge der bekehrten Dörfer rings umher zu ihm, und er ermahnte sie in indianischer Sprache zum Ausharren in dem neuen Glauben. Allerdings scheint Las Casas selbst nie in Coban gewesen, sondern bloss bis Rabinal gekommen zu sein.

Die Angabe der Zeit, in welcher die „Reduccion" des K'e'kchi-Gebietes stattfand, ist so ziemlich das einzige, was wir darüber wissen. Denn so ausführlich wir durch Remesal über die Vorgänge bei der Bekehrung der Häuptlinge von Rabinal und Cakyu'k unterrichtet sind, so sehr fehlen genauere Nachrichten über den Verlauf der Bekehrungsversuche bei den K'e'kchi-Indianern.

Im Jahre 1548 wurde auf Ansuchen von Las Casas durch den Kronprinzen Philipp von Spanien zum Andenken an die friedliche Eroberung der frühern „tierra de guerra" der Name Tezulutlan durch „Verapaz" ersetzt, den diese Gegend heute noch führt.

Das K'e'kchí-Gebiet bildet jedoch nur einen Teil der Verapaz, und alle die Ereignisse, welche die ersten Missionsversuche der Dominikaner in Tezulutlan zur Folge hatten, spielten sich in erheblicher Entfernung von den K'e'kchies in den von Qu'ichés und vielleicht auch Pokonchies bewohnten Gegenden ab.

Dieser Umstand ist deshalb wichtig und im Auge zu behalten, weil die einzigen, ausführlichen Nachrichten, welche wir über die Ethnologie, also über Organisation der Stämme und ihre Sitten aus der Verapaz besitzen, offenbar ebenfalls bloss diese äussere Randzone im Süden des Pokonchí-Gebietes von Sacapulas bis nach Salamá hinüber beschlagen. Sie lassen sich also mit Sicherheit nur auf Qu'iché-redende Stämme beziehen. In wie weit sie auch für die K'e'kchies gelten, wird unentschieden bleiben, bis die prähistorische Forschung mehr Licht über diese ethnologisch noch wenig gekannte und stiefmütterlich behandelte Region verbreitet haben wird.

Die ausführlichsten ethnologischen Nachrichten über die „Verapaz", in dem soeben angedeuteten Umfang derselben, liefert Fr. Hieronymo Roman im dritten Bande seiner „Repúblicas del Mundo", offenbar nach handschriftlichen Berichten der Dominikaner-Missionäre. Auch Ximenez hat sich darauf beschränkt, für seine Schilderung der Indianer der Verapaz die

Angaben Roman's wörtlich wiederzugeben. Auch Fuentes enthält manche Angabe über die Verapaz, die er wohl aus ähnlichen Quellen, wie Roman geschöpft hat.

Da die Ethnologie der indianischen Stämme von Guatemala im allgemeinen bereits Gegenstand einer besondern Arbeit[1]) gewesen ist, und da überdies Dr. Sapper die heutigen K'e'kchi-Indianer in einer besondern Monographie ethnologisch bearbeiten wird, braucht hier auf ethnologisches Detail nicht eingegangen zu werden.

Ebenso sei für die ausführlicheren Litteraturnachweise auf jene Arbeit verwiesen.

Noch sei erwähnt, dass über die Herkunft und die Bedeutung des Namens „K'e'kchí" nichts Sicheres auszusagen ist.

---

[1]) Stoll, Die Ethnologie der Indianerstämme von Guatemala, Supplement zu Bd. I. des Internat. Arch. für Ethnographie. Leiden 1889.

Grammatik der K'e'kchí-Sprache.

Phonologie.

Die Vokale und Konsonanten des K'e'kchí stimmen mit denjenigen des Pokonchí überein mit folgenden Abweichungen:

1. Es fehlt dem K'e'kchí der *ŭ*-Laut, der als Umlaut von *a* im Suffix *nak* des Pokonchí und in ausgedehnterer Anwendung im östlichen Dialekt des Cakchiquel (Sacatepequez) vorkommt.

2. Das Vorkommen des *j*, von welchem im Pokonchí ein so excessiver Gebrauch gemacht wird, ist im K'e'kchí weit beschränkter. Es zerfällt ferner der *j*-Laut in einen starken, dem spanischen *j* entsprechenden und einen schwachen, der mit dem deutschen *h* übereinstimmt, weshalb im Folgenden zur Bezeichnung des erstern *j*, zur Bezeichnung des letztern *h* gewählt wurde. Dieser *h*-Laut wird oft so schwach gesprochen, dass man ihn kaum mehr durchhört; er kann selbst ganz elidiert werden, indem man beispielsweise *ha-an* und *a-an*, *heb-an* und *eb-an*, *hop-ok* und *op-ok* ausspricht. Ein derart elidiertes *h* wird aber dennoch von der Sprache noch empfunden, indem bei der Synthese eines derartigen Stammes mit einem Pron. poss. nicht dessen Form vor anlautendem Vokal, sondern diejenige vor anlautendem Konsonanten zur Verwendung kommt; z. B.: *opolal* Loch (für *hopolal*) mit Pron. poss. 3 Pr. Sing. *x-opolal*, statt *r-opolal*. Doch ist dies nicht ohne Ausnahmen und es lässt sich auch hier der Zersetzungsprozess nachweisen, dem das K'e'kchí entgegen geht, indem zuweilen direkt Formen gebraucht werden, die dem alten Geist der Sprache zuwiderlaufen, z. B. *li-x-ixim* statt *li-r-ixim*.[1])

[1]) Nach mündlicher Mitteilung von Dr. C. Sapper.

Derartige Dinge beweisen, dass die vom lebendigen Munde gehandhabte Sprache viel beweglicher ist und sich ganz andere Freiheiten erlaubt, als die konventionelle starrgewordene Schriftsprache.

3. Die Sonderung des *k* und *k'* ist im K'e'kchí viel weniger deutlich, als im Pokonchí und den Qu'iché-Sprachen, weshalb zwar Dr. Berendt selbst, nicht aber die Verfasser der von ihm benützten Mss. und der von H. de Charencey publizierten Notizen dieselben auseinanderhalten. Es ist dies um so weniger zu verwundern, als bekanntlich auch die dem K'e'kchí benachbarte Maya von Yucatan in ihrem Alphabet *k* und *k'* nicht trennt.

Wir gelangen hier bereits in das Gebiet, wo, wenigstens heutzutage, der von den Qu'iché-Sprachen so streng festgehaltene Unterschied von *k* und *k'* sich zu verwischen beginnt. Wenn ich in dieser Arbeit dennoch den Versuch mache, an der Hand meiner ad vivam vocem gemachten Aufzeichnungen und unter Zuhülfenahme der entsprechenden Wortformen des Cakchiquel auch für das K'e'kchí die Laute *k* und *k'* zu trennen, so geschieht dies, um erstlich die vorliegende Arbeit mit meinen frühern in orthographischem Einklang zu erhalten und zweitens, um spätere Beobachter zu veranlassen, auf diese beiden Laute ihr spezielles Augenmerk zu richten und meine diesbezüglichen Angaben zu kontrollieren.

4. Die auffälligste Eigentümlichkeit des K'e'kchí gegenüber den Qu'iché-Sprachen besteht darin, dass vor anlautendem *v* ein *g*-Laut vorgeschlagen wird, der sich zuweilen selbst zu *c* (deutsches k) steigert. So stark dieser Vorschlag indessen dem stammfremden Hörer imponiert, so bildet er dennoch bloss eine nebensächliche phonetische Erscheinung, welche das Grundwesen der Wortstämme in keiner Weise berührt. Dass dem so ist, geht deutlich daraus hervor, dass selbst die Lehnworte aus dem Spanischen im K'e'kchí diesen Vorschlag annehmen. Würde es sich in der vorliegenden Arbeit nur um den praktischen Zweck handeln, das K'e'kchí als Umgangssprache zu lehren, so wäre vielleicht dieser *g*-Vorschlag in der Orthographie zu berücksichtigen. Da es sich aber hier zunächst um sprachvergleichende Untersuchung handelt, so musste ich darauf verzichten, dieses vorgeschlagene

g konsequent zu orthographieren, da erstlich die alphabetische Folge der Stämme durch denselben eine andere geworden wäre und da ferner die Einsicht in die Identität der K'e'kchi-Formen mit denen der Nachbarsprachen wesentlich erschwert worden wäre. Folgende Beispiele mögen genügen, um diese phonetische Eigentümlichkeit des K'e'kchí zu illustrieren:

K'e'kchí	Cakchiquel	
t-agu-aj	*t-avu-ojo*	du willst
gvu-ixakil	*vu-ixok*	meine Frau
gvuk-laju	*vuk-lajuj*	siebzehn
caguay	*cavuay*	(spanisch: caballo): Pferd
guacax	*vuacax*	(spanisch: vaca): Kuh.

Hinsichtlich dieses *g*-Vorschlags verdient der Umstand Erwähnung, dass die ältesten bekannten K'e'kchí-Handschriften, von denen mir ein Testament aus dem Jahre 1583 und eine „Doctrina Christiana en lengua" von ähnlich hohem Alter vorliegt, denselben ebenfalls nicht notieren, sondern schreiben: *vi, vinac, viquin* statt *güi, güink, güiqquin*, wie der moderne Anonymus von Coban.

5. Vor *y* in dem Worte *yuvuá* „Vater", „Herr", wird häufig, aber durchaus nicht regelmässig, ein *t* vorgeschlagen: *tyuguá*.

Für Anlaut, Auslaut und Inlaut, sowie für die Betonung gelten die beim Pokonchí gemachten Bemerkungen.

Der Hiatus ist, selbst bei gleichlautenden Vokalen, nicht selten, z. B. *ha-an* er, *chu-uk* urinieren, *se-ek* lachen, *r-e a-vu-le* für ihn, *sa-eb* zwischen ihnen, *ra-om* geliebt, *in-c'a-us* nicht gut.

Wortbildung.

Die Wortbildung geschieht aus den vorwiegend einsilbigen Stämmen hauptsächlich durch einfache und mehrfache Suffixe, seltener durch Präfixe, ferner durch Agglutination und Reduplikation, z. B.

a) Wortbildung durch Suffixe.

Stamm *ec'a* sich bewegen, Objekt der Bewegung
ec'a-n sich bewegen
ec'a-si sich bewegen machen

ec'a-si-c bewegt worden sein
ec'a-si-n-k bewegen
ec'a-si-n-qu-il Bewegung

b) Wortbildung durch Präfixe.

l-a-in (für *li ha-in*) ich
aj-bul Spieler

c) Wortbildung durch Agglutination.

mul-c'ot Mistkäfer
mu'tz-r-u blind (blind sein Auge)
nim-a Fluss (grosses Wasser, für *nim-ha*)

d) Wortbildung durch Reduplikation.

sak-sak sehr weiss
mus-mus-hab feiner Regen
yol-yol glatt, schlüpfrig.

Auch im K'e'kchí kommen ähnliche unvollkommene Reduplikationen vor, wie im Pokonchí, z. B.

tz'ap-tz'-o geschlossen
sur-s-u rund

dieselben bilden jedoch im K'e'kchí vollkommen regelmässige Participialformen, weshalb sie bei der Konjugation näher zu erörtern sind.

Das Pronomen possessivum.

a) vor vokalischem Anlaut; Stamm *u* Auge.

Sing.	1.	Pers.	*v-u*	mein Auge
„	2.	„	*av-u*	etc.
„	3.	„	*r-u*	
Plur.	1.	„	*k-u*	
„	2.	„	*er-u*	
„	3.	„	*r-u-eb*	

Wie man sieht, besteht die Eigentümlichkeit des K'e'kchí gegenüber dem Pokonchí in der Bildung der 2. und 3. P. Plur. des Pron. poss. vor vokalischem Anlaut.

b) vor konsonantischem Anlaut; Stamm *tz'i* Hund.

Sing. 1. Pers. *l-in-tz'i* mein Hund
„ 2. „ *l-a-tz'i*
„ 3. „ *li-x-tz'i*
Plur. 1. „ *li-ka-tz'i*
„ 2. „ *l-e-tz'i la-ex*
„ 3. „ *li-x-tz'i heb*

Statt der Form *ru* des Pokonchí und der Qu'iché-Sprachen tritt hier *x* als Pron. poss. der 3. Pers. auf. Es entspricht dem *s* der Sprachen der Tzental-Gruppe und weist, wie so mancher andere Umstand im Bau des K'e'kchí auf eine Annäherung desselben an die Maya-Sprachen im Norden von Guatemala und im südlichen Mexico hin. Als Begleiter des Possessiv-Pronomens tritt ferner das Demonstrativ-Pronomen *li* (das *ri* des Cakchiquel) auf, das später zu erörtern ist.

Besondere Erwähnung verdient die Bildung des Pron. poss. der 3. P. Plur. Es wird, sowohl vor vokalischem als vor konsonantischem Anlaut gebildet aus dem Pronominalpräfix der 3. P. Sing. und dem Pluralsuffix *eb*, vollständiger *heb*. Es tritt also im K'e'kchí das Pron. poss. der 3. P. gewissermassen indifferent hinsichtlich des Numerus auf und es ist ein besonderer Zusatz nötig, um anzugeben, dass sich dasselbe auf die Mehrzahl beziehe. Der Sinn der Form *li-x-tz'i heb* ist also wörtlich „sein (indifferent) Hund von ihnen". Dieser Zusatz wird auch in den Qu'iché-Sprachen meistens angewendet, obgleich dort bereits ein differenziertes Pron. poss. 3. P. Plur. existiert; vergl. z. B. im Cakchiquel: *qu-i-tz'i ri-je* „ihr Hund von ihnen".

Das Nomen.

Wie im Pokonchí, ist auch im K'e'kchí der affixlose Nominalstamm an und für sich neutral und kann nominale und verbale Bedeutung haben. *neba* bedeutet „arm" und „arm sein", „*la-in neba*" ich bin arm, *biom* bedeutet „reich" und „reich sein", *la-at biom* „du bist reich". Doch tritt die Differenzierung schon im Pluralis auf, indem die verbale Anwendung eines Stammes durch entsprechende Prominal-Suffixe gekennzeichnet wird: „wir sind reich" heisst *la-o biom-o*, während „wir Reiche" *la-o li biom-eb* heissen müsste, wenn eine solche Ausdrucksweise den Pokom-Sprachen überhaupt geläufig wäre.

2*

Den affixlosen Stämmen an Zahl weit überlegen treten uns auch hier die Derivatbildungen mittels einer grösseren Anzahl von Affixen, zumeist Suffixen, entgegen, welche die jeweilige Bedeutung in bestimmtem Sinne nuancieren und häufig für sich allein bereits eine Aussage enthalten.

Wir unterscheiden auch hier:

1. Einfache Suffixe.

-al, -an, -eb, -el, -il, -ol, -om, -ul.

2. Synthetische Suffixe.

-n-el, -an-el, -an-b-il, -ar-ib, -ar-ib-al, -b-al, -b-il, -eb-al, il-al, -l-eb, -l-el, -ol-al, -om, -on-el, -si-n-el, si-n-qu-il, -un-el.

Derivate mit einfachen Suffixen.

1. *-al* bezeichnet die Pluralität eines Grundbegriffes und verleiht demselben kollektive oder abstrakte Bedeutung; z. B.

c'am-al Schnur
tz'um-al Prügel
tas-al wörtlich die Faltung, ein Stück eines gefalteten Gegenstandes, wie Tuch oder Papier
sum-al Paar
ism-al Bart
al-al Kind
yal-al Verständnis.

2. *-an* bildet Nomina verbalia von der Dignität eines passivischen Participiums; z. B.

cut-an der Tag
ik-an Last.

3. Das Suffix *-eb* bezeichnet die Örtlichkeit; z. B.

el-eb, der Ort, wo etwas herauskommt; *r-el-eb ha* die Quelle; *r-el-eb sake* der Osten; *r-el-eb i'k* der Norden; d. h. die Orte, wo Wasser, die Sonne und der Nordwind herkommen.

eb hilft ferner eine Reihe synthetischer Derivate bilden.

Seltener ist *-ib;* z. B. *vuar-ib* „der Ort, wo man schläft“, das Bett.

4. *-el* bildet als einfaches Suffix Nomina collectiva und abstracta; z. B.

bak-el Knochen
xul-el Ungeziefer
che-el Baum
qu'i'qu-el Blut
yaj-el Krankheit

Seltener sind Nomina agentis auf *-el*, z. B.

quen-el die Maismahlerin.

Dagegen bildet *-el* häufig Nomina agentis in synthetischen Suffixen.

5. Mit *-il* werden Nomina abstracta, collectiva und loci gebildet, seltener dient es für Nomina agentis; z. B.

qu'im-il Stroh
ixak-il Gattin
atz'am-il Salz
au-il Säemann
c'ay-yil Marktplatz
jun-il alles, die Gesamtheit

6. *-ol* bildet Nomina agentis; z. B.

il-ol derjenige, der etwas besorgt, zu etwas sieht, wie *il-ol yaj* Krankenpfleger, Hebamme; *il-ol ch'ejej* der Strohmann in den Maisfeldern zur Vertreibung der *ch'ejej*-Vögel.
poj-ol Schuhmacher
rak-ol Fabrikant der Sandalen.

Ein Rest aus vorspanischer Zeit ist noch *pop-ol*, welches eigentlich „denjenigen, der die Binsenmatte handhabt“ bezeichnen würde, da die alten Häuptlinge sich auf bunt geflochtene Binsenmatten zu setzen pflegten. Heute ist *pop-ol* im K'e'kchi noch in der Verbindung *pop-ol cab* wörtlich „das Haus der Binsenmatten-Männer„, das Gemeindehaus (Cabildo) gebräuchlich.

Im ältern Cakchiquel wird *pop-ol* auch noch als Kollektivum „die Binsenmatte“ gebraucht, z. B. *ru pop-ol ch'at* die Schlafmatte.

Ximenez[1]) giebt als Bedeutung von *pop* auch „juntar, amon-

---

[1]) Brasseur, Gramática de la lengua Quiché p. 206.

tar se la gente", so dass *pop-ol* „der Versammler" wäre. In diesem Sinne ist mir *pop* nicht bekannt geworden.

7. *-om,* welches ursprünglich einem Nomen verbale entspricht, kommt im K'e'kchí nur in wenigen Wörtern vor, die als Nomina agentis zu deuten sind, wie:

bi-om „reich", ursprünglich, wie das Cakchiquel lehrt, *bey-om* der Reisende, der herumziehende Kaufmann[1])
atz'am-om der Einsalzer.

8. Mit *-ul* werden Nomina agentis, collectiva und abstracta gebildet; z. B.

tz'ul-ul der Matten-Fabrikant, Binsen- und Palmblattflechter
tz'uk-ul Wassertropfen.
ch'ii'ch-ul das eiserne Werkzeug
vul-ul Gehirn.

Derivate mit synthetischen Suffixen.

Von diesen sollen hier nur diejenigen kurz erwähnt werden, welche Nomina substantivischen Gebrauchs liefern. Die übrigen stehen in ausgesprochener Weise mit den verbalen Funktionen der Stämme im Zusammenhang und müssen daher bei der Konjugation behandelt werden.

Das Suffix *-l-eb.*

Im Suffix *l-eb* tritt das einfache *-eb,* dem gewöhnlich locative Bedeutung zukommt (Vergl. S. 20) an ein *-l-* Suffix, welches das Rudiment der vollständigen Nominalsuffixe *-el, -ol* und *-ul* darstellt, die hier sämtlich den Wert von Nomina agentis bedingen; z. B.

pu'ch-ul Wäscherin	*pu'ch-(u)l-eb* Waschplatz
xaj-ol Tanz	*xaj-(o)l-eb* Tanz (eigentlich Tanzplatz)
poj-ol Nähterin	*poj-(o)l-eb* Näharbeit.

---

[1]) Die Form *biom,* deren Verständnis uns erst das vollständigere *beyom* der Qu'iché-Sprachen ermöglicht, hat daher auch ein ethnologisches Interesse, da das Zusammenfallen der Begriffe „reich" und „Reisender" in den Maya-Sprachen Guatemalas noch erkennen lässt, welche Rolle in alter, vorspanischer Zeit die reisenden Händler, unter denen wir uns vornehmlich aztekische Kaufleute zu denken haben, in diesen Gegenden spielten. Wie eng diese Rolle mit der Frage der „Tolteken" zusammenhängt, habe ich bereits in einer früheren Arbeit (Guatemala, p. 407 u. ff.) darzustellen versucht.

In einzelnen Fällen ist das zu Grunde liegende einfache Derivat, im K'e'kchí wenigstens, nicht gebräuchlich; z. B.

hypoth: *mes-ol* (Reiniger) *mes-l-eb* Besen
pis-ol (Wäger) *pis-l-eb* Wage.

Eine Besonderheit bildet *lo'k-l-eb*, welches, wenigstens heutzutage, als Nomen agentis im Sinne von „Käufer" gebraucht wird, entsprechend dem einfachen Derivat *lo'k-ol* anderer Guatemala-Sprachen.

Das Suffix *ar-ib.*

ar-ib setzt sich zusammen aus dem Locativ- oder Objektssuffix *-ib* und der Inchoativ-Endung *-ar*; z. B.

c'oj-ar-ib der Ort, wo etwas hingesetzt wird, Sitz, Steiss.

Als weiteres Derivat desselben Suffixes tritt *-ar-ib-al* auf; z. B.
c'oj-ar-ib-al Sitz, Stuhl.

Mit dem Suffix *-ar-ib-al* scheint auch der naturgemässe Übergang zu den Suffixen *-b-al* und *-b-il* gegeben.

Das Suffix *-b-al.*

Es bildet vorwiegend Nomina instrumenti, wird aber auch im Sinne eines Gerundiums angewendet; z. B.

a) als Nomen instrumenti:

Stamm *al* Kind	*al-ob-al* Gebärmutter
et vergleichen	*et-ab-al* Wage
set sägen	*set-b-al* Säge

b) als Gerundium:

chec-b-al ix-im das Wasser, um den Mais zu kochen, wörtlich „um den Mais steif zu machen"
lo'k-b-al um zu kaufen
il-b-al um zu sehen.

Manche Formen der Maya-Sprachen sind allerdings imstande, Zweifel darüber zu erwecken, ob *-b-al* und das später zu erwähnende *-b-il* nicht als einfache Suffixe zu deuten seien. Denn in sehr vielen Fällen treten sie ganz unvermittelt auch an konsonantisch endende Stämme, wo man aus phonetischen Gründen erwarten würde, dass sich ein vokalisches Zwischenelement noch vorfinden müsste, wenn *-b-al* und *-b-il* wirklich Synthesen wären. Solche Beispiele sind:

Qu'iché:	*ban-bal* Werkzeug
	chaj-bal Waschplatz
Ixil:	*quis-bal* Besen
	quyem-bal Webstuhl
Maya:	*chohok-bal* aufgehäuft
	chuk-bil gefangen
K'e'kchí:	*lo'k-bal* um zu kaufen
	tz'ap-bil gedeckt.

Indessen ist doch gerade das K'e'kchí geeignet, Aufschluss über diese Frage zu geben. Und zwar sprechen hier folgende Gründe dafür, dass *b-al* und *b-il* bereits Synthesen seien:

1. Konsonantenhäufung infolge von Vokalelision kommt auch in andern Verbindungen vor; z. B.

xam-l-el für *xam-al-el* Feuer
si'c-l-in-el für *si'c-ol-in-el* Raucher.

2. Häufiger als in andern Sprachen der Maya-Familie finden sich im K'e'kchí Formen, wo ein vokalischer Anlaut des Suffixes *-bal* noch erhalten ist; z. B.

c'ot-eb-al After (Mittel der Defäcation)
chu-l-eb-al Harnröhre (Mittel zum Harnen)
c'oj-ar-ib-al Sitz (Mittel zum Sitzen).

Dass hier wirklich *c'ot-eb-al* und nicht *c'ot-e-bal* zu trennen ist, beweisen die sub 2 der einfachen Suffixe besprochenen Vorkommnisse (S. 20), die über die Herkunft sämtlicher Elemente der Synthese Aufschluss geben, während man bei der Schreibung *c'ot-e-bal* zwei Laute (*e* und *b*) hätte, deren Herkunft unbekannt bliebe. Vergl. auch oben (S. 23) das Suffix *ar-ib*.

3. Das Element *-b*, nach obiger Annahme vollständiger *-eb* und *-ib* fungiert in zweierlei Weise. Einmal, und dies ist die ursprüngliche Bedeutung, tritt es als allgemeines logisches Objekt eines Verbalbegriffes auf, dann aber hat sich dafür beim K'e'kchí auch eine lokative Bedeutung entwickelt. Morphologisch ist es identisch mit dem rudimentären Stamme *ib*, dessen später eingehender gedacht werden soll, soweit dies nicht bereits beim Pokonchí geschah.

4. Dem aphaeretischen *-b* anderer Sprachen im Suffix *b-al* entspricht zuweilen ein *eb* des K'e'kchí; z. B.

Cakchiquel:	*mes-b-al*	K'e'kchí:	*mes-l-eb* Besen
"	*el-eb-al*	"	*el-eb* Osten
"	*xaj-b-al*	"	*xaj-l-eb* Tanz.

5) Auf eine andere Weise wäre eine so auffallende und in den Mechanismus der Sprachen so eingreifende Bildung, wie das Suffix *b-al* gar nicht zu erklären.

Die Herleitung von *b-al* gilt offenbar auch für das Suffix *b-il,* welches sowohl im K'e'kchí als in der Maya von Yucatan eine wichtige Rolle für die Bildung participialer Verbalnomina mit passiver Bedeutung spielt. Allerdings ist es bei diesem Suffix schwieriger, Übergangsformen aufzufinden, wo das initiale aphaeretische *-b* noch mit anlautendem Vokal erschiene. Doch können hier die Pronominalformen *ab-il* und *ye-x-eb-il* des Ixil vermittelnd eintreten.

Präfix-Derivate.

Von solchen ist eine einzige Kategorie im K'e'kchí aufzufinden, die dieses mit den übrigen Maya-Sprachen gemein hat, nämlich diejenige mit dem Präfix *aj,* welches die Thätigkeit, das Besitztum, den Zustand bezeichnet und ausserdem in der Benennung einiger Tierspezies vorkommt; z. B.

aj-c'ay Verkäufer	*aj-tel ch'ol* Witwer
aj-c'as Schuldner	*aj-tz'o* Truthenne
aj-ra streitsüchtig	*aj-uch* Beutelratte.

Geschlechtsbezeichnung.

Ein besonderes Geschlechtspräfix fehlt dem K'e'kchí. In ein paar Fällen wird das männliche Geschlecht mit einem andern Worte bezeichnet, als das weibliche; z. B.

ac'ach Truthahn	*aj-tz'o* Truthenne (aber auch: *x-na a'cach*)
x-tun tz'oc männlicher Sanate[1])	*x-tuxtz'oc* weiblicher Sanate

Die gebräuchliche Art der Geschlechtsbezeichnung ist die Kennzeichnung des weiblichen Geschlechts durch Vorsetzung von *x-na* „seine Mutter“ oder *xan* (für *x-xan*) „seine Grossmutter“ vor den Namen des männlichen Tieres; z. B.

---

[1]) Quiscalus major.

tz'i Hund	*x-na tz'i* oder *xan tz'i* Hündin
ak Schwein	*x-na ak* Sau
ix Jaguar	*x-na li ix* weibl. Jaguar.

Wo ein besonderer Gegensatz der Geschlechter beabsichtigt wird, kann auch das männliche Geschlecht durch vorgesetztes *x-yuvua* ihr Vater oder Ältester hervorgehoben werden; z. B.

x-yuvua caxlan der Hahn   *xan caxlan* Henne.

Das Adnominale. Die Adjektivbildungen auf *-l-a*.

Die nähere Bestimmung eines Nomens geschieht im K'e'kchí auf die bereits beim Pokonchí erörterte Weise, wie folgende Beispiele zeigen:

1. Nominales Attribut.

a) **vor** dem Nomen

qu'iche ak Wildschwein
rax car frischer Fisch
cak coj Puma
nim k'e Festtag (grosser Tag),

b) **hinter** dem Nomen

α) Nomen und Attribut als nackte Stämme

pub che Blasrohr
ra-il ch'ol-ej Traurigkeit (wörtl. Schmerz des Herzens)
rak-ol xab Verkäufer von Sandalen,

β) Nomen und Attribut im Possessiv-Verhältnis

x-soc tz'ic Vogelnest (sein Nest des Vogels)
r-ak xam Flamme (seine Zunge des Feuers)
r-it vu-ok Ferse (sein Hinterteil meines Fusses)

2. Adjektivisches Attribut.

Hier sind ausschliesslich die Bildungen auf *-l-a* entsprechend dem *-l-aj* des Pokonchí zu erwähnen, wie

nim-l-a be Hauptstrasse
qu'i-l-a sib viel Rauch.

Die Betrachtung der Verbalbildung des K'e'kchí und seiner Verwandten lässt in den Derivaten auf *l-a* Verbalformen mit passiver oder inchoativer Bedeutung erkennen. *nim-l-a* = *nim-al-aj* bedeutet „gross gemacht" oder „gross geworden" und die damit hergestellten Konstruktionen haben ursprünglich die Dignität von Sätzen: *nim-l-a be* bedeutet „der Weg ist gross geworden". Nur durch den Verlust der Verbalpräfixe werden diese Bildungen aus ihrer ursprünglich verbalen Funktion hinausgedrängt und in mehr nominaler Weise verwendet.

Eine Mittelstellung zwischen dem noch substantivischen und dem bereits adjektivischen Attribut nehmen diejenigen Formen ein, wo ein nominales Derivat auf *al* durch Apokope sein *l* verliert und dadurch in engere Verbindung mit dem zu bestimmenden Nomen tritt. Dahin gehören die Bezeichnungen von Grösse und Farbe, wie *ch'in-a* (von *ch'in-al*), *sak-i* (von *sak-il*) etc.

ch'in-a ak Ferkel (kleines Schwein)
ch'in-a caxlan Küchlein (kleines Huhn)
sak-i cab Zucker (weisse Süssigkeit).

Dass in solchen Fällen *ch'in-a* wirklich aus *ch'in-al* entstanden ist, beweisen die Bildungen, wo letzteres noch in voller Form und Konstruktion erhalten ist, wie

i-x-ch'in-al r-uj v-u'k mein kleiner Finger, wörtlich ihre Kleinheit ihrer Spitze meiner Hand.

Das Derivat *sak-il* kommt zwar nicht im K'e'kchí, wo es durch *sak-al* vertreten wird, wohl aber in andern Maya-Sprachen vor; z. B. im Pokonchí und Cakchiquel.

Bei andern in dieser Weise fast adjektivisch gebrauchten Derivaten, wie *chak-i* trocken, ist man versucht eher an die wirklich gebrauchte Verbalform *chak-ij* „trocken geworden", als an ein hypothetisches Nomen *chak-il* zu denken. Man vergleiche z. B. *chak-i car* getrockneter Fisch und *chak-ij l-in c'al* mein Maisfeld ist reif (trocken) geworden.

Die Pluralbildung beim Nomen.

Das K'e'kchí bildet den Plural seiner Nomina auf zweierlei Art.

1. Durch Suffigierung von *-eb* an den Stamm, z. B.

quem-on-el die Weberin	*li quem-on-el-eb* die Weberinnen
na Mutter, Herrin	*na-eb* Mütter
vua Gebieter	*vua-eb* Gebieter (plur.).

2. Durch Vorstellung des Pron. pers. 3. P. Plur. *heb* „sie" vor den Stamm und seine allfälligen Affixe (Pronomina, Demonstrativum) z. B.

aj-car der Fischer	*heb aj-car* die Fischer
ik-an-el der Lastträger	*heb li-ik-an-el* die Lastträger
chaj die Fichte	*heb li-chaj* die Fichten
ka-na unsere Mutter	*heb li-ka-na* unsere Mütter.

Die Pluralbildung mittels des Suffixes *-eb* ist auf menschliche Wesen beschränkt, und es entspricht dieses *-eb* des K'e'kchí vollständig den Pluralsuffixen des Qu'iché: *-ab*, *-eb*, *-ib*, *-ob*, *-ub* und des Cakchiquel: *-a* und *-i*. Alle diese Formen sind identisch und der Vokalwechsel ist lediglich Folge der Gesetze der Lautharmonie.

Das Suffix *-eb* und seine Analoga sind aber auch identisch mit dem *heb* der zweiten Form der Pluralbildung, welche sich, wie obige Beispiele zeigen, nicht bloss auf belebte Wesen, sondern auch auf unbelebte Gegenstände erstreckt, und in Form und Anwendung die unabhängigste und unvollständigste Form des Pluralaffixes der Maya-Sprachen Guatemalas darstellt, die wir kennen. Sie ist von ganz besonderer Wichtigkeit, weil sie über das Wesen und den Ursprung der gesamten Pluralaffixe dieser Sprachen, ferner über die synthetischen Pronomina und manche andere, sonst dunkle Erscheinungen deutlichen Aufschluss giebt. Da die Hauptrolle von *heb* und seinen Aequilenten jedoch in das Gebiet der Pronomina fällt, muss dieselbe dort im Zusammenhange zur Sprache kommen.

Nur das sei noch erwähnt, dass die Annäherung des vorangestellten *heb*, welches bereits eine Abschwächung aus *jeb* bildet, an das Suffix *-eb* noch dadurch eine grössere wird, dass das initiale *h* zuweilen ganz verloren geht; man hört z. B. *sa eb li che* zwischen den Bäumen, *eb n-iqu-e-poj-oc* sie schneidern.

Wie im Pokonchí und den Qu'iché-Sprachen, so besitzt auch im K'e'kchí der Stamm *nim* eine besondere Pluralform. Doch ist hier das ursprüngliche Pluralaffix *-ak* durch Aphärese auf *-k* zusammengeschmolzen, wie folgende Beispiele zeigen:

la-in ac nim-in ich bin schon gross (erwachsen)
dagegen *la-o ac nim-k-o* (für *nim-ak-o*) wir sind schon gross.

Dagegen erscheint die Partikel *tak*, welche im Pokonchí und in der Uspanteca für die Pluralbildung eine so wichtige Rolle spielt, im K'e'kchi selten und zwar in distributivem Sinne, z. B. *jun-jun-tak pac'-al* auf jeder Seite.

Nominalstämme als Präpositionen.

Mit den verwandten Sprachen teilt auch das K'e'kchí die Eigentümlichkeit, dass eine kleine Anzahl von Nominalstämmen, welche auch unabhängig vorkommen und Teile des Körpers bezeichnen, als Präpositionen zum Ausdrucke gewisser lokaler Beziehungen verwendet werden und in dieser Eigenschaft eine Reihe synthetischer Verbindungen herstellen helfen. Nur weicht das K'e'kchí darin teilweise von den Nachbarsprachen ab, dass diese Präpositionen andern Stämmen entnommen sind. Diese vom K'e'kchí verwendeten Präpositionen sind: *chi* der Mund, *sa* der Bauch, *ix* der Rücken

Die Präposition *chi*.

Ihre Anwendung im K'e'kchí stimmt fast vollkommen mit derjenigen im Pokonchí überein. Sie ist demnach:

lokativ: in, auf; z. B. *chi-x-c'at-k* auf einer Seite,
temporal: während; z. B. *chi k'e'k* im Dunkeln,
instrumental: *chi-r-ok* mit den Füssen voran,
modal: z. B. *chi-matan* umsonst
chi-jun-il zusammen,
imperativ: *ch-in-a-pab* gehorche mir.

Dagegen fehlt im K'e'kchí die Anwendung als Fragepartikel.

Die Synthesen der Präposition *chi* mit Nominalstämmen.

1. Mit *u* „Gesicht" wird gebildet:
chi-v-u vor mir (wörtlich in meinem Angesicht)
ch-av-u vor dir
chi-r-u vor ihm
chi-k-u vor uns
ch-er-u vor euch
chi-r-u heb-an vor ihnen.

Gewöhnlich wird dabei das Pron. person. nachgestellt; z. B. *chi-v-u la-in* vor meinem Angesicht von mir.

Bemerkung. *u* ist das Rudiment des polymorphen Stammes *vuach*, welcher in den Maya-Sprachen nicht bloss als selbständiges Nomen in der Bedeutung von „Angesicht, Oberfläche", gebraucht wird, sondern eine Reihe anderer Funktionen ausübt, deren

Wichtigkeit ein näheres Eingehen auf diesen Stamm rechtfertigen mag, wenn auch einiges über denselben bereits beim Pokonchí bemerkt worden ist.

Was zunächst die Formen anbelangt, unter welchen der Stamm *vuach* in den Maya-Sprachen von Guatemala auftritt, so ergiebt sich folgende Reihe:

vuach: Qu'iché, Cakchiquel von Sololá und von Atitlan (sog. Tz'utujil), Pokonchí,
vuech: Cakchiquel von Sacatepequez,
vuich: Cakchiquel von Sacatepequez. Uspanteca,
vuatz: Ixil,
vuitz: Mame, Aguacateca,
vua: Cakchiquel von Atitlan (Tz'utujil),
u: K'e'kchí, Pokonchi, Qu'iché-Sprachen, Mame-Sprachen,
uch: K'e'kchí,
ech: Qu'iché-Sprachen,
etz: Mame-Sprachen (Mame, Ixil, Aguacateca),
e: Qu'iché, Mame- und Pokom-Sprachen.

Diesen Formen entsprechen folgende Funktionen:

a) Selbständiges Nomen in den Bedeutungen „Angesicht, Oberfläche, Äusseres, Frucht, Auge": *vuach, vuech, vuich, vuatz, vuitz, vua, u.*

b) Stellvertretendes oder allgemeines Objekt: *vuach, vuech, etz, u, e.*

c) Prädikative Synthesen mit dem Possesiv-Pronom mit der Bedeutung „Eigentum": *ech, etz.*

d) Pronominale Synthesen mittels der Possessiv-Pronom.: *u, e.*

Bemerkung. Während eine Reihe von Synthesen des K'e'kchí sowohl als der übrigen Maya-Sprachen Guatemalas ein Element *e* aufweisen, welches infolge seiner allgemeinen und indifferenten Bedeutung wohl am richtigsten als rudimentär gewordenes *vuach* aufzufassen und daher dieser Reihe anzuschliessen ist, lassen andere Bildungen mit *e* durch ihre spezifische Bedeutung deutlich erkennen, dass *e* hier nicht als atrophiertes *vuach*, sondern als der volle und selbständige Stamm *e* in der Bedeutung „Zahn", „Mündung", Öffnung" zu denken ist. Auf diesen Stamm weist z. B. die Form *chi-r-e* des K'e'kchí hin, die hier speziell „am Eingang", „an der Mündung", „am Rande" bedeutet, während das Cakchiquel und Qu'iché die Form *chi-r-e* in der Bedeutung von „durch", „vermittelst" verwenden, in welcher das Element *e* bereits in viel allgemeinerer Bedeutung auftritt und daher eher als rudimentäres *vuach* zu deuten ist.

Wie beim Pronomen personale gezeigt werden soll, läuft auch eine andere Formenreihe eines und desselben polymorphen Stammes *,vuib,* in ein *e*-Rudiment aus, und es ist im einzelnen Falle nicht immer leicht zu entscheiden, welchem der drei ursprünglichen Stämme: *vuach, vuib, e* ein derartiges *e* einer Synthese zuzuzählen sei.

Erst die eingehende Kenntnis der sämtlichen Idiome der Qu'iché-, Pokom- und Mame-Sprachen wird vielleicht hierüber völlige Gewissheit geben.

Kehren wir nach dieser Abschweifung zur Präposition *chi* zurück.

2. Mit *e*, welches wie vorhin auseinandergesetzt wurde, im K'e'kchi gewöhnlich die Bedeutung „Zahn", „Mündung" besitzt, wird gebildet:

> *chi-r-e* an etwas, auf der Schwelle, am Ufer, z. B. *chi-r-e ja* am Ufer des Flusses.

Die von andern Maya-Sprachen gebildeten Formen *chi-vu-e ch-avu-e* etc. sind meines Wissens im K'e'kchi nicht gebräuchlich.

3. Mit *ix* „Rücken", welches mit dem *ij* der Qu'iché-Sprachen und des Pokonchi stammidentisch ist, wird gebildet:

> *chi-vu-ix* hinter mir (wörtlich in meinem Rücken)
> *ch-avu-ix* hinter dir
> *chi-r-ix* hinter ihm
> *chi-k-ix* hinter uns
> *ch-er-ix* hinter euch
> *chi-r-ix-eb* hinter ihnen.

4. Mit dem demnächst zu besprechenden Stamme *ben* wird gebildet:

> *chi-x-ben* auf ihm, auf ihn.

Z. B. *ch-in-tak-ec vuan chi-x-ben a-che* ich will auf jenen Baum steigen.

Auch hier habe ich die übrigen Formen *ch-in-ben* auf mir etc. nicht gehört, sie werden durch *sa-in-ben* etc. ersetzt.

Die Anwendung von *chi* bei der Verbalflexion kommt bei dieser zur Sprache.

Das K'e'kchí zeigt die Eigentümlichkeit, dass in der 3. P. Sing. der oben erwähnten Synthesen *chi-r-u, chi-r-e, chi-r-ix* die Präposition *chi* durch ein *t* ersetzt wird, wie folgt:

t-r-u in etwas drin, z. B. *t-r-u ch'at* im Bett, *t-r-u neba li cab* im Hofe des Hauses, *vu-icak t-r-u Dios* „meine Base in Gott oder vor Gott", d. h. meine Tante.

t-r-e auf der Schwelle, in, z. B. *t-r-e li cab* unter der Thür des Hauses.

t-r-ix hinter, auf, z. B. *t-r-ix cab* hinter dem Haus, draussen, *t-r-ix c'am* auf dem Seile.

Diesen gesellt sich noch eine weitere Synthese bei, für welche das Analogon mit *chi* nicht gebräuchlich scheint, nämlich *t-r-uch* (statt *chi-r-uch*, entsprechend dem *ch-u-vuach* des Pokonchí) auf, auf der Oberfläche; z. B.

t-r-uch-ja das Meer, wörtlich „auf der Fläche des Wassers" und davon die Synthese *t-ruch-ja-il vuink* die Fremden, wörtlich die „Meerleute", ein offenbar moderner Ausdruck.

Dieses *t* des K'e'kchí ist mit dem Ortspartikel *ti* der Maya-Sprache identisch und gehört zu der Reihe der Formen, welche den Übergang von den Gruppen guatemaltekischen Hochlandsprachen zu der Sprache von Yucatan vermitteln.

Die Präposition *sa*.

Dem Stamm *pam* des Pokonchí und der Qu'iché-Sprachen entspricht zur Bezeichnung des „Innern" eines Gegenstandes, des „Unterleibs" und der „Gedärme" das Nomen *sa*, welches auch in gleicher Weise als Präposition verwendet wird und zwar, ihrem Ursprung entsprechend mit der Bedeutung: in etwas drin, zwischen, in der Richtung von, aus etwas heraus; z. B.

sa cab „im Hause" und „aus dem Hause"
sa be auf der Strasse
sa eb-li-cab zwischen den Häusern
sa r-el-eb sake im Osten.

Auch im temporalem Sinne wird *sa* gebraucht:

sa r-oqu-eb sake bei Sonnenuntergang
sa oxib cut-an binnen drei Tagen
sa yi-jach wenn der Mond halbvoll ist.

Endlich kommen Wendungen vor, in welchen *sa* modal verwendet ist; z. B.

sa us-il-al wörtlich „in Güte", auf sanfte Weise
s-avu-an-il t-at-xic rennend gehst du.

Synthetische Verbindungen der Präposition *sa*.

1. Mit *ben*, welches als selbständiges Nomen das „Oberste", „Dach", „Kopf", „Gipfel" bedeutet, wird gebildet:

sa in-ben auf mir
sa a-ben auf dir
sa x-ben auf ihm
sa ka-ben auf uns
sa e-ben auf euch
sa x-ben-eb auf ihnen.

2. Mit *ya-n-k*, welches seiner Bildung nach ein Verbalderivat von einem (hypothetischen) Stamme „*ya*" ist, der etwa „klaffen, auseinanderstehen" bedeuten würde, wird gebildet:

sa ka-ya-n-k zwischen uns
sa e-ya-n-k zwischen euch
sa x-ya-n-k-eb-an zwischen ihnen.

Vom Singular kommt nur die 3. P. vor; z. B. *sa x-ya-n-k cut-an* während des Tages, bei Tage.

3. Mit *yi*, welches „Zwischenraum" bedeutet, wird gebildet:

sa ka-yi zwischen uns
sa e-yi zwischen euch
sa x-yi zwischen ihnen, in der Mitte.

4. Mit *c'aux* Inneres, Seele, Gemüt, Herz, Gedächtnis, wird gebildet:

sa in-c'aux in mir, in meinem Innern
s-a-c'aux in dir
sa x-c'aux in ihm
sa ka-c'aux in uns
sa e-c'aux in euch
sa x-c'aux-eb-an in ihnen.

Diese Ausdrucksweise des K'e'kchí entspricht vollständig derjenigen des Qu'iché: *chi-nu-c'ux* in mir etc.

Das Derivat *ub-el* und seine Synthesen.

Während die übrigen Maya-Sprachen Guatemalas auch die adverbialen Ortsbegriffe von „unter" (unter mir etc.) mittels der Präposition *chi* bilden (vergl. *chi-vu-is-il* im Pokonchi, *chi-nu-xe* im Qu'iché und Cakchiquel), verhält sich das K'e'kchí abweichend hiervon, indem es bloss das Derivat *ub-el* in Verbindung mit dem Pron. poss. anwendet.

v-ub-el unter mir
av-ub-el unter dir
r-ub-el unter ihm
k-ub-el unter uns
er-ub-el unter euch
r-ub-el-eb unter ihnen.

Es ist schwer, über die Herkunft des Stammes *ub* oder *up*, von welchem *ub-el* abgeleitet ist, ins Klare zu kommen. *v-ub-el* ist offenbar „der- oder dasjenige, was mein Unteres, unter mir ist, meine Unterlage". Aber in dieser oder einer ähnlichen Bedeutung ist *ub* in keiner Maya-Sprache nachzuweisen.

Am richtigsten dürfte der Stamm *ub* in *ub-el* bis auf Weiteres mit dem *ub* in der Interrogativ-Synthese *ja-r-ub* (wie viel) identifiziert und wie dieses auf den polymorphen Stamm *vuib* mit der allgemeinen Bedeutung „Körper", „Wesenheit" zurückgeführt werden.

Die einfachen und synthetischen Formen des Pronomen personale.

A. Die Subjektsform des Pronomen personale.

Wir konstatieren auch hier vier Stellungen, in welchen das Pronomen personale als Subjekt auftreten kann.

1. Als Subjekt eines prädicativischen Satzes mit affixlosem Nomen:

la-in neba ich bin arm.

2. Als selbständiger elliptischer Satz:

la-at t-in-a-top was dich betrifft, so bin ich das Objekt deines Stechens, d. h. du stichst mich.

3. In Synthese mit einer Tempuspartikel als Verbalaffix:

a) als Verbalpräfix: *(la-in) qu-in-vuan* ich war da,

b) als Verbalsuffix: *(la-in) vuan-qu-in* ich bin da.

4. Als Suffix eines verbal gebrauchten nackten Nominalstammes:

(la-o) biom-o wir sind reich.

Letzteres ist die einfachste Form des Pronomen personale, weshalb sie hier in Verbindung mit dem Nomen *vuink* „Mensch" „erwachsen", vorangestellt werden möge.

Einfaches Pronomen personale.

Sing.	1.	Pers.	*vuink-in*	ich bin erwachsen
„	2.	„	*vuink-at*	du bist „
„	3.	„	*vuink*	er ist „
Plur.	1.	„	*vuink-o*	wir sind „
„	2.	„	*vuink-ex*	ihr seid „
„	3.	„	*vuink-eb*	sie sind „

Aus diesem Paradigma ergiebt sich, dass ein einfaches Pron. pers. der 3. P. Sing. dem K'e'kchí fehlt.

Durch Verbindung des einfachen Pron. pers. mit der Demonstrativ-Partikel *l-a,* welche dem *r-e* des Pokonchí entspricht, ergiebt sich für die 1. und 2. Pers. ein

Synthetisches Pronomen personale.

Sing.	1.	Pers.	*l-a-in* ich
„	2.	„	*l-a-at* du
„	3.	„	(*a-vu-l-e* oder *a-an* er)
Plur.	1.	„	*l-a-o* wir
„	2.	„	*l-a-ex* ihr
„	3.	„	*heb-an* sie.

Das Pron. pers. der 3. P. Sing. und Plur. wird durch anderweitige Synthesen gebildet, welche später erörtert werden.

Über die Partikel *l-a* vergl. das Pronomen demonstrativum.

B. Die synthetischen Objektsformen des Pronomen personale.

Zwei von den p. 30 aufgeführten, rudimentären Formen des polymorphen Stammes *vuach* treten im K'e'kchí in die Bildung einer pronominalen Synthese ein, nämlich *e* und *ech.* Und zwar wird *e* in Verbindung mit dem Possessiv-Pronomen als nicht reflexivisches, ferneres oder Dativ-Objekt, sowie als näheres Accusativ-Objekt für die drei Personen beim Verbum gebraucht, während *ech* zur Herstellung der prädikativischen Form des Possessiv-Verhältnisses dient. Letztere hat also das K'e'kchí mit den Qu'iché-Sprachen gemein, unterscheidet sich aber hinwiederum von diesen und schliesst sich dadurch an das Pokonchí an, dass in den 3. Personen das Dativ-Objekt nicht, wie in den Qu'iché-Sprachen und im Ixil, durch die Präposition *chi* (*s* im Ixil) vom Accusativ-Objekt abgehoben wird.

Zur Bildung des Pron. reflexivum tritt ein anderer Stamm, nämlich ein Rudiment der *vuib*-Reihe (*ib*) an Stelle der Rudimente *e* und *ech* der *vuach*-Reihe, welche die nicht reflexivischen Objektsformen bilden.

Wir erhalten somit folgende Formen:

1. Dativ-Pronomen.

Sing.	1.	Pers.	*vu-e* mir
„	2.	„	*avu-e* dir
„	3.	„	*r-e* ihm, beim Verbum auch „ihn", „es"
Plur.	1.	„	*k-e* uns
„	2.	„	*er-e* euch
„	3.	„	*r-e-eb* ihnen, sie

Über die Rolle des Accusativ-Objektes *r-e* „es" wird beim Verbum gehandelt werden.

Nicht mit diesem Dativ-Pronomen sind diejenigen Vorkommnisse zu verwechseln, wo das Rudiment *e* als wirkliches Accusativ-Objekt in nominaler und konkreter Bedeutung: „Mund" erscheint, z. B. *t-in-jab vu-e* ich gähne, wörtlich „ich öffne meinen Mund".

2. Prädikativische Form des Possessiv-Verhältnisses.

Sing.	1.	Pers.	*vu-ech* mir	gehörig, mein Eigentum
„	2.	„	*avu-ech* dir	„
„	3.	„	*r-ech* ihm	„
Plur.	1.	„	*k-ech* uns	„
„	2.	„	*er-ech* euch	„
„	3.	„	*r-ech-eb* ihnen	„

Beispiel: *a-ċab-ain vu-ech* dieses Haus gehört mir.

3. Pronomen reflexivum.

Sing.	1.	Pers.	*vu-ib* mich	selbst
„	2.	„	*avu-ib* dich	„
„	3.	„	*r-ib* sich	„
Plur.	1.	„	*k-ib* uns	„
„	2.	„	*er-ib* euch	„
„	3.	„	*r-ib-eb* sie	„

Mit *-ib* wird indessen nur das reflexivische Objekt in allgemeinster Form bezeichnet; z. B. *tik-ib avu-ib* kleide dich an, *t-in-tus-ub vu-ib* ich ziehe mich aus.

Sobald sich jedoch ein Verbalinhalt seiner Natur nach nur auf einen speziellen Teil des eigenen Körpers beziehen kann, wird das allgemeine Reflexiv-Objekt durch das betreffende spezielle Nomen ersetzt. Das K'e'kchi unterscheidet daher in dieser Hinsicht genauer, als unsere modernen europäischen Sprachen es gewöhnlich thun, wie folgende Beispiele zeigen:

ich schneuze mich *t-in-sut in-sam* (ich schneuze meine Nase)
ich kämme mich *t-in-jot in-jolom* (ich kämme meinen Kopf)
ich wasche mich *t-in-ch'aj v-u* (ich wasche mein Gesicht).

C. Andere Beziehungen des Pronomen personale.

1. Synthetischer Ausdruck der Begleitung.

a) Mit dem Derivat *iqu'-in.*

Während das Pokonchi die nackte Wurzel *u'c* in Verbindung mit dem Pron. poss. als Ausdruck der Begleitung braucht, bedient sich das K'e'kchí, wie die Sprachen der Qu'iché-Gruppe eines Derivates derselben, *iqu'-in,* welches sich als ein Nomen verbale auf *n,* also als eine verbale Bildung erweist.

Sing.	1.	Pers.	*vu-iqu'-in* mit mir, wörtlich mein Begleitetes
„	2.	„	*avu-iqu'-in* mit dir
„	3.	„	*r-iqu'-in* mit ihm
Plur.	1.	„	*k-iqu'-in* mit uns
„	2.	„	*er-iqu'-in* mit euch
„	3.	„	*r-iqu'-in-eb* mit ihnen.

Mit *iqu'-in* werden beispielsweise die adverbialen Bestimmungen der „Nähe" gebildet: *nach vu-iqu'-in* nahe bei mir.

b) Mit dem Derivat *uch-b-en*.

In gleicher Weise wird bei Menschen *uch-ben*, welches als Nomen „Begleiter" bedeutet, verwendet; z. B. *aj-Pedro r-uch-ben aj-Pablo* Peter und Paul. *la-in r-uch-b-en vu-ixak-il ti-c-o-xic* ich und meine Frau gehen zusammen; wörtlich: ich ihr Begleiter meiner Frau wir gehen.

Die Form *uch-ben* entzieht sich zur Zeit noch einer sichern Analyse, indem es nicht auszumitteln ist, ob sie als Nomen verbale auf *n* von einem (hypothetischen) Reflexiv- oder Transitivstamme *uch-ub* zu deuten ist, der seinerseits wieder auf das Nomen *uch (vuach)* zurückwiese, oder ob es sich um eine Synthese mit dem schon besprochenen Nomen *ben* handle. Im erstern Falle, der manches für sich hat, würde *uch-ben (uch-b-en)* bedeuten: „im Angesicht, in Gegenwart eines Andern befindlich".

2. Synthetischer Ausdruck der Causalbeziehung.

An Stelle des vom Pokonchí und den Qu'iché-Sprachen verwendeten Stammes *um* braucht das K'e'kchí zum Ausdruck der „Ursache" das Nomen *mac*, dessen sich auch die christlichen Priester bemächtigt haben, um den Begriff der „Schuld, Sünde" ins Indianische zu übertragen.

In ähnlichem Sinne wird der Stamm *ban* „machen, thun" benutzt.

Beide werden einfach mit dem Pron. poss. verbunden:

in-mac oder *in-ban* durch mich, wegen mir
a-mac oder *a-ban* durch dich, wegen dir
x-mac oder *x-ban* durch ihn, wegen ihm
ka-mac oder *ka-ban* durch uns, wegen uns
e-mac oder *e-ban* durch euch, wegen euch
x-maqu-eb oder *x-ban-eb* durch sie, wegen euch.

Beispiele: *x-mac in-yaj-el in c'a x-in-c'ul-un* wegen meiner Krankheit konnte ich nicht zurückkommen.
in-ban naj x-ban-u an durch mich wurde das gethan.

3. Synthetischer Ausdruck der Beschränkung.

Die verschiedenen Stämme, welche in den Maya-Sprachen von Guatemala dazu dienen, den Begriff der Isoliertheit, „allein" auszudrücken, sind bereits beim Pokonchí (p. 45) zusammengestellt worden. Es erübrigt daher hier bloss, zu wiederholen, dass das K'e'kchí dafür sich des Derivates *jun-es* bedient, entweder allein mit dem Pron. poss. oder in der weiteren Synthese *sa jun-es-al*, wie folgt:

Sing. 1. Pers. *in-jun-es* oder *s-in-jun-es-al* ich allein
„ 2. „ *a-jun-es* oder *s-a-jun-es-al* du allein
„ 3. „ *x-jun-es* oder *sa--x-jun-es-al* er allein
Plur. 1. „ *ka-jun-es* oder *sa-ka-jun-es-al* wir allein
„ 2. „ *e-jun-es* oder *s-e-jun-es-al* ihr allein
„ 3. „ *x-jun-es-eb* oder *sa-x-jun-es-al-eb* sie allein.

Was die Analyse der Form *jun-es* anbelangt, so bildet dieselbe ein Passivum, entsprechend den Passiv-Formen auf *x* in den Qu'iché-Sprachen.

Über solche Passiva auf *s* vergl. die Konjugation.

Das Pronomen demonstrativum.

Als schwächste Demonstrativ-Pronomina fungieren die Synthesen *l-a* und *l-i*, welche mit den Formen *r-e* und *r-i* der Qu'iché-Sprachen zu identifizieren sind. Sie bilden den Artikel und zwar in der Weise, dass *l-a* vor dem Pron. person., *l-i* dagegen vor dem Pron. possess. gebraucht wird; z. B

l-a-at du
l-i-ka-tz'i unser Hund.

Ihnen sind wohl die Ortsadverbien *l-e* im K'e'kchí und *l-a* in andern Maya-Sprachen als stammidentisch anzuschliessen.

Vor einfachen Nomina dient *l-i*, zuweilen durch das Demonstrativum *ha* oder *a* verstärkt, z. B. *l-i-quen-el* die Mahlerin, *ha-l-i-be* der Weg, *a-l-i-yaj-el* die Krankheit. Doch dürfte in solchen Verbindungen bereits eine Aussage stecken: dies ist der Weg, dies ist die Krankheit.

Zwei weitere Demonstrativa dienen im K'e'kchí als Pron. pers. der dritten Personen, nämlich *ha* und *heb* in den Synthesen:

Sing. *ha-an* er (mit der Variante *a-an*)
Plur. *heb-an* sie (mit den Varianten *heb-aan, eb-an*).

Wie später gezeigt wird, stellt das zweite Element dieser Verbindungen, die Silbe *an*, das Rudiment des Verbalstammes *vuan* „irgend wo sein“ dar, mit der adverbialen Bedeutung „dort“: *ha-an* er dort, *heb-an* sie dort.

Als eigentliche Demonstrativa dienen folgende Verbindungen:

l-i . . . . . . *a-in* } dieser, diese, dieses
a. . . . . . . *a-in* }
a-vuan ar-in dieser
l-i . . . . *vuan l-e* jener, jene (Sing.)
l-i vuan-qu-eb l-e jene (Plur.)
a-vu-l-e jener (Sing.)
heb-a-vu-l-e jene (Plur.)
a . . . . . *vu-l-e* jener (Sing.)
heb-a . . . . . *vu-l-e* jene (Plur.)

Beispiele: *l-i-cab-a-in* dieses Haus
a-cab-a-in dieses Haus
l-i-cab-vuan-l-e jenes Haus
a-vuan-ar-in dieser hier
l-i-vuan-qu-eb-l-e jene
a-vuink-vu-l-e jener Mann
heb a-vuink-vu-l-e jene Männer.

Über die Analyse dieser Formen ist folgendes zu bemerken:

a-in ist vielleicht eine Bequemlichkeitsabkürzung für das vollständigere Lokativpartikel *ar-in* „hier" und die Synthese *l-i-cab-a-in* und *a-cab-a-in* entsprächen also wörtlich unserm: „das Haus hier".

In den Synthesen *a-vu-l-e* und *l-i vuan-l-e* tritt als neues Element zu den bereits erörterten der Verbalstamm *vu*, vollständiger *vuan* sich irgendwo befinden, sein, der später bei der Konjugation ausführlicher zur Sprache kommt. *l-i-cab vuan-l-e* bedeutet also wörtlich: „das Haus, (welches) dort ist" und ebenso *a-vuink-vu-l-e* „der Mann (der) dort ist". *l-i-vuan-qu-eb* sind „diejenigen, welche dort sind".

Infolge dieser Zusammensetzung können die Formen *a-vu-l-e* und *heb-a-vu-l-e* auch direkt als Pronomina gebraucht werden und treten daher nicht selten an Stelle der gewöhnlichen Formen *ha-an* und *heb-an*, z. B. *a-vu-l-e t-in-ix-top* er sticht mich; *x-vual a-vu-l-e* sein Feuerfächer (dessen der dort ist); *heb-a-vu-l-e in c'a ni-qu-e-toj-oc* sie bezahlen nicht.

Das Pronomen interrogativum.

Als allgemeinstes Pron. interrogativum dient im K'e'kchi *an-i* „wer?“ dessen Pluralform, Casus obliqui und übrige Beziehungen durch besondere Suffixe ausgedrückt werden. Um aber über eine so auffallende Bildung, wie *an-i* analytischen Aufschluss zu gewinnen, ist es notwendig, dieselbe in ihren verschiedenen Funktionen an einzelnen Beispielen zu verfolgen, von denen wir folgende wählen:

an-i x-is-in-k wer hat es herausgenommen?
an-i-at l-a-at wer bist du?
an-i a-vuink-a-in wer ist dieser Mann?
an-i-eb a-vuink-a-in wer sind diese Leute?
an-i-aj-iqu'in x-a-tak-l-a mit wem hast du es gesandt?
an-i x-a-cam-si wen hast du getötet?
an-i-aj-e a-cab-a-in wem gehört dieses Haus?
an-i-aj-eb a-cab-a-in welchen gehört dieses Haus?
an-i in-caba wie heisse ich? wörtlich: was ist mein Name?
an-i er-ech in c'a ta-chal-k, t-in-rop-t-e-si wer von euch nicht kommt, den werde ich strafen.

Aus diesen Beispielen ergiebt sich folgendes:

1. *an-i* allein dient bloss für den Singular des Nominativ und Accusativ.

2. Um den Pluralis und die Casus obliqui beider Numeri zu bilden, können die nötigen Suffixe nicht direkt an *an-i* treten, sondern es muss die Partikel *aj* eingeschoben werden, welche als direkte Trägerin des Suffixes erscheint. Vergl. die Bildungen *an-i-aj-iqu'in, an-i-aj-e, an-i-aj-eb.*

3. Wo als Subjekt des Frage- oder Nebensatzes ein Pronomen pers. der 2. Pers. erscheint, tritt dieses an die Stelle der eben erwähnten Partikel *aj*; *an-i at, an-i er-ech.*

4. Dies beweist, dass die Partikel *aj* als allgemeines Subjekt fungiert und dass sie identisch ist mit der Präfixpartikel *aj*, deren wir bei den Nominalaffixen (p. 25) gedacht haben. *aj-iqu'in* ist der „Mann, mit welchem“, *aj-e* ist „der Mann, welchem“, *aj-eb* sind „die Männer, welchen“.

5. Aus dem Erörterten geht hervor, dass *an-i* keine nominale, sondern eine verbale Bildung mit der Bedeutung, „wer ist?“ sein muss: *an-i-aj-iqu'in- vuan l-aj-Pedro* bedeutet: Wer ist

der Mann, mit welchem Pedro ist? *an-i-aj-eb t-in-que* wer sind die Leute, denen ich es gebe?

Sehen wir uns in den Nachbarsprachen nach Bildungen um, welche das *an-i* des K'e'kchí erklären könnten, so finden wir in den Qu'iché-Sprachen als stammidentisch die defektive Verbalform *jan-ic.* Allerdings hat diese dort nicht die Bedeutung „wer", sondern sie tritt in Interrogativ-Synthesen von quantitativer und temporaler Bedeutung auf, wie im Cakchiquel: *jan-ic* wie gross, wie weit, *x-jan-ic pe* in welchem Zustand. Wenn man sich aber vergegenwärtigt, wie sehr in der Gruppe der Maya-Sprachen oft dieselben Wurzelwörter von Sprache zu Sprache nach Form und Bedeutung wechseln, so wird man es nicht mehr auffällig finden, wenn das temporale und quantitative Verbum *jan-ic* des Cakchiquel im K'e'kchí als Pronomen interrogativum in der Form *an-i* auftritt.

Eine zweite Kategorie interrogativer Synthesen werden mit der Partikel *ja* gebildet. Es sind dies:

1. *ja-r-ub* wie viele an Zahl?
2. *ja-r-uj* (mit der Variante *ja-r-oj*) wann?
3. *jo-nim-al* wie gross, wie viel an Grösse oder Wert?

Ad 1. In *ja-r-ub* haben wir die Partikel *ja,* welche hier, wie im Pokonchí, als Fragepartikel auftritt, in Verbindung mit dem Rudiment *-ub*, das mit dem Possessivpronomen verbunden erscheint. Das Rudiment *-ub* aber gehört, wie später gezeigt werden soll, wahrscheinlich der Gruppe der *vuib*-Derivate an und hat die allgemeine Bedeutung „Wesenheit, Körper, Mensch, gezähltes Objekt".

ja-r-ub bedeutet: „was (ist) seine Wesenheit" und dann, übertragen, „seine Zahl"; z. B. *ja-r-ub-ex* wie viele seid ihr *ja-r-ub t-e-xic* wie viele gehen.

Ad 2. *ja-r-uj* „wann" bezieht sich auf die Zukunft; z. B.

ja-r-uj n-ic-at-chic wann gehst du? *ja-r-uj t-at-chal-k* wann kommst du wieder?

In einer früheren Arbeit[1]) habe ich die Vermutung ausgesprochen, dass das Element *uj* in dieser Synthese identisch sei mit dem Stamm *vuj,* der „Buch, Kalender" bedeutet. Seit

[1]) Stoll, Die Sprache der Ixil-Indianer, p. 48.

ich aber in verschiedenen Maya-Sprachen Guatemalas Formen wie *oj-er*, *ca-b-aj-ir*, *ox-ij-er*, *ix-ej-er* genauer studiert habe, in denen allen Rudimente *(oj, aj, ej, ij)* eines und desselben Nomens *k'ij* „der Tag" auftreten, stehe ich nicht mehr an, auch in dem Element *-uj* der Synthese *ja-r-uj* ein Rudiment des Nomens *k'ij* zu erblicken. *ja-r-uj* bedeutet demnach „was ist sein Tag", d. i. wann?

Ad 3. *jo-nim-al* bildet eine einfache Synthese der Partikel *jo*, die mit *ja* identisch ist, mit dem nominalen Derivat *nim-al* Grösse. Beispiele: *jo-nim-al a-in* wie viel ist dies? *jo-nim-al ix-tzak* wie gross ist sein Wert?

Das Pronomen indefinitum.

Das Derivat *an-i*, welches wir oben als Interrogativum kennen lernten, kann auch als Indefinitum fungieren, z. B. *an-i x-ban-u-k* irgend jemand that es, *an-i x-c'am-oc* irgend jemand trug es weg.

Über die Begriffe „jeder, alle, keiner" ist das Zahlwort zu vergleichen.

Für die Frage „wie lange ist es her" dient die Form *ja-r-j-er*; z. B. *ja-r-j-er x-ban-un-qu-il* wie lange ist es her seit seinem Geschehen.

ja-r-j-er ist eine inchoative Verbalform, wie *oj-er* etc. und steht für *ja-r-uj-er*, welches seinerseits ein polysynthetisch verstümmeltes *ja-ru-k'ij-er* ist.

Das Numerale.

Die Kardinalzahlen.

Die Kardinalzahlen des K'e'kchi lauten, wie folgt:

1 *jun, jun-aj*	11 *jun-laj-u*
2 *ca-ib*	12 *ca-b-laj-u*
3 *ox-ib*	13 *ox-laj-u*
4 *caj-ib*	14 *ca-laj-u*
5 *o-ob*	15 *vuo-laj-u*
6 *vuak-ib*	16 *vuak-laj-u*
7 *vuk-ub*	17 *vuk-laj-u*
8 *vuakxak-ib*	18 *vuakxak-laj-u*
9 *bele-b* oder *bele-eb*	19 *bele-laj-u*
10 *laj-eb*	20 *ju-may*

21 *jun-x-ca-c'al*	80 *caj-c'al*
22 *ca-ib x-ca-c'al*	100 *o-c'al*
23 *ox-ib x-ca-c'al*	120 *vuak-c'al*
24 *caj-ib x-ca-c'al*	140 *vuk-c'al*
25 *o-ob x-ca-c'al*	160 *vuakxak-c'al*
30 *laj-eb x-ca-c'al*	180 *bele-c'al*
40 *ca-c'al*	200 *laj-eb-c'al.*
60 *ox-c'al*	

Wie man sieht, erscheinen mit Ausnahme der Einheit die eigentlichen Radikale der Zahlen verbunden mit Suffixen, welche das gezählte Objekt darstellen. So ist von 2—10 *ib* das gezählte Objekt, von 11—19 *u*, für 20 tritt *may* ein, für die Multipla von 20 (40, 60, 80 etc.) *c'al*. Es fragt sich, welches die ursprüngliche Bedeutung dieser gezählten Objekte sei.

Für *ib* liegt es nahe, an die Finger zu denken, auf deren Zählung das Zahlsystem so vieler Völker beruht. Und in der That finden wir, dass in verschiedenen Maya-Sprachen Guatemalas die Fingerspitzen mit dem vollen, mit *ib* stammidentischen Nomen *vui* bezeichnet werden. Im Cakchiquel und in den Mam-Sprachen bedeutet *vui k'ab* „die Spitzen der Hand", „die Finger". In der Sprache von Uspantan findet sich auch noch das Kollektivum *ib-aj* für „Spitze", „Haupt", „Gipfel" und diesem entspricht auch das Kollektivum *vui-aj* „Finger" im Ixil.

Es kann somit kaum zweifelhaft sein, dass im K'e'kchi und den verwandten Sprachen von Guatemala die Finger die Grundlage des Zahlsystems für die Zahlen 2—10 bilden.

Grössere Schwierigkeiten bietet das Suffix *u*, welches für die Zahlen 11—19 das gezählte Objekt bildet. Ihm entspricht *uj* in den Qu'iché-Sprachen und *un* in der Maya von Yucatan. Nun wurde schon oben auf die Wandlungen hingewiesen, welche der Stamm *k'ij* der Tag beim Eingehen in synthetische Verbindungen erfährt, indem er das initiale *k'* spurlos verliert und nach den Gesetzen der Vokalharmonie (die hier ganz andere sind als in uralaltaischen Sprachen) in *a, e, o, u* ändert. Es ist also nicht nur möglich, sondern sogar sehr wahrscheinlich, dass die Formen *laj-uj* und *laj-u* der Guatemala-Sprachen aus *laj-k'ij* „10 Tage" hervorgegangen sind und dass auch das *laj-un* der Maya einem *laj-kin* entspricht. Auch *bol-on* der Maya würde als *bol-kin*

„9 Tage“ zu deuten sein. In den Formen der Tzental-Sprachen: *bal-un-eb* (Tzental), *bal-un-em* (Tzotzil), *bal-un-e* (Chañabal) hätten wir die Verbindung des Zahlradicals *bal* „9“ mit *kin* Tag und dem Pluralsuffix *eb* und *em* zu erblicken.

Die Annahme, dass das gezählte Objekt *u*, *uj* und *un* aus *k'ij* und *kin* entstanden sei und „Tag“ bedeute, gewinnt gerade für das K'e'kchi sehr an Wahrscheinlichkeit durch den Umstand, dass hier als Objekt für 20 das Nomen *may* (*ju-may* = 1 may) auftritt, welches in der alten Zeitrechnung der Indianer von Guatemala einen Cyklus von 20 Tagen bedeutete. Nachdem also bis 19 die Tage gezählt waren, gelangte man zum cyklischen Abschluss des ersten 20, dem ersten *may*. Im Pokonchi bedeutet *may* als Verbum „aufhören“.

In andern Maya-Sprachen von Guatemala tritt als Objekt der Zahl 20 „ein Mensch“ (*ju-vuinak*) auf, als Inbegriff der „20 Finger“, entsprechend dem „es ist ein Mensch zu Ende“ der Eskimo-Dialekte.

Die Vielfachen von 20 werden mit dem Objekt *c'al* gebildet, welches im K'e'kchi „Maisfeld“, in der Aguacateca „Armvoll“ bedeutet.

Besondere Erwähnung bedarf noch das Zahlwort *jun* eins. Wie im Pokonchi, erscheint dasselbe auch im K'e'kchi häufig mit einem Suffix *aj*, dessen Herleitung nicht vollkommen klar ist. Es bieten sich hier drei Möglichkeiten:

1. *-aj* ist das gezählte Objekt und als solches identisch mit der Präfixpartikel *aj* Mensch: *jun-aj* ein Mann.

Diese Erklärung wurde für das *jen-aj* des Pokonchi angenommen (vergl. Pok.-Spr. p. 52). Für sie sprechen beim K'e'kchi Ausdrücke, wie *jun-aj ch-ic* noch einer, ein anderer. *jun-aj aj-vui* „nur einer“ und die Form *ju-nak* je einer, irgend einer, *ju-nak ch-ic* noch einer.

2. *-aj* ist das gezählte Objekt und als solches identisch mit dem Suffix *-uj* in *laj-uj*, also vom Nomen *k'ij* abzuleiten.

Dies ist die unwahrscheinlichste Annahme, gegen welche beim K'e'kchi noch speziell der Umstand spricht, dass dem *jun-aj* nicht ein *laj-uj* sondern bloss ein *laj-u* entspräche.

3. *-aj* hat seinen nominalen Charakter bereits verloren und ist Verbal-Suffix geworden: *jun-aj* „eins geworden sein“, „zu eins werden“. Für diese Annahme sprechen Ausdrücke wie *jun-aj*

l-i-xic einohrig, „eins geworden bezüglich des Ohres“, *jun-aj aj-vui r-u* rein, unverfälscht, „nur eins geworden ist es“; *jun-aj x-na-aj naj ch-a-tub* häufe es auf einen Haufen, „eins werde sein Ort, wenn du es aufhäufst“.

Da mir im K'e'kchi keine Ausdrücke bekannt sind, in welchen sich *jun-aj* nicht auf diese Weise erklären liesse, so scheint die Annahme, dass in dieser Form das Suffix *-aj* vom Nomen bereits zum Verbalsuffix herabgesunken sei, die richtigste zu sein. Auch im Qu'iché giebt Ximenez ein Verbum *hun-ah (jun-aj)*, allerdings mit der Bedeutung: „hacer algo por si solo“, also als Transitivum, in welchem *aj* noch die Bedeutung der Persona agens bewahrt hätte.

Syntaktischer Gebrauch der Kardinalzahlen.

Die Zahl 1 wird gewöhnlich ohne Weiteres mit dem gezählten Objekt verbunden: *jun-pat* ein Augenblick, *jun-po* ein Monat. Wo dies nicht der Fall ist, wo z. B. *jun* mit einem Suffix *(jun-aj, ju-nak)* erscheint, oder wo zwischen Zahlwort und Objekt sich die Partikel *chi* einschiebt, ist der Sinn ein anderer als der des einfachen Zählens. Mit *jun-aj* ist eine Aussage verbunden, *ju-nak* und *jun-chic* haben bereits distributive Bedeutung.

Die Zählung mehrerer Objekte geschieht im K'e'kchi auf dieselbe Weise wie im Pokonchi. Wo das allgemeine Objektssuffix *-ib* am Zahlwort erscheint, folgt demselben die Partikel *chi* oder ein Possessiv-Pronomen; z. B.

ca-ib chi mol zwei Stücke von der Kategorie „Eier“: zwei Eier
ca-ib chi ab zwei Zeiträume von der Kategorie „Jahr“: zwei Jahre
ca-ib vu-ochoch meine zwei Häuser, eigentlich zwei (Stück sind) meine Häuser
ca-ib i-x-tz'um-al zwei Hiebe, wörtlich: zwei (sind) seine Hiebe.

Doch ist diese Regel nicht ausnahmslos, denn man hört auch *ca-ib mokoj* 2 Klafter, *ca-ib po* 2 Monate etc., Vorkommnisse, die möglicherweise bereits auf Rechnung eines mangelhaften Gefühls für den alten ursprünglichen Geist der Sprache zurückzuführen sind.

Wo es sich um Personen handelt, tragen die Ordnungszahlen Pluralsuffixe in Gestalt des suffigierten Pron. person; z. B.

la-o ca-ib-o t-o-xic wir beide gehen
la-ex ox-ib-ex t-ex-xic ihr drei geht
heb-an caj-ib-eb t-e-xic sie vier gehen.

Der Sinn dieser Konstruktion ist ein Doppelsatz: „wir sind unser zwei, welche gehen" etc.

Auch im K'e'kchi giebt es eine Anzahl von Ausdrücken für häufig gezählte Gegenstände, mit welchen das Zahlwort unmittelbar ohne das Suffix *-ib* verbunden wird. Dahin gehören z. B.:

vua das Mal
jach Mal, Abteilung
sum-al Paar
moch'-ol Handvoll
tz'uk-ul Tropfen
um-ul Schluck
pis-oc Löffel voll
mul Exemplar, z. B. *ju-mul chi may* eine Tabakstaude
cus-ul Balken
tas-al Falte, Thürflügel
pac'-al und *pac'-al-il* Seite
tzol Furche
yoc Schritt

Man sagt also nicht *ca-ib chi vua* 2 mal etc., sondern *ca-vua, ox-vua, caj-vua, o-vua, vuak-vua, vuk-vua, vuakxak-vua, bele-vua.* Und ebenso *ca-jach, ox-jach* etc.

Die Distributivzahlen.

Mit *jun* „eins" werden mehrere Distributivzahlen gebildet, nämlich:

ju-nak, jun-tak, jun-il, jun-jun-al, jun-jun-k-il, jun-jun-tak.

ju-nak bedeutet „einer nach dem andern", z. B. *bo'tz chak ju-nak che ar-an* „nimm dort ein Scheit nach dem andern heraus". Aber auch in der einfachen Bedeutung von „ein, irgendein" kommt es vor, z. B. *ju-nak l-ixka-al yib-r-u* ein hässliches Mädchen.

Das von Berendt citierte Diccionario giebt auch die von mir nicht gehörte Form *junak chic* ein anderer.

Es handelt sich bei *ju-nak* wohl um dieselbe Partikel *nak,* welche auch im Pokonchí beispielsweise aus dem Interrogativum *a-vuach* das Indefinitum *a-vuach-nak* bildet.

Mit der Partikel *tak*, welche im Pokonchí und der Sprache von Uspantan als Pluralaffix so ausgiebige Verwendung findet, bildet das K'e'kchí die Formen *jun-tak* und *jun-jun-tak* „jeder"; z. B. *jun-tak-et ka-c'aba* unser Name ist derselbe, *ac jun-tak-et-o* wir sind gleich, *jun-jun-tak pac'al* auf jeder Seite.

jun-il ist ein nominales Derivat und bedeutet „die Gesamtheit, Alles". Es wird mit der Partikel *chi* und den nötigen pränominalen Affixen konstruiert; z. B.

chi-jun-il l-i-cab das ganze Haus
chi-ka-jun-il wir alle
chi-jun-il-ex ihr alle
chi-jun-il-eb sie alle.

Ebenso ist *jun-jun-al* ein derivates Nomen mit der Bedeutung „je einer".

Den Bildungen *jun-il* und *jun-jun-al* entspricht vom Zahlwort *ca-ib* 2: *ca-ca-bil* „beide", z. B. *sa ca-ca-bil t-e-c'am* wörtlich: „in Zweiheit tragen sie es" d. h. „sie beide tragen es".

Durch einfache Reduplikation entstehen die Formen:

ca-b-ca-b zu je zweien
ox-ox zu dreien
ca-ca zu vieren

Sie werden häufig mit *sa* konstruiert, z. B. *sa ca-ca t-e-xic* zu je vieren gehen sie.

Auf Distributiv-Partikel *tak*, welche in *jun-jun-tak* noch vollständig erscheint, sind auch die Suffixe *-t-k* und *t-k-il* zurückzuführen, die Formen bilden, wie folgende:

oo-tk-il (für *oo-tak-il*) zu je 5
vuaki-tk zu je 6
vuku-tk zu je 7
vuakxaki-tk zu je 8
bele-tk zu je 9
laje-tk zu je 10

Verbindungen mit dem Stamme *chal*. An Stelle des *b* des allgemeinen gezählten Objektes *-ib* tritt in einigen Distributivzahlen des K'e'kchí der Stamm *chal*, welcher offenbar mit dem

Stamme *chel* „die Seite" des Pokonchí identisch ist, obwohl er weder im K'e'kchí noch in den Qu'iché-Sprachen als selbständiges Nomen mehr vorkommt. Mit *chal* werden gebildet:

ox-i-chal zu dreien
ca-i-chal zu vieren
r-o-i-chal zu fünfen.

Während aber *ox-i-chal* und *ca-i-chal* mit dem Pron. poss. des jeweiligen Satzsubjektes konstruiert werden, erscheint *r-o-i-chal* fest mit dem Pron. poss. 3. Pers. Sing. verbunden und wird mit dem Pron. pers. konstruiert; z. B.

la-o k-ox-i-chal t-o-xic wir gehen zu dreien
la-o ka-ca-i-chal t-o-xic wir gehen zu vieren
dagegen
la-o r-o-i-chal t-o-xic wir gehen zu fünfen
la-ex r-o-i-chal t-ex-xic ihr geht zu fünfen
heb-an r-o-i-chal t-e-xic sie gehen zu fünfen

Verbindungen mit dem Stamme *k'ij* „Tag". Dahin sind zu zählen die Synthesen *ca-b-ej* übermorgen (d. h. in zwei Tagen) und *ca-b-aj-er* vorgestern (d. h. vor zwei Tagen).

Für die höheren Zahlen werden, jetzt wenigstens, Formen gebraucht, die den spanischen analog sind, wie *sa oxib cutan* in 3 Tagen (entre 3 dias).

Verbindungen mit dem Stamme *ab* „Jahr". Hiervon kommen noch vor:

jun-ab-er vor 1 Jahr
ca-ab-er vor 2 Jahren
ox-ab-er vor 3 Jahren
caj-ab-er vor 4 Jahren.

Von hier wird in gewöhnlicher Weise weitergezählt:

oob chi-ab vor 5 Jahren
vuak-ib chi-ab vor 6 Jahren.

Wie schon beim Pokonchí erwähnt, sind diese Formen auf *-er* als inchoative Verba aufzufassen. Zu diesen gehört auch *evu-er* „gestern", das Inchoativum des einfachen Stammes *evu*, der im K'e'kchí für „spät" gebraucht wird, sowie *najt-er* „vor Alters'„ von *najt* „ferne".

Die Ordnungszahlen.

Das K'e'kchi bildet folgende Ordnungszahlen:

x-ben der erste, wörtlich sein erstes
x-cab-il-al der zweite
r-ox-il der dritte
x-ca-il der vierte
r-o-il der fünfte.

In *x-ben* finden wir das Nomen *ben* wieder, welches auch „Spitze, Oberstes, Haupt", bezeichnet und bereits bei den Synthesen von Nomina mit dem Pron. poss. erwähnt wurde. Als Ordnungszahl bezeichnet *ben* der erste, z. B. *x-ben vu-al* mein erstes Kind.

Die übrigen Ordnungszahlen sind leicht als Synthesen der Pron. poss. mit nominalen Derivaten auf *l* der Kardinalzahlen zu erkennen, von denen *cab-il-al* sogar ein doppeltes Derivat bildet.

Die Bezeichnung der Bruchteile.

Den „Teil" einer Sache bezeichnet das K'e'kchí mit dem Stamme *jach,* welcher im K'e'kchí „spalten" bedeutet. Im Cakchiquel, wo dieser Stamm sich noch in mannigfacherer Verwendung erhalten hat, bedeutet er „trennen, einen Zwischenraum zwischen zwei Dinge legen", dann auch „halbieren". Im K'e'kchí finden sich damit die Bildungen:

yi-jach die Hälfte
ox-jach der Dritteil
ca-jach der Vierteil

Die Silbe *yi* in *yi-jach* ist identisch mit dem Radikal des Derivates *yej-al,* womit das Pokonchí die „Hälfte" bezeichnet. Vergl. Sprache der Pokonchí-Ind. p. 56.

Gebrochene Zahlen bezeichnet das K'e'kchí mit einem ganzen Satze, indem es die nächst höhere ganze Zahl mit dem Possessiv-Pronomen dem Verbum *vuan* „irgendwo sein" folgen lässt; z. B.

vuan x-cab „es ist sein Zwei", d. h. $1^1/_2$
vuan r-ox „es ist sein Drei", d. h. $2^1/_2$.

Diese seltsame Ausdrucksweise wird verständlicher, wenn man sich erinnert, dass auch in der Reihe der Ordnungszahlen die Zahlen zwischen zwei Zwanzigern gewissermassen als Bruchteile des nächsthöhern Zwanzigers aufgefasst und aus diesem mittels des Pron. poss. zusammengesetzt werden, wie *jun-x-ca-c'al* 21, wörtlich: 1 sein 40 etc.

Das Verbum.

Die allgemeinen Bemerkungen, welche bei der Behandlung des Pokonchí-Verbs gemacht wurden, gelten auch für das K'e'k-chí: auch hier wird das Verbum wesentlich als Nomen aufgefasst und behandelt, und die einzelnen Elemente, welche die Verbalflexion bilden helfen, sind hier wie dort im ganzen dieselben, nämlich Verbo-Nominalstämme, Pronomina personalia und possessiva, Tempuspräfixe, und eine Reihe von Suffixen, welche das ursprüngliche nackte Verbo-Nomen in bestimmtere verbale Bahnen lenken und seinen verbalen Charakter bedingen.

Indessen finden sich die Elemente, welche die Verbalflexion des K'e'kchí bilden, nicht in jedem einzelnen Falle vollständig entwickelt, sondern es lassen sich alle Grade von der verbalen Anwendung des nackten Verbo-Nomens bis zum vier- und fünffachen Suffixderivat, welches noch dazu mit Tempus- und Pronominalpräfix ausgestattet ist, in der Flexion nachweisen. Um dieses Verhältnis, welches nicht nur für das K'e'kchí, sondern auch für die Nachbarsprachen charakteristisch ist, einmal am Beispiel des K'e'kchí spezieller zu verfolgen, sind im folgenden die verschiedenen Stufen, welche sich in der Verbalflexion naturgemäss unterscheiden lassen, übersichtlich zusammengestellt, während ihre einzelnen Elemente später noch genauerer Betrachtung unterzogen werden sollen.

Es scheint den Thatsachen am besten zu entsprechen, wenn wir fünf Entwicklungsstufen des K'e'kchí-Verbs unterscheiden. Das analytische Studium derselben zeigt, dass die Verbalflexion des K'e'kchí keineswegs so einfach und so dürftig ist, wie das bis jetzt einzig darüber publizierte Material in H. de Charencey's „Mélanges“ vermuten liessen.

Erste Stufe.

Mit dem Pokonchí und den verwandten Sprachen hat auch das K'e'kchí die Neigung gemein, mit dem affixlosen Nomen bereits eine Aussage zu verbinden, wobei die näheren Bestimmungen des Verbalinhaltes durch nominale und pronominale Zusätze ausgedrückt sind.

Auf dieser ersten und niedrigsten Stufe verbaler Funktion treffen wir in erster Linie die Bezeichnungen der Farben, ferner die Ausdrücke für Eigenschaften, dann, in wenigen Fällen, echte substantivische Nomina und endlich die Zahlen.

Folgende Beispiele mögen diese erste Stufe des Verbums illustrieren:

a) Farbenbezeichnungen.

cak (rot) „es blitzt und donnert"

cak x-ch'ol sie ist eifersüchtig (wörtlich: zornig [rot] ist ihr Herz)

k'an li r-il-ob-al gelb (ist) sein Antlitz

rax rax r-u li ka-vuaj sehr grün (sind noch) die Blätter unseres Maises

sak sak x-na'k av-u ganz weiss (sind) deine Augäpfel.

b) Eigenschaftsbezeichnungen.

nim x-yaj-el er ist sehr krank (wörtlich: gross seine Krankheit)

cau r-ok li ha der Fluss ist reissend (wörtlich: stark die Tiefe des Flusses)

al r-ech c'an-jel-ac er ist träge zur Arbeit (wörtlich: schwer zum Arbeiten)

yaj li-ixk die Frau ist schwanger (wörtlich: krank die Frau)

yib in-ch'ol mich ekelt (wörtlich: hässlich mein Herz).

c) Nomina in verbalem Gebrauch.

u'c Laus: *u'c avu-ix* du hast Läuse auf dir (wörtlich: Läuse auf dir)

bak Knochen: *bak* er ist mager.

b) Zahlenausdrücke.

ca-ib chi ab „es sind zwei Jahre her", wörtlich: „zwei Individuen von der Kategorie Jahr".

Zweite Stufe.

Als zweite Stufe der verbalen Bildungen können im K'e'kchí diejenigen bezeichnet werden, in welchen ein Verbo-Nominalstamm zwar noch affixlos, aber von Partikeln begleitet erscheint, welche teilweise selbst als rudimentäre Verbo-Nominalstämme auszusprechen sind und die dazu dienen, ihrem Verbo-Nomen mehr oder minder bestimmte verbale Funktionen zu verleihen. Solche begleitende Partikeln sind z. B. *c'a*, *chak*, *nak*, *ac*.

a) Beispiele mit *c'a*.

c'a r-u was giebts? was?
c'a ut warum?
in c'a nein, nicht *in c'a us* es ist schlecht (nicht gut).

b) Beispiele mit *chak*.

au-chak säe.
bok-chak rufe
c'am-chak bringe.

c) Beispiele mit *nak*.

poj-nak nähe
pab-nak glaube
ba'c-nak binde an.

d) Beispiele mit *ac*.

avule ac nim er ist schon gross
ac vuink er ist schon erwachsen
ac si es ist schon geschenkt.

Dritte Stufe.

Deutlicher tritt die verbale Funktion da zu Tage, wo ein nackter Verbo-Nominalstamm sich mit einem Pronomen personale oder possessivum synthetisch verbindet, wie folgende Beispiele zeigen:

a) Mit dem Pronomen personale.

la-o vuink-o wir sind erwachsen, wörtlich: wir, Männer (sind) wir

la-ex nim-k-ex ihr seid gross, wörtlich: ihr, Grosse (seid) ihr

la-in man-in ich bin nicht da, wörtlich: ich, nicht da (bin) ich.

b) Mit dem Pronomen possessivum.

vu-il ich sehe (transitiv), wörtlich: Objekt meines Sehens, mein Gesehenes

r-u'tz er küsst, wörtlich: Objekt seines Küssens, sein Geküsstes

a-ban durch dich, wörtlich: Objekt deines Thuns, dein Gethanes.

Indem sich nun mit den Elementen der dritten Stufe, dem nackten Stamme und seinen pronominalen Affixen noch besondere Tempuspräfixe verbinden, erhalten wir die

Vierte Stufe.

Sie stellt bereits das Schema einer vollständigen Konjugation im Umfange der Maya-Sprachen Guatemalas dar, da sich in ihr alles Wesentliche: Subjekt, Zeitangabe und Verbalstamm vorfindet, aus dessen Pronominal-Affixen sich auch erschliessen lässt, ob es sich um ein Verbum transitivum oder intransitivum handle. Beim Verbum transitivum nämlich verbindet sich das Verbo-Nomen mit dem Pron. possessivum, beim Verbum intransitivum dagegen mit dem Pron. personale. Beispiele:

a) Mit dem Pronomen possessivum (Verbum transitivum).

Stamm: *tau* verstehen, *x-a-tau ix-al-al* du hast verstanden seine Rede, wörtlich: schon (war) Objekt deines Verstehens seine Rede

Stamm: *sut* schneuzen, *ti-x-sut x-sam* er schneuzt seine Nase, wörtlich: jetzt (ist) Objekt seines Schneuzens seine Nase

Stamm: *top* stechen, *t-in-a-top* du stichst mich, wörtlich: jetzt (bin) ich Objekt deines Stechens.

b) Mit dem Pronomen personale.

Stamm: *yo* vorhanden sein, *yo-qu-in* ich bin (jetzt) da
Stamm: *oc* eintreten, *t-at-oc* du trittst ein
Stamm: *el* hinausgehen *x-el* ging hinaus.

Fünfte Stufe.

Trotzdem bereits auf der vierten Stufe die wesentlichen Elemente zur näheren Bestimmung eines Verbalinhaltes hinsichtlich seiner Persona agens und der Zeit der Handlung gegeben sind, ist das K'e'kchí doch hierbei nicht stehen geblieben, sondern hat aus dem nackten Verbo-Nominal-Stamme eine Reihe von Derivaten entwickelt, welche zum weit überwiegenden Teile auf Suffigierung beruhen. Gegenüber der Menge der Suffix-Derivate treten die einfachen Verbalstämme in den Hintergrund, die Suffix-Derivate beherrschen geradezu die Verbalflexion, in den Suffixen kommen alle feinen Schattierungen des Verbalinhaltes zum Ausdrucke, und wo sie sich mit den Verbalpräfixen der Zeit und der Persona agens und acta verbinden, hat die Konjugation des K'e'kchí und der verwandten Sprachen ihre höchste Entwicklung erreicht.

Doch bleibt die Sprache auch hierbei nicht stehen, sondern sie scheidet die Suffixderivate in solche verbalen und in solche substantivischen Gebrauchs. Während bei den Derivaten verbalen Gebrauchs die sämtlichen Elemente der K'e'kchí-Konjugation ins Spiel kommen, verzichtet die Sprache bei den Derivaten substantivischen Gebrauchs auf Angabe der Zeit und der Persona agens durch Verbalpräfixe und kehrt gewissermassen zu ihrer ursprünglichen Neigung, mit dem präfixlosen Nomen schon eine Aussage zu verbinden, zurück.

Es entspräche der lebendigen Sprache nicht, wenn man alle Suffixe, die im K'e'kchí vorkommen, an einem und demselben Verbo-Nomen vorführen wollte, wie dies Ximenez für das Qu'iché versucht hatte. Vielmehr bevorzugt der eine Verbo-Nominal-Stamm diese, ein anderer jene Suffixe, ohne dass für den Europäer der Grund dieses Wechsels stets ersichtlich wäre.

Je nach dem Charakter, welchen ein Suffix seiner Verbalform verleiht, fungiert dieselbe als präfixloses Nomen oder sie nimmt die Präfixe des transitiven oder die des intransitiven, resp. passiven Verbums vor sich. Und zwar kann ein an sich transitiver Verbo-Nominalstamm durch Annahme gewisser Suffixe, also auf künstliche Weise intransitiv gemacht werden, weshalb im folgenden das natürliche vom künstlichen Intransitivum unterschieden ist.

Das Passivum unterscheidet sich vom Intransitivum ausschliesslich durch gewisse Suffixe, nicht aber durch die Präfixe, welche diejenigen des Intransitivums sind. Das gleiche gilt vom Inchoativum.

Ein Verbo-Nomen kann aber nicht bloss mit einem, sondern gleichzeitig mit mehreren Suffixen verbunden erscheinen, welche ganz verschiedenen Kategorien angehören. So ist z. B. das nominale Derivat *cam-si-n-qu-il* ein vierfaches Derivat vom einfachen Stamm *cam* sterben. Von diesem wurde nämlich zunächst das Verbum compulsivum *cam-si* „sterben machen, töten" gebildet, welches für das Nomen verbale *cam-si-om* „derjenige, der tötet" die Basis liefert. Von dessen aphaeretischer Form *cam-si-n* wird mit dem Intransitiv-Suffix *-ic* gebildet: *cam-si-n-k* (aus *cam-si-n-ic*) und hiervon endlich mit dem Nominal-Suffix *-il* das Nomen verbale *cam-si-n-qu-il*.

Ausschlaggebend für den Gesamtcharakter einer derartigen gehäuften Synthese ist stets das letzte Suffix: es bestimmt das Nomen oder das Verbum und bei diesem das transitive oder intransitive Konjugationsschema. Wir brauchen daher bei der vorläufigen Zusammenstellung der Suffixe, die später einzeln erörtert werden, uns nicht nach ihrer Anzahl, sondern bloss nach dem Charakter des End-Suffixes zu richten.

Wir erhalten unter Berücksichtigung des Gesagten folgende Kategorien der Suffixe im K'e'kchi:

I. Suffixe verbalen Gebrauchs.

A. Transitiv-Suffixe.

1. Compulsiv-Suffix: *-si*, z. B.
   cam sterben *cam-si* töten
   aj wachen *aj-si* wecken
   cub herabsteigen *cub-si* herabsteigen machen.

2. Allgemeines Objekts- und Reflexiv-Suffix: *-b*, z. B.
   car Fisch *car-ib* fischen
   c'oj sitzen *c'oj-ob* beruhigen, sich setzen machen
   c'ol zusammenrollen *c'ol-ob* sich zusammenrollen.

B. Intransitiv-Suffixe.

1. Inchoativ-Suffixe: *-er*, *-ir*, z. B.
   bak Knochen *bak-er* mager werden
   mem stumm *mem-ir* verstummen

   -j-ic, z. B. *cak* rot *cak-oj-ic* rot werden
   chak trocken *chak-ij-ic* trocken werden
   que kalt *qui-oj-ic* kalt werden.

2. Durativ-Suffixe: *-c*, *-k*, z. B.
   chak trocken *chak-ic* Durst haben, trocken sein
   si'c Cigarre *si'c-l-ic* rauchen
   bo'tz aus dem Gelenk fallen *bo'tz-ic* ausrenken
   chal zurückkehren *chal-k* zurückkehren.

-n-k, z. B.

atz'am Salz *atz'am-in-k* salzen
ba'tz Affe *ba'tz-un-k* mit dem Schweife wedeln
au säen *au-in-k* säen.

3. Passiv-Suffixe: *-e*, z. B.

ban machen *ban-e* gemacht
lo'k kaufen *lo'k-e* gekauft
ba'c anbinden *ba'qu-e* angebunden.

-a, z. B.

atin reden *atin-a* geredet
k'un weich *k'un-a* erweicht
sot-l einer, der sich niederlegt *sot-l-a* niedergelegt
ixim Mais abkörnen *ixim-a* entkörnt

-o, z. B. *al* Kind *al-o* jung geworden
bak Knochen *bak-o* mager geworden
ik Last *ik-o* aufgeladen

-u, z. B. *ban* machen *ban-u* gemacht

-un, z. B. *mes* mit dem Besen kehren *mes-un* gekehrt.

II. Suffixe nominalen Gebrauchs.

A. Transitiv-Suffixe.

1. Persona agens: *-el*, z. B.

cam-si töten *cam-si-n-el* Schlächter
ik-an Last tragen *ik-an-el* Träger
bon färben *bon-on-el* Färber

-m, *-n*, z. B.

atz'am Salz *atz'am-om* der Einsalzer
cam-si töten *cam-si-om che* der Baumwürger (eine Liane)
chak-r-e-si trocknen *chak-r-e-si-om* der Gerber
ban machen *ban-un caxlan vua* der Bäcker.

2. Mittel oder Zweck: *-b-al*, z. B.

al Kind *al-ob-al* Gebärmutter
chu urinieren *chu-l-eb-al* männliches Glied.
atin baden *atin-eb-al* Bad
set sägen *set-b-al* Säge
lo'k kaufen *lo'k-b-al* um zu kaufen
il sehen *il-b-al* um zu sehen
cuy verzeihen *cuy-b-al* die Gunst.

3. Infinitiv des Zustandes oder der Thätigkeit: *-qu-il* z. B.

be Weg *be-r-e-si-n-qu-il* das Gehen-machen
cam sterben *cam-si-n-qu-il* das Töten
e'ca sich bewegen *e'ca-si-n-qu-il* das Sichwiegen
i-si herausnehmen *i-si-n-qu-il* das Fangen
sur-ub r-ib sich abrunden *sur-ub-an-qu-il r-ib* das Rundwerden, sich Abrunden.

B. Intransitiv-Suffixe.

Suffix der Vergangenheit: *-nak,* z. B.

cam sterben *cam-si-nak* tot
cub hinabsteigen *cub-e-nak* hinabgestiegen
tan umfallen *tan-e-nak* umgefallen
nuj voll *nuj-e-nak* angefüllt.

C. Passiv-Suffixe.

-b-il, z. B.

bon färben *bon-b-il* gefärbt
ba'c festbinden *ba'c-b-il* festgebunden
qu'il-in rösten *qu'il-in-bil* geröstet
nat pressen *nat-b-il* gepresst.

Gehen wir nach diesen einleitenden Bemerkungen dazu über, die Verbalflexion des K'e'kchi auf der höchsten Stufe ihrer Entwicklung zu betrachten, so unterscheiden wir an ihr folgendes:

1. Drei Personen und zwei Numeri: Singular und Plural.
2. Zwei Genera:
   a) Activum
   b) Neutrum
      α) Intransitivum
      β) Passivum.
3. Sieben Tempora:
   a) Zwei Imperfecta
      α) Präsens subfuturum
      β) Präsens durans
   b) Einen Aorist oder Tempus historicum
   c) Ein Futurum subjussivum.

Ausser diesen einfachen Zeiten werden mit Partikeln und Hilfsverben noch zusammengesetzte Tempora gebildet:

d) Ein Präsens durans periphrasticum
e) Ein zusammengesetztes Futurum
f) Ein zusammengesetztes Tempus perfectum.

4. Zwei Modi: Indikativ und Imperativ, letzterer in mehreren Formen und Nuancen.
5. Mehrere Nomina verbalia activen, neutralen und passiven Charakters.
6. Zwei Konjugationen:
   a) Die Transitiv-Konjugation mit präfigiertem Pron. possessivum.
   b) Die Neutral-Konjugation mit affigiertem Pron. personale
      α) Konjugation des Intransitivums
      β) Konjugation des Passivums.

Wir betrachten zunächst:

A. Die Transitiv-Konjugation.

Ihr Charakteristikum ist das präfigierte Pronomen possessivum. Der affixlose Verbo-Nominalstamm ist an sich vollkommen neutral, weder aktiv noch passiv, er bezeichnet lediglich den Gegenstand, welcher als Subjekt oder Objekt eines Verbalinhaltes erscheint; z. B. *il* ist das Subjekt oder Objekt des Sehens und erst weitere Zusätze bedingen die jeweilige aktive oder passive Dignität des Stammes.

Dieser Unterschied in der Auffassung des jeweiligen Verbalinhaltes seitens der Sprache findet in dem Wechsel des Pronominal-Affixes in der Weise seinen Ausdruck, dass dem transitiven Verb das possessive, dem neutralen objektlosen oder passiven das persönliche Fürwort entspricht. Und zwar erscheint das Pron. poss. stets, das Pron. pers. gewöhnlich als Präfix, letzteres kann aber auch in gewissen Fällen als Suffix auftreten.

Was die Tempuspräfixe anbelangt, so haben wir deren zwei für das Präsens, eines für das Tempus historicum und eines für das Futurum zu verzeichnen, und zwar begegnen wir in diesen Präfixen Elementen wieder, welche schon beim Pokonchí erörtert worden sind.

Das Tempuszeichen des Präsens subfuturum ist die Silbe *ta*, welche vor Vokalen zu *t* verkürzt wird. Sie ist nach früherem (Pokonchí p. 77) ein Rudiment des Stammes *tan*, welcher „jetzt, gerade jetzt" bedeutet, und damit auf den genauen gegenwärtigen oder bald eintretenden und auch ablaufenden Moment des Verbalinhaltes hinweist. Sein Wesen erhellt am besten aus der Anwendung, welche das Cakchiquel von ihr macht; z. B.

tan ok t-in-bi-ij chi mani c-at-a'cax-an ich rede (jetzt), aber du verstehst es nicht

x-tan ok t-in-tz'ib-aj vuj, tok mi-x-ul sam-aj-el ich schrieb gerade einen Brief, als der Bote kam

tan t-i-be nu-lok'-oj jun yavua ich will (jetzt) einen Kranken besuchen.

Das Tempuspräfix des Präsens durans ist *n-*, vollständiger *na-*. Es bedeutet, dass der Verbalinhalt nicht einen einmaligen raschen Verlauf besitze, sondern einen mehr oder weniger stationären Zustand bilde. Mit dem Stamme *aj* z. B. bedeutet *ta-vu-aj* ich will (jetzt, einmal) und *na-vu-aj* ich begehre dauernd, ich liebe.

Für den Aorist dient das schon beim Pokonchí erörterte *x* als Präfix.

Das Tempuspräfix der Zukunft ist die Präposition *chi*. Doch ist nicht zu verkennen, dass das Futurum des K'e'kchi nicht eine reine Voraussage des Eintrittes eines Verbalinhaltes bildet, sondern dass damit eine Erwartung, ein Wunsch, eine Aufforderung und selbst ein Befehl verbunden ist, so dass das Futurum eine imperative Färbung erhält, weshalb ich es als Futurum subjussivum bezeichnet habe.

Was endlich den Imperativ sensu stricto anbelangt, so ist seine Bildung beim K'e'kchi-Verbum eine so mannigfaltige und von der regelmässigen Verbalflexion verschiedene, dass es zweckmässig erscheint, sie davon ganz zu trennen und besonders zu besprechen.

Die Transitiv-Konjugation oder die Konjugation mit dem Possessiv-Präfix zerfällt, wie das Pron. possess. selbst in zwei Paradigmata, je nachdem der Verbo-Nominalstamm vokalisch oder konsonantisch anlautet.

a) Vokalisch anlautender Stamm: *aj* wollen, lieben.

Präsens subfuturum.

Sing. 1. Pers. *ta-vu-aj* ich will (jetzt)
„ 2. „ *t-avu-aj* u. s. w.
„ 3. „ *ta-r-aj*
Plur. 1. „ *ta-k-aj*
„ 2. „ *t-er-aj*
„ 3. „ *t-e-r-aj.*

Präsens durans.

Sing. 1. Pers. *na-vu-aj* ich liebe (begehre beständig)
„ 2. „ *n-avu-aj* oder *n-ic-avu-aj*
„ 3. „ *na-r-aj*
Plur. 1. „ *na-k-aj*
„ 2. „ *n-iqu-er-aj*
„ 3. „ *n-iqu-e-r-aj.*

Während die 2. Person Sing. nur gelegentlich mit der synthetischen Partikel *n-ic* gebildet wird, ist dies bei der 2. und 3. Pers. Plus. stets der Fall, wenigstens habe ich die einfachen Formen *n-er-aj* und *n-e-r-aj* bei keinem der hierher gehörigen Beispiele gehört.

Aorist oder Tempus historicum.

a) Mit *x*-Präfix.

Sing. 1. Pers. *i-x-vu-aj* ich wollte
„ 2. „ *x-avu-aj* u. s. w.
„ 3. „ *x-r-aj*
Plur. 1. „ *x-k-aj*
„ 2. „ *x-er-aj*
„ 3. „ *x-e-r-aj.*

b) Mit *c*-Präfix.

Sing. 1. Pers. *qui-vu-aj* ich wollte
„ 2. „ *c-avu-aj*
„ 3. „ *qui-r-aj*
Plur. 1. „ *qui-k-aj*
„ 2. „ *qu-er-aj*
„ 3. „ *qu-e-r-aj.*

Futurum subjussivum.

Sing. 1. Pers. *chi-vu-aj* ich werde oder soll wollen oder lieben
„ 2. „ *ch-avu-aj*
„ 3. „ *chi-r-aj*
Plur. 1. „ *chi-k-aj*
„ 2. „ *ch-er-aj*
„ 3. „ *ch-e-r-aj.*

Man ersieht aus dem Paradigma, dass in der Aussprache die 2. und 3. Pers. Plur. vollkommen gleichlauten: *xeraj, queraj* und *cheraj.* Im Sprachgebrauch wird die dadurch mögliche Verwirrung durch Zuzug der Pron. person. *la-ex* und *heb-an* vermieden. Die Analyse zeigt, dass die 2. und 3. Pers. Plur., obwohl gleichlautend, doch nicht gleich gebildet sind, indem bei der 3. Pers. Plur. das *e* nicht zum Pron. poss. *r* gehört, wie in der 2. Pers. Plur, sondern als Rudiment eines Pron. person. *heb* stehen geblieben ist, welches bei der Synthese des Verbo-Nomens gewöhnlich als Präfix erscheint, während es bei der 3. Pers. Plur. des reinen Nomen als Suffix auftritt: *r-u-eb* ihre Augen. Es steht demnach *ch-e-r-aj* für *chi-heb-r-aj.*

Bei einigen Verbo-Nominalstämmen, welche das „Sichbefinden an einem Orte, Vorhanden- oder Beschäftigtsein“ bedeuten, tritt übrigens das Pron. pers. der 3. Pers. Plur. auch als Suffix auf, z. B. *vuan-k-eb* sie sind da, *m-ani-eb* sie sind nicht da, *yo-qu-eb* sie sind im Begriffe u. a. m.

b. Konsonantisch anlautender Stamm.

Präsens subfuturum; Stamm: *ch'aj* waschen.

Sing. 1. Pers. *t-in-chaj li-v-u* ich wasche mein Gesicht, wörtlich:
„ 2. „ *t-a-ch'aj l-av-u* [mein Gesicht ist jetzt Gegen-
„ 3. „ *ti-x-ch'aj li-r-u* [stand meines Waschens
Plur. 1. „ *t-o-ka-ch'aj li-k-u* u. s. w.
„ 2. „ *t-e-ch'aj l-er-u*
„ 3. „ *t-e-x-ch'aj li r-u-eb.*

Präsens durans; Stamm: *nau* wissen.

Sing. 1. Pers. *n-i-nau* (für *n-in-nau*) ich weiss
„ 2. „ *n-ic-a-nau* u. s. w.
„ 3. „ *na-nau*

Plur. 1. Pers. *na-ka-nau*
„ 2. „ *n-iqu-e-nau*
„ 3. „ *n-iqu-e-x-nau.*

Eine Unregelmässigkeit bietet hier die 3. Pers. Sing., welche ohne Pron. poss. bloss mit dem Tempuspräfix *na (na-nau* statt *na-x-nau)* erscheint.

Aorist.

Sing. 1. Pers. *x-in-nau* ich wusste
„ 2. „ *x-a-nau*
„ 3. „ *x-nau*
Plur. 1. „ *x-ka-nau*
„ 2. „ *x-e-nau*
„ 3. „ *x-e-x-nau.*

Auch hier erscheint die 3. Pers. Sing. ohne Pronomen, was allerdings in diesem Falle durch Zusammenziehung *(x-nau* für *x-x-nau)* zu erklären ist.

Futurum subjussivum; Stamm: *tzol* lernen

Sing. 1. Pers. *ch-in-tzol* ich werde oder muss (es) lernen
„ 2. „ *ch-a-tzol* u. s. w.
„ 3. „ *chi-x-tzol*
Plur. 1. „ *cha-ka-tzol*[1])
„ 2. „ *ch-e-tzol*
„ 3. „ *ch-e-x-tzol.*

B. Die Neutral-Konjugation.

Ihr Charakteristikum ist die Synthese des Pronomen personale mit Verbo-Nomen und Tempuspräfix, wobei es zunächst noch völlig unentschieden bleibt, ob es sich um ein bloss objektloses oder um ein passives Verbum handelt. Erst durch Zuhilfenahme geeigneter Suffixe wird der weitere Charakter der Verbalform als einer intransitiven oder passiven bestimmt; z. B. *t-at-tak-r-e-si-n-k* bedeutet du machst nass (intransitiv), aber *t-a-tak-a* du wirst nass gemacht. Da jedoch damit die Eigentümlichkeiten der Passivbildung nicht erschöpft sind, soll sie besonders besprochen werden und hier nur die objektlosen Verbalformen zur Behandlung kommen.

[1]) *cha-ka-tzol* steht für *chi-ka-tzol* infolge der Gesetze der Vokalharmonie.

Wir haben bei der Konjugation des Intransitivums noch einmal an das früher über die verschiedenen Stufen der Verbalbildung im K'e'kchí Gesagte zu erinnern. Zunächst begegnen wir hier einer kleinen Reihe verbal gebrauchter Stämme, welche sich lediglich mit dem Pronomen personale ohne Tempusaffix verbinden, und zwar erscheint das Pron. pers. hier als Suffix. Damit erhalten wir folgende:

I. Intransitiv-Konjugation mit suffigiertem Pronomen personale.

a) Mit reinem Nomen: *vuink* Mann.

Sing.	1.	Pers.	*la-in ac vuink-in*	ich bin schon ein Mann
„	2.	„	*la-at ac vuink-at*	u. s. w.
„	3.	„	*a-vu-l-e ac vuink*	
Plur.	1.	„	*la-o ac vuink-o*	
„	2.	„	*la-ex ac vuink-ex*	
„	3.	„	*heb-an ac vuink-eb*	

b) Mit einem Verbo-Nomen: *man-i* nicht da sein.

Sing.	1.	Pers.	*la-in man-in chi cab*	ich bin nicht zu Hause
„	2.	„	*la-at man-i-at* „ „	u. s. w.
„	3.	„	*a-an man-i* „ „	
Plur.	1.	„	*la-o man-i-o* „ „	
„	2.	„	*la-ex man-i-ex* „ „	
„	3.	„	*heb-an man-i-eb chi cab*	

Der Natur der Sache nach beziehen sich solche Formen auf die Gegenwart. Um damit aber eine präteritale Zeit, eine Art Plusquamperfektum, herzustellen, bedient sich das K'e'kchí der Partikel *raj*, z. B. *la-ex raj neba-ex naj qu-i-cam l-e yu-vua* ihr waret arm gewesen, als euer Vater starb. *la-in raj neba-in vuit inc'a x-in-c'anjel-ac* ich wäre arm geworden, wenn ich nicht gearbeitet hätte.

II. Intransitiv-Konjugation mit suffigiertem Pronomen personale und Tempuszeichen; Stamm; *vuan* irgendwo sein.

Präsens subfuturum.

Sing.	1.	Pers.	*la-in vuan-qu-in (chi cab)*	ich bin (zu Hause)
„	2.	„	*la-at vuan-c-at*	u. s. w.
„	3.	„	*a-an vuan*	

Plur.	1.	Pers.	*la-o vuan-c-o*
„	2.	„	*la-ex vuan-qu-ex*
„	3.	„	*heb-an vuan-qu-eb.*

Das Tempusaffix *c* erscheint hier als Infix zwischen Verbalstamm und Pron. pers. eingeschaltet. Da dasselbe bei der Passiv-Konjugation eine wesentliche Rolle spielt, wird es dort zur Sprache kommen.

Über den Stamm *vuan* vergl. die anomalen Verbalstämme.

III. Intransitiv-Konjugation mit präfigiertem Pronomen personale und Tempuszeichen.

Dies ist die gewöhnliche Konjugationsform derjenigen Verba, welche entweder an und für sich intransitiv sind, oder welchen gewisse Suffixe es unmöglich machen, ein Transitivobjekt zu sich zu nehmen.

Die Tempuspräfixe sind hier dieselben, wie bei der Possessiv-Konjugation: *t* und *n* für die präsentialen Zeiten, *x* für den Aorist und *ch* für das Futurum subjussivum.

Wir erhalten demnach für die Intransitiv-Konjugation folgendes Schema:

1. Natürliches Intransitivum.

Präsens subfuturum; Stamm *vuar-k* schlafen.

Sing.	1.	Pers.	*t-in-vuar-k*	ich werde schlafen
„	2.	„	*t-at-vuar-k*	u. s. w.
„	3.	„	*ta-vuar-k*	
Plur.	1.	„	*t-o-vuar-k*	
„	2.	„	*t-ex-vuar-k*	
„	3.	„	*t-e-vuar-k.*	

Präsens durans; Stamm *be-c* gehen.

Sing.	1.	Pers.	*n-im-be-c*	ich gehe, reise
„	2.	„	*n-ic-at-be-c*	u. s. w.
„	3.	„	*na-be-c*	
Plur.	1.	„	*n-ic-o-be-c*	
„	2.	„	*n-iqu-ex-be-c*	
„	3.	„	*n-iqu-e-be-c.*	

Aorist; Stamm *vuar-k* schlafen.

Sing.	1.	Pers.	*x-in-vuar-k*	ich schlief
„	2.	„	*x-at-vuar-k*	u. s. w.
„	3.	„	*x-vuar-k*	
Plur.	1.	„	*x-o-vuar-k*	
„	2.	„	*x-ex-vuar-k*	
„	3.	„	*x-e-vuar-k.*	

Futurum subjussivum; Stamm *vuar-k* schlafen.

Sing.	1.	Pers.	*ch-in-vuar-k*	ich werde oder soll schlafen
„	2.	„	*ch-at-vuar-k*	u. s. w.
„	3.	„	*chi-vuar-k*	
Plur.	1.	„	*ch-o-vuar-k*	
„	2.	„	*ch-ex-vuar-k*	
„	3.	„	*ch-e-vuar-k*	

2. Transitivum artificiosum; Stamm *muk-u-k* begraben.

Präsens subfuturum.

Sing.	1.	Pers.	*t-in-muk-u-k*	ich begrabe jetzt
„	2.	„	*t-at-muk-u-k*	u. s. w.
„	3.	„	*ta-muk-u-k*	
Plur.	1.	„	*t-o-muk-u-k*	
„	2.	„	*t-ex-muk-u-k*	
„	3.	„	*t-e-muk-u-k.*	

Präsens durans.

Sing.	1.	Pers.	*n-in-muk-u-k*	ich begrabe (berufsmässig)
„	2.	„	*n-ic-at-muk-u-k*	
„	3.	„	*na-muk-u-k*	
Plur.	1.	„	*n-ic-o-muk-u-k*	
„	2.	„	*n-iqu-ex-muk-u-k*	
„	3.	„	*n-iqu-e-muk-uk.*	

Aorist.

Sing.	1.	Pers.	*x-in-muk-u-k*
„	2.	„	*x-at-muk-u-k*
„	3.	„	*x-muk-u-k*
Plur.	1.	„	*x-o-muk-u-k*
„	2.	„	*x-ex-muk-u-k*
„	3.	„	*x-e-muk-u-k.*

Futurum subjussivum.

Sing. 1. Pers. *ch-in-muk-u-k* ich werde oder soll begraben
„ 2. „ *ch-at-muk-u-k* u. s. w.
„ 3. „ *chi-muk-u-k*
Plur. 1. „ *ch-o-muk-u-k*
„ 2. „ *ch-ex-muk-u-k*
„ 3. „ *ch-e-muk-u-k.*

Die Passiv-Konjugation.

Wie oben bemerkt, unterscheidet sich das passive Verbum im K'e'kchí vom objektlosen hauptsächlich durch das Suffix, während die Präfixe entweder mit der Transitiv- oder Intransitiv-Konjugation übereinstimmen, je nachdem die Sprache das logische Subjekt des passiven Verbs als solches bestehen lässt (z. B. „es ist mein Gethanes", d. h. „ich thue es") oder aber als logisches Objekt auffasst („ich werde durch den Hund gebissen", d. h. „der Hund beisst mich"). In ersterem Falle wird die Konjugation mit dem Pron. poss., in letzterem diejenige mit dem Pron. pers. stattfinden.

Wird ein Verbalsubjekt durch das Erleiden eines objektiven oder reflexivischen Verbalinhaltes in einen dauernden Zustand versetzt, so tritt eine besondere Konjugationsform ein, welche darin besteht, dass sich das Pron. pers. mit dem Tempuspräfix *c* verbindet. Und zwar tritt diese Verbindung (*qu-in, c-at* etc.) als Suffix des partizipialen Passiv-Nomens auf, wenn es sich um eine präsentiale, als Präfix, wenn es sich um eine präteritale Zeit handelt.

Mit diesen verschiedenen Mitteln gestaltet sich daher die Passiv-Konjugation nach folgenden Schemata:

1. Passiv-Konjugation mit präfigiertem Pron. personale.

Beispiel: *ti-e* der, die, das Gebissene.

Aorist.

Sing. 1. Pers. *x-in-ti-e (ban tz'i)* ich bin (durch den Hund) gebissen worden (wörtlich: ich bin einer, der durch den Hund gebissen worden ist)
„ 2. „ *x-at-ti-e*
„ 3. „ *x-ti-e*
Plur. 1. „ *x-o-ti-e*
„ 2. „ *x-ex-ti-e*
„ 3. „ *x-e-ti-e.*

5*

Auf gleiche Weise werden natürlich auch die übrigen Zeiten mit den Präfixen *t-in, n-in* und *ch-in* gebildet.

2. Passiv-Konjugation mit präfigiertem Pron. possess.
Beispiel: *ban-u* das Gethane.

Präsens subfuturum.

Sing. 1. Pers. *t-in-ban-u* ich thue oder werde es thun (wörtlich: es wird mein Gethanes)
„ 2. „ *t-a-ban-u*
„ 3. „ *ta-ban-u*
Plur. 1. „ *ta-ka-ban-u*
„ 2. „ *t-e-ban-u*
„ 3. „ *t-e-x-ban-u.*

Aorist.

Sing. 1. Pers. *x-in-ban-u* es war mein Gethanes, d. h. ich habe es gethan
„ 2. „ *x-a-ban-u*
„ 3. „ *x-ban-u*
Plur. 1. „ *x-ka-ban-u*
„ 2. „ *x-e-ban-u*
„ 3. „ *x-e-x-ban-u.*

Futurum subjussivum.

Sing. 1. Pers. *ch-in-ban-u* es wird oder soll mein Gethanes sein, d. h. ich werde oder soll es thun
„ 2. „ *ch-a-ban-u*
„ 3. „ *chi-ban-u*
Plur. 1. „ *chi-ka-ban-u*
„ 2. „ *ch-e-ban-u*
„ 3. „ *ch-e-x-ban-u.*

Es fragt sich, welcher Unterschied bei einem und demselben Stamme bedingt werde, je nachdem sein Passivum mit persönlichem oder besitzanzeigendem Fürwort flektiert wird. Das Studium der diesbezüglichen Beispiele zeigt nun, dass bei der Possessiv-Flexion der Nachdruck auf dem Pronomen, bei der Personal-Flexion dagegen auf dem Verbo-Nominalstamm liegt.

x-ban-e bedeutet „es ist gethan" im Gegensatz zu „nicht gethan" *chi-ka-ban-u la-o* bedeutet „**wir werden** es thun“ im Gegensatz zu anderen Personen.

Infolge der erörterten Bedeutung der possessiven und personalen Passiv-Flexion kann hier auch eine Kombination beider als Konjugation mit persönlichem Objekt Platz greifen.

Passiv-Konjugation mit persönlichem Objekt.

Aorist; Stamm *ti-u* das Gebissene.

x-in-ix-ti-u ich war sein Gebissenes, d. h. er biss mich
x-at-ix-ti-u er biss dich
x-o-ix-ti-u er biss uns
x-ex-ix-ti-u er biss euch.

Ebenso werden die andern Zeiten, wie Präsens subfuturum *t-at-in-ti-u* ich werde dich beissen und Präsens durans *n-iqu-in-ix.ti-u* ich bin gerade dabei, von ihm gebissen zu werden, gebildet.

Als vierte Form einer Passiv-Konjugation wollen wir diejenige mit dem Tempusaffixe *c* und Pron. person. erwähnen.

Passiv-Konjugation mit dem Tempusaffix *c* und dem Pronomen personale.

a) Das Pronomen personale als Suffix.

Beispiel: Verb. reflex. *muc'-ub* sich bücken.
Partic. pass. *mu'c-m-u* gebückt.

Präsens.

Sing.	1.	Pers.	*mu'c-mu-qu-in*	ich bin gebückt
„	2.	„	*mu'c-mu-c-at*	u. s. w.
„	2.	„	*mu'c-mu an*	
Plur.	1.	„	*mu'c-mu-c-o*	
„	2.	„	*mu'c-mu-qu-ex*	
„	3.	„	*mu'c-mu-qu-eb.*	

b) Das Pronomen personale als Präfix.

Präteritum.

Beispiel: Partic. pass. *yo-l-a* geboren.

Sing.	1.	Pers.	*qu-in-yo-l-a*	ich ward geboren
„	2.	„	*c-at-yo-l-a*	u. s. w.
„	3.	„	*qui-yo-l-a*	

Plur. 1. Pers. *c-o-yo-l-a*
„ 2. „ *qu-ex-yo-l-a*
„ 3. „ *qu-e-yo-l-a.*

Passivbildung mittels eines Nomen derivatum und der Partikel *ac.* (Perfectum passivi.)

ac tz'ib-am-b-il es ist schon geschrieben
ac atz'am-an-b-il es ist gesalzen
ac qu'ix-b-il es ist losgebunden.

In Verbindung mit der Partikel *ac* stellen diese Formen eine Art Perfektum passivi dar, dessen Subjekt hinter das Derivat auf *b-il* zu treten hat; z. B. *ac lo-b-il av-utz'-al* dein Zuckerrohr ist schon gekaut, d. h. du hast dein Zuckerrohr schon gekaut.

Die Konjugation mit persönlichem Objekt.

Sie wird, ganz entsprechend dem Pokonchí und Cakchiquel, mit den Tempuspräfixen und den Pronomina so gebildet, dass dem nackten Verbalstamm das Pron. poss. als Persona agens präfigiert wird, während das logische Objekt der Verbalthätigkeit als Pron. person. dem Pron. poss. vorangestellt und der ganze Komplex durch das jeweilige Tempuspräfix eingeleitet wird. Auf diese Weise erhalten wir folgende Kategorien:

A. Vokalisch anlautender Stamm: *il* sehen.

Präsens.

a) Subjekt: 1. Pers. Sing.
t-at-vu-il ich sehe dich (du bist Objekt meines Sehens)
t-ex-vu-il ich sehe euch
u. s. w.

b) Subjekt: 2. Pers. Sing.
t-in-avu-il du siehst mich (ich bin Objekt deines Sehens)
t-o-avu-il du siehst uns
u. s. w.

c) Subjekt: 3. Pers. Sing.
t-in-r-il er sieht mich (ich bin Objekt seines Sehens)
t-at-r-il er sieht dich
t-o-r-il er sieht uns
t-ex-r-il er sieht euch.

d) Subjekt: 1. Pers. Plur.
t-at-k-il wir sehen dich (du bist Objekt unseres Sehens)
t-ex-k-il wir sehen euch.

e) Subjekt: 2. Pers. Plur.
t-in-er-il ihr seht mich (ich bin Objekt eures Sehens)
t-o-er-il ihr seht uns.

f) Subjekt: 3. Pers. Plur.
(heb-an) t-in-r-il sie sehen mich (ich bin Objekt ihres Sehens)
(heb-an) t-at-r-il sie sehen dich.

Ebenso werden Aorist und Futurum mit ihren Tempuspräfixen gebildet: *x-in-r-il* er sah mich, *ch-in-r-il* er wird oder soll mich sehen.

B. Konsonantisch anlautender Stamm: *job* spotten.

Präsens.

a) Subjekt: 1. Pers. Sing.
t-at-in-job ich spotte über dich (du bist Objekt meines Spottens)
t-ex-in-job ich spotte über euch.

b) Subjekt: 2. Pers. Sing.
t-in-a-job du spottest über mich
t-o-a-job du spottest über uns.

c) Subjekt: 3. Pers. Sing.
t-in-ix-job er spottet über mich
t-at-ix-job er spottet über dich
t-o-ix-job er spottet über uns
t-ex-ix-job er spottet über euch
t-e-x-job er spottet über sie.

d) Subjekt: 1. Pers. Plur.
t-at-ka-job wir spotten über dich
t-ex-ka-job wir spotten über euch
t-e-ka-job wir spotten über sie.

e) Subjekt: 2. Pers. Plur.
t-in-e-job sie spotten über mich
t-o-e-job sie spotten über uns.

f) Subjekt: 3. Pers. Plur.
t-in-ex-job ihr spottet über mich
t-at-ex-job ihr spottet über dich

t-o-ex-job ihr spottet über uns
t-ex-ex-job ihr spottet über euch.

Ebenso werden mit den entsprechenden Präfixen der Aorist und das Futurum gebildet *x-at-in-job* ich spottete über dich, *ch-at-in-job* ich werde über dich spotten.

Diese Synthese des Stammes mit Tempuspräfix, Pron. person. als logischem Objekt und Pron. poss. als logischem Subjekt ist jedoch nicht die einzige Art, eine Konjugation mit persönlichem Objekt zu bilden. Vielmehr kommen im K'e'kchí noch andere Arten vor, nämlich:

1. Durch Umschreibung mittels des später ausführlich zu behandelnden Verbo-Nominalstammes *yo* sich befinden, der Präposition *chi* und dem Nomen verbale auf *-b-al*; z. B.

yo-qu-in ch-avu-il-b-al ich sehe dich
yo-qu-in chi-r-il-b-al a-an ich sehe ihn
yo-qu-in ch-er-il-b-al ich sehe euch
yo-qu-in chi-r-il-b-al heb-an ich sehe sie
yo-c-at chi-vu-il-b-al du siehst mich
yo-c-at chi-r-il-b-al a-an du siehst ihn
yo-c-at chi-k-il-b-al du siehst uns
yo-c-at chi-r-il-bal heb-an du siehst sie
yo chi-vu-il-b-al er sieht mich
yo ch-avu-il-b-al er sieht dich
yo chi-k-il-b-al er sieht uns
yo ch-er-il-b-al er sieht euch
yo chi-r-il-bal heb-an er sieht sie
yo-c-o ch-avu-il-b-al wir sehen dich
yo-c-o chi-r-il-b-al wir sehen ihn
yo-c-o ch-er-il-b-al wir sehen euch
yo-c-o chi-r-il-b-al heb-an wir sehen sie
yo-qu-ex chi-vu-il-b-al ihr seht mich
yo-qu-ex chi-r-il-b-al ihr seht ihn
yo-qu-ex chi-k-il-b-al ihr seht uns
yo-qu-eb chi-vu-il-b-al sie sehen mich
u. s. w. u. s. w.

2) Durch Anwendung eines Passiv-Suffixes am Stamme und der Kausal-Partikel *ban* vor der Persona agens; z. B. Stamm: *ti* beissen, Passivum: *ti-e* gebissen.

x-in-ti-e	*ban tz'i*	ich bin durch den Hund gebissen worden
x-at-ti-e	„ „	du bist durch den Hund gebissen worden
x-ti-e	„ „	er ist durch den Hund gebissen worden
x-o-ti-e	„ „	
x-ex-ti-e	„ „	
x-ti-e	„ „	

Nach der gewöhnlichen Konjugation mit persönlichem Objekt lautet die Phrase:

x-in-ix-ti-u tz'i ich bin sein Objekt des Beissens eines Hundes
x-at-ix-tiu tz'i u. s. w.

Die Suffixderivate des Verbo-Nomens mit possessivem Pronominalpräfix.

Das Suffix *b* und das Verbum reflexivum.

Wir begegnen im K'e'kchí einer nicht unerheblichen Anzahl von Verbalformen, welche ein Suffix *-b* mit einem durch die Lautharmonie bestimmten Vokale aufweisen, wodurch die Suffixe *-ab, -eb, -ib, -ob, -ub* entstehen.

Diese Suffixe sind nun als das inkorporierte allgemeine logische Objekt der Verbalthätigkeit aufzufassen und als der *vuib-* Reihe zugehörig zu betrachten, aus welcher beispielsweise auch das Pron. reflexivum, sowie das allgemeine Objekt der niedern Zahlen genommen sind.

Die mit dem allgemeinen Objektssuffix *-ab, -eb, -ib, -ob, -ub* ausgestatteten Verbalbildungen zeigen nun eine Reihe von Eigentümlichkeiten, welche ihnen eine besondere Stellung in der Sprache anweisen und sie vom Reste der Verbalformen des K'e'kchí scharf abgrenzen.

Zunächst bilden sie unter Zuhilfenahme der Pron. reflexivum mit den gewöhnlichen Transitiv-Präfixen ein

Verbum reflexivum.

Beispiel: *pa'c-ab* auf den Rücken legen.

Präsens subfuturum.

Sing. 1. Pers.	*t-in-pa'c-ab*	*vu-ib*	ich lege mich auf den Rücken
„ 2. „	*t-a-pa'c-ab*	*avu-ib*	u. s. w.
„ 3. „	*ta-pa'c-ab*	*r-ib*	

Plur. 1. Pers. *ta-ka-pa'c-ab k-ib*
„ 2. „ *t-e-pa'c-ab er-ib*
„ 3. „ *t-e-x-pa'c-ab r-ib*

Präsens durans.

Beispiel: *tik-ib* ankleiden.

Sing. 1. Pers. *n-in-tik-ib vu-ib* ich beschäftigte mich damit, mich anzukleiden
„ 2. „ *n-ic-a-tik-ib avu-ib* u. s. w.
„ 3. „ *na-tik-ib r-ib*
Plur. 1. „ *na-ka-tik-ib k-ib*
„ 2. „ *n-iqu-e-tik-ib er-ib*
„ 3. „ *n-iqu-e-x-tik-ib r-ib.*

Aorist.

Beispiel: *pa'c-ab* auf den Rücken legen.

Sing. 1. Pers. *x-in-pa'c-ab vu-ib* ich legte mich auf den Rücken
„ 2. „ *x-a-pa'c-ab avu-ib* u. s. w,
„ 3. „ *x-pa'c-ab r-ib*
Plur. 1. „ *x-ka-pa'c-ab k-ib*
„ 2. „ *x-e-pa'c-ab er-ib*
„ 3. „ *x-e-x-pa'c-ab r-ib.*

Futurum subjussivum.

Sing. 1. Pers. *ch-in-pa'c-ab vu-ib* ich werde oder soll mich auf den Rücken legen
„ 2. „ *ch-a-pa'c-ab avu-ib* u. s. w.
„ 3. „ *chi-x-pa'c-ab r-ib*
Plur. 1. „ *chi-ka-pa'c-ab k-ib*
„ 2. „ *ch-e-pa'c-ab er-ib*
„ 3. „ *ch-e-x-pa'c-ab r-ib.*

Solche reflexivisch gebrauchte Verba auf *b* sind ausser den genannten (*tik-ib* und *pa'c-ab*) folgende:

c'oj-ob (r-ib) sich setzen
muc'-ub (r-ib) sich bücken
c'utz-ub (r-ib) sich bücken
up-ub (r-ib) sich auf den Bauch legen
tus-ub (r-ib) sich ausziehen
c'ol-ob (r-ib) sich zusammenrollen
xac-ab (r-ib) anhalten, sich aufrichten.

Zu diesen Verba reflexiva gesellen sich noch eine Anzahl von gewöhnlich nicht reflexivisch gebrauchten Verba, in denen ebenfalls das Suffix *-b* mit seinem Vokal die Rolle des allgemeinen logischen Objekts übernimmt; z. B.

ch'ut-ub aufhäufen
mo'ch-ob mit der Faust ergreifen
sur-ub rund machen
ta'ch-ab abplatten, ebnen
tuy-ub aufhängen
tz'ap-ab zudecken.

Ein essentieller Unterschied zwischen den reflexivisch und nicht reflexivisch gebrauchten Verbalformen dieser Art besteht nicht, es ist vielmehr rein zufällig, ob eine derselben ein reflexivisches Objekt statt eines beliebigen andern zu sich nimmt. *ch-in-up-ub vu-ib* bedeutet: ich will mich auf den Rücken legen, und *ch-in-up-ub vuan l-in caxlan*: ich will meine Henne (auf die Eier) setzen.

Dass den Derivaten auf *-b* nicht bloss rückzielende Bedeutung zukommt, wird auch dadurch dargethan, dass zahlreiche andere Verbalstämme oder Derivate als Reflexiva auftreten können; z. B.

t-in-k'et vu-ib ich bücke mich
t-in-ch'uy vu-ib ich kratze mich
x-in-tixc'o-si vu-ib ich stiess mich gegen etwas
t-in-muk vu-ib ich verberge mich
x-in-sach vu-ib ich habe ausgegeben.

Das auffälligste Merkmal, wodurch sich die Suffixderivate auf *-b* von andern Verbalformen unterscheiden, ist eine ihren Stämmen eigentümliche Partizipalbildung. Diese besteht darin, dass der erste Konsonant des Stammes mit dem Stammvokal, falls dieser ein *o* oder *u* ist, oder mit *o*, falls der Stammvokal *a* ist, wiederholt wird. Dieser Participalbildung kommt die Dignität eines Particip. perfecti passivi zu.

Mit derselben wird eine neue Konjugationsform dadurch gebildet, dass dem Participium das Pron. person. mit dem Tempuspräfix *c* suffigiert wird; z. B.

Sing. 1. Pers. *tus-t-u-qu-in* ich habe mich ausgezogen, bin daher nackt
„ 2. „ *tus-t-u-c-at* du bist ausgezogen
„ 3. „ *tus-t-u-an* er ist ausgezogen
Plur. 1. „ *tus-t-u-c-o* wir sind ausgezogen
„ 2. „ *tus-tu-qu-ex* ihr seid ausgezogen
„ 3. „ *tus-tu-qu-eb* sie sind ausgezogen.

Auf gleiche Weise werden gebildet:

Von *xac-ab* *xac-x-o-qu-in* ich stehe aufrecht
„ *mu'c-ub* *mu'c-m-u-qu-in* ich bin gebückt
„ *pa'c-ab* *pa'c-p-o-qu-in* ich liege auf dem Rücken
„ *c'oj-ob* setzen *c'oj-c'-o-qu-in* ich sitze.

Mehrere dieser Formen sind vermöge ihrer Bedeutung vorwiegend nur in der 3. Pers., also ohne Affixe gebräuchlich; z. B.

Von *c'ol-ob* zusammenrollen *c'ol-c'-o* es (er, sie) ist gerollt
„ *mo'ch-ob* in die Faust fassen *mo'ch-m'-o* er (sie, es) ist gepackt
„ *sur-ub* abrunden *sur-s-u* es ist rund
„ *ta'ch-ab* abplatten, ebnen *ta'ch-t-o* es ist eben, platt
„ *tuy-ub* aufhängen *tuy-t-u* es ist aufgehängt
„ *tz'ap-ab* zudecken *tz'ap-tz'-o* es ist gedeckt, er ist taub.
„ *ch'ut-ub* aufhäufen *ch'ut-ch'u* es ist aufgehäuft.

Das Mittel zur Analyse dieser unvollkommenen Reduplikationen des K'e'kchí liefert das Cakchiquel, wo wir analog gebildete, aber vollkommener erhaltene Formen finden, von denen folgende erwähnt sein mögen:

cu-pa-p-oj aufgerichtet
cu-tzeb-e-tz-oj hübsch
cu-vuon-o-vu-oj eingezogen, gekrümmt
cu-ch'er-e-ch'oj fett, weich
cu-tz'ap-a-tz'oj gedeckt, geschlossen[1])
rux jan-a-j-oj sehr violett
rux tzan-a-tz-oj durchsichtig, hell
cak chat-a-ch-oj dunkelrot.

Die Anwendung dieser Bildungen ist aus folgendem Beispiel ersichtlich:

[1]) Diese Beispiele sind der Cakchiquel-Grammatik von Flores (1753), die folgenden meinen eigenen Aufnahmen über das Cakchiquel von Sacatepequez entnommen.

cuk chat-a-ch-oj ndi-vuach-in r-om-a k'ij er ist sehr rot geworden durch die Sonne, wörtlich: rot geworden sieht er aus durch die Sonne.

Es dokumentieren sich also diese Bildungen als unvollkommene Reduplikationen der (im Cakchiquel erweiterten) Stammsilbe mit dem Suffix *oj*, das im K'e'kchí zu *o* und *u* synkopiert wird, und welches wir schon beim Pokonchí (p. 87) als ein solches kennen gelernt haben, welches seinem Stamme passive Bedeutung verleiht. Es fungieren diese sämtlichen Formen daher als Participia perfecti passivi.

Demnach sind die Bildungen des K'e'kchi, *c'ol-c'-o, mo'ch-m-o, sur-s-u* u. s. w. als aus vollständigern Formen *c'ol-o-c-oj, mo'ch-o-m-oj, sur-u-s-uj* u. s, w. entstanden aufzufassen.

Über das Suffix *-oj* siehe p. 79.

Das Rudiment *b* mit seinem Vokale kommt im K'e'kchi auch als Infix bei gehäuften Suffixbildungen vor, stets in der Bedeutung des allgemeinen, logischen Objekts; z. B.

sak-ob-re-si-n-k weiss machen
chak-ob-re-si trocknen
ch'ol-ob-am-an versprechen.

Es ist ferner noch zu erwähnen, dass die Suffixderivate auf *-b* nicht die einzigen Formen der betreffenden Stämme sind. So werden beispielsweise vom Stamme *c'oj* Objekt des Setzens noch gebildet *c'oj-ar-ib* Sitz, *c'oj-l-a* gesetzt, von *c'ol* Objekt des Zusammenrollens *c'ol-e, c'ol-vuan* u. s. f., worüber das Wörterbuch nachzusehen ist.

Die Suffixderivate auf *-b* sind es auch, auf welche die Suffixe *-b-al* und *-b-il* zurückzuführen sind. Wenn man Bildungen, wie *tz'ap-ab-r-e* „decke es", *tz'ap-b-al-r-e* „Deckel" und *tz'ap-b-il* „zugedeckt" nebeneinander stellt, so wird man kaum daran zweifeln, dass *tz'ap-b-al* und *tz'ap-b-il* auf *tz'ap-ab* zurückgehen.

Das Suffix *si*.

Mit *si* werden transitive Verba im Sinne der Verba compulsiva der alten Grammatiker gebildet: z. B.

Stamm: *aj* wach.

Derivat: *aj-si* wecken; z. B. *aj-si r-u* wecke ihn (wörtlich: bewirke, dass er wach werde), *ch-in-r-aj-si la-in* man soll mich wecken (wörtlich: ich soll Objekt seines Weckens werden).

Stamm: *cam* sterben.

Derivat: *cam-si* töten, z. B. *ch-in-cam-si vuan li c'ak* ich will die Flöhe töten.

Stamm: *el* hinausgehen.

Derivat: *i-si* herausgehen machen, herausnehmen, wegnehmen, z. B. *i-si r-uj avu-ak* strecke deine Zunge heraus, *chi-vu-i-si vu-an r-ix in-xul* ich will mein Maultier abladen.

Das Suffix *si* entspricht dem vollständigen *saj* des Pokonchí und der Qu'iché-Sprachen. Es bildet einen der zahlreichen Fälle von Lautverschleifung im K'e'kchí, welche ohne die Zuhilfenahme der archaischen Formen der Qu'iché-Sprachen der Analyse fast unzugänglich wären. So entspricht z. B. der abgeschliffenen Form *i-si* des K'e'kchí das *el-e-saj* des Cakchiquel, welches erst das Verständnis der beiden Bestandteile von *i-si* ermöglicht. Vergl. Pokonchi-Gr. p. 83.

Die Suffixe *a*, *i*, *o* und *u*.

So verschieden diese Suffixe aussehen, so sind sie nichts destoweniger als essentiell identische, bloss infolge der Vokalharmonie entstandene Varianten eines und desselben Grundsuffixes anzusehen, welches allerdings im K'e'kchi nicht mehr zu eruieren ist, wohl aber im Cakchiquel.

Sämtlich besitzen diese Suffixe die Eigenschaft, ihren Stamm passiv oder inchoativ zu machen, sie stellen also eine Art participialer Bildungen her, welche sich, wo die Persona agens ausgesetzt ist, mit dem Pron. poss. verbinden, während die leidende Person in Gestalt des Pron. person. oder eines unabhängigen Nomens erscheint.

a) Das Suffix *a*.

Stamm: *et* Objekt der Vergleichung.

Derivat: *et-a* das Gemessene, z. B. *ac x-vu-et-a* ich habe es schon gemessen.

Stamm: *tak* Objekt des Sendens.

Derivat: *tak-l-a* das Abgesandte, z. B. *x-in-ix-tak-l-a li ka-vua* ich bin von unserm Herrn gesandt worden, wörtlich: ich war sein Abgesandter unseres Herrn.

Stamm: *ix-im* Maiskörner.

Derivat: *ix-im-a* abgekörnt; z. B. *chi-vu-ix-im-a vuan l-in-jal* ich will meine Maiskolben abkörnen.

Eine Anzahl der Derivate auf *a* haben zur Basis ein nominales Derivat auf *l*, z. B.

Stamm *tak* absenden		Derivat *tak-l-a* abgesandt
„ *tub* aufhäufen		„ *tub-l-a* aufgehäuft
„ *tuy* aufhängen		„ *tuy-l-a* aufgehängt
„ *coc* festhaften		„ *coc-l-a* festgeklebt
„ *sot* niederlegen		„ *sot-l-a* niedergelegt.

Diese Formen setzen sämtlich ein Nomen auf *l*, also *tak-al tub-ul, tuy-ul, coc-ol, sot-ol*, voraus, welches in der Synthese den Suffixvokal durch Elision verloren hat.

Das Wesen dieser Formen ist aus dem K'e'kchi nicht mehr zu erschliessen, dagegen finden sich solche Derivate noch als selbständige Bildungen im lebendigen Sprachgebrauch des Cakchiquel; z. B.

jak-al offenstehend	*pun-ul* nackt ausgestreckt
pa-al aufgerichtet	*ch'oc-ol* im Begriff, sich zu setzen.

Es zeigt sich dabei, dass diese Formen nicht sowohl als Nomina agentis, als vielmehr als eine Art passiver oder neutraler Participien fungieren.

b) Das Suffix *i*.

Stamm: *uch-b-en* Begleiter.

Derivat: *uch-b-en-i* begleitet; z. B. *ch-in-av-uch-b-en-i* begleite mich, wörtlich: ich werde dein Begleitetes.

Stamm: *c'am-chi* wegführen.

Derivat: *c'am-chi-i* weggeführt; z. B. *ch-eb-in-c'am-chi-i* ich soll sie wegführen, wörtlich: sie sollen mein Weggeführtes werden.

Stamm: *mul* Vereinigung, Haufe[1]).

Derivat: *mul-ul-i* in Aufregung geraten; z. B. *x-e-x-mul-ul-i r-ib li tenamit* die Dorfbewohner wurden unruhig.

c) Das Suffix *o* und *oj*.

Die volle Form *oj* ist mir im K'e'kchi von einem einzigen Stamme bekannt, nämlich:

---

[1]) Im Qu'iché auch „Ameisenhaufe".

Stamm: *il* Objekt des Sehens.

Derivat: *il-oj* lesen, wörtlich: das Gesehene; z. B. *n-in-il-oj r-uch u* ich lese das Buch, wörtlich; das Buch ist mein Gelesenes.

Die Suffixderivate auf *o* werden vorwiegend mit dem Pron. person. konstruiert, da sie meist von Stämmen gebildet werden, bei denen die Persona agens nicht ausgesetzt zu werden braucht, oder von denen mit *o* Inchoativa (*al-o* jung geworden, *bak-o* mager geworden u. s. w.) gebildet werden.

Stamm: *al* Kind.

Derivat: *al-o* zu einem Kind geworden, jung geworden; z. B. *ac x-al-o a xa-an a-in* diese alte Frau ist wieder jung geworden.

Stamm: *sip* Geschwulst.

Derivat: *sip-o* angeschwollen; z. B. *x-in-sip-o* ich bin geschwollen:

Stamm: *quel* ziehen, strecken.

Derivat: *quel-o* gezogen; z. B. *x-in-quel-o li c'am* ich streckte die Schnur, wörtlich: die Schnur war mein Gestrecktes.

d) Das Suffix *u*.

Die Derivate mit *u* werden vorzugsweise mit dem Pron. possess. konstruiert, da sie überhaupt hauptsächlich dann zur Verwendung kommen, wenn das Hauptgewicht des Satzes nicht sowohl auf dem Verbalinhalt, als vielmehr auf seiner Persona agens ruht.

Wenn das Suffix *u* an vokalisch auslautende Stämme tritt, so bleibt es accentlos, z. B. *ló-u, tí-u, tá-u* und zwar liegt bei mehrsilbigen Wörtern der Wortaccent auf dem nächst vorangehenden Vokal, z. B. *sak'é-u, metz'é-u.*

Wenn das Suffix *u* dagegen an einen konsonantisch auslautenden Stamm tritt, so wird es Träger des Wortaccentes, z. B. *ban-ú, ap-ú* u. s. w.

a) Vokalisch anlautender Stamm.

Stamm: *ti* Objekt des Beissens oder Essens.

Derivat: *ti-u* das Gebissene; z. B. *la-in tib t-in-ti-u* ich esse Fleisch, wörtlich: was mich betrifft, Fleisch ist mein Gegessenes (im Gegensatz zu andern Speisen).

Stamm: *ta* Objekt des Findens, Erkennens.

Derivat: *ta-u* das Gefundene, Erkannte; z. B. *x-ka-ta-u x-yal-al* wir haben seine Rede verstanden.

Stamm: *lo* Objekt des Kauens.

Derivat: *lo-u* das Gekaute; z. B. *lo-u av-utz'-al* kaue dein Zuckerrohr, wörtlich: dein Zuckerrohr werde dein Gekautes.

b) Konsonantisch auslautender Stamm.

Stamm: *ban* Objekt der Thätigkeit.

Derivat: *ban-u* das Gethane; z. B. *chi-ka-ban-u la-o* wir werden, oder wollen, oder sollen es thun, wörtlich: es wird unser Gethanes werden.

Stamm: *ap* blasen.

Derivat: *ap-u* das Geblasene; z. B. *ta-vu-ap-u* ich blase es.

Für das Verständnis und für den Nachweis der Zusammengehörigkeit der Suffixe *a*, *i*, *o* und *u* ist vor allem das Cakchiquel wichtig. Wir finden dort in ganz identischer Verwendung die Suffixe *aj*, *ij*, *oj* und *uj*, wie folgende Beispiele zeigen.

a) Suffix *aj*:

Stamm *rap* Objekt des Schlagens	*rap-aj* das Geschlagene
„ *k'at* Objekt des Schneidens	*k'at-aj* das Abgeschnittene, der Augenblick.

b) Suffix *ij*:

Stamm *bi* Objekt der Rede	*bi-ij* das Gesagte
„ *tzol* Objekt der Rückkehr	*tzol-ij* der Zurückgekehrte, das Zurückgeschickte.

c) Suffix *oj*:

Stamm *sip* Schwellung	*sip-oj* geschwollen
„ *tzij* Rede	*tzij-oj* das Geredete.

d) Suffix *uj*:

Stamm *te* kalt	*te-uj* kalt geworden
„ *mac* Sünde	*mac-uj* das Gesündigte.

Das pronominale Präfix wechselt im Cakchiquel, je nachdem die Anwendung des Derivates eine transitive oder intransitive ist; z. B.

n-i-tzol-ij ich schicke etwas zurück (es ist mein Zurückgeschicktes), aber

ngu-i-tzol-ij ich kehre zurück (ich bin ein Zurückgekehrter).

Derivate auf *ej*, wie sie das Pokonchí (s. S. 83 der Pokonchí-Sprache) aufweist, fehlen im K'e'kchí nicht ganz, sind aber selten. Dahin gehört z. B. die Synthese *ma-us-ej* böse. Aber das Suffix *e* des K'e'kchí ist nicht als verschliffenes *ej* zu deuten, wie das Cakchiquel beweist, wo Derivate auf *-ej* neben solchen auf *-e* vorkommen, ohne dass die essentielle Einheit der beiden Endungen nachzuweisen wäre.

Intransitive Suffixderivate.

Das Suffix *-r*.

Das Suffix *-r*, welches, wo es als Endsuffix auftritt, je nach dem Vokal des Stammes ein *e* oder *i* vor sich nimmt (*-er* und *-ir*) bildet inchoative Verbalformen.

Einem *a* des Stammes entspricht ein *e* des Suffixes.

Einem *e* oder *i* des Stammes entspricht ein *i* des Suffixes; z. B.

Stamm: *najt* fern in Raum und Zeit.

Derivat: *najt-er* es ist schon lange her; z. B. *ac najt-er* schon vor alters.

Stamm: *mem* stumm.

Derivat: *mem-ir* stumm werden; z. B. *x-mem-ir* er ist stumm geworden.

Stamm: *si'k* verdrehen, quetschen.

Derivat: *si'k-ir* empfindungslos werden; z. B. *ix-si'k-ir v-u'k* mein Arm ist eingeschlafen.

Das Suffix *c* und *k*.

Entsprechend dem Suffix *-ic* des Pokonchi kommt im K'e'kchi eine erhebliche Anzahl von Suffixderivaten auf *c* und *k* vor, in welchen diese Buchstaben jeweilen mit einem der Vokale *a*, *e*, *i*, *o* und *u* verbunden erscheinen. Es ist ausserordentlich schwierig, im einzelnen Falle die Lautnotierung, ob *c*, ob *k*, richtig zu treffen und es scheint, dass für einzelne der Suffixe es überhaupt individuell sei, ob ein *c* oder *k* gesprochen werde. Aus den vielen Aufzeichnungen, die ich über diese Derivate besitze, möchte indessen doch als Gesetz abzuleiten sein, dass *c* da gesprochen wird, wo das Suffix vollständig, d. h. noch mit seinem Vokale versehen, auftritt, wie dies beim Suffix *ic* stets, beim Suffix *ac* sehr häufig der Fall ist. Wo jedoch das Suffix an einen bereits derivierten Stamm tritt, dessen Auslaut, sei derselbe vokalisch oder konsonantisch, die Elision des *i* des Suffixes gestattet, wird das *c* in *k* verwandelt. Eine Ausnahme davon macht nur ein auslautendes *i*. Beispiele:

chak-ic trocken werden
chap-ic säumen
cam-si-c (für *cam-si-ic*) töten.
k'an-oj-ic gelb werden,

dagegen

au-k (für *au-ic*) säen.
c'am-o-k (für *c'am-o-ic*) bringen
ban-un-k (für *ban-un-ic*) thun
chal-k (für *chal-ic*) zurückkehren
vua-k (für *vua-ic*) essen
be-k (für *be-ic*) gehen.

Stets aber ist die Rolle aller dieser Suffixformen dieselbe: sie treten an transitive und intransitive Stämme und bezeichnen einen Zustand ohne Rücksicht auf ein allfälliges, einem Transitivstamme entsprechendes Accusativobjekt. In der periphrastischen Ausdrucksweise mit *yo-qu-in chi* fungieren sie als Infinitiv.

a) Das Suffix *ic*.

Dasselbe kann an den Stamm selbst, oder an dessen Derivate treten.

α) Als einfaches Suffix.

Stamm: *chak* trocken, Derivat: *chak-ic;* z. B. *x-chak-ic in-tik-ob* schon ist mein Schweiss trocken geworden, d. h. ich schwitze nicht mehr.

Stamm: *bo'tz* auflösen, Derivat *bo'tz-ic;* z. B. *yo x-bo'tz-ic x-c'am-al* das Seil ist im Auffasern begriffen.

β) In Synthese.

Stamm: *chec* steif, Derivat *chec-oj-ic* steif geworden sein.

Stamm: *tz'aj* schmutzig, Derivat: *tz'aj-n-ic* im Schmutzigwerden begriffen; z. B. *x-tz'aj-n-ic r-u* es ist schmutzig geworden.

b) Das Suffix *ac* und *a-k*.

Es hält ausserordentlich schwer, die beiden Suffixformen zu trennen, um so mehr als bei vielen Stämmen auf analytischem Wege nicht zu entscheiden ist, ob es sich um das einfache Suffix *ac* oder das synthetische Suffix *a-k* (für *a-ic*) handle. So kann der Stamm *atin* „redend“ ebensowohl die einfache Suffixform *atin-ac* als die synthetische *atin-a-k* (vom Passivum *atin-a* geredet) bilden,

6*

und in der That hört man beide oder glaubt wenigstens beide zu hören.

α) Einfaches Suffix *ac.*

Stamm: *alin* rennen, Derivat *alin-ac* rennen; z. B. *ch-ex-alin-ac* rennt!

Stamm: *atz'um* Blume, Derivat: *atz'um-ac* blühen; z. B. *yo-qu-eb chi atz'um-ac li che* die Bäume blühen.

β) Synthetisches Suffix *a-k.*

Stamm: *vua* essen, Derivat: *vua-k* (für *vua-ac* oder *vua-ic*); z. B. *la-ex tex-vua-k* ihr esset.

Stamm: *uc'a* trinken, Derivat: *uc'a-k* (für *uc'a-ac* oder *uc'a-ic*); z. B. *ch-e-uc'a-k heb-an* sie sollen trinken.

c) Das Suffix *ek.*

Stamm: *be* Weg, Derivat *be-ek* reisen (auch *be-k* und *be-c* gesprochen); z. B. *n-in-be-k* ich reise, *t-in-be-ek* ich gehe.

Stamm: *que* mahlen, Derivat *que-ek* mahlen; z. B. *t-in-que-ek* ich mahle.

d) Das Suffix *ok.*

Das Suffix *ok*, welches im K'e'kchí ein häufiges Vorkommnis ist, bietet hier mancherlei Schwierigkeit.

Erstlich bleibt es auch hier oft zweifelhaft, ob einfaches *oc*, als Variante von *ic* infolge von Vokalharmonie, oder synthetisches *o-k* vorliege.

Ferner nimmt es, trotz seiner Flexion mit dem Pron. pers., auffallend häufig das Objektssuffix *r-e* zu sich, z. B. *t-in-ch'e-ok r-e* ich betaste es, *an-i x-ta-oc r-e* wer hat es gefunden? *t-in-ham-ok r-e in-ch'i'ch* ich mache mein Messer schartig. Dies würde es zweifelhaft machen, ob *ok* überhaupt in die Kategorie des *ic*-Suffixes gehöre und nicht vielmehr als die Optativ-Partikel *ok* aufzufassen sei, wenn nicht die Nachbarsprachen, unter welchen hier vornehmlich die Uspanteca wichtig ist, einigen Aufschluss geben. Dieser geht dahin, dass einem *o-k* des K'e'kchi häufig bei identischen Stämmen ein *ovu-ic (ou-ic)* oder *on-ic* der Uspanteca entspricht.

K'e'kchí	Uspanteca
c'am-o-k	*c'am-ovu-ic* tragen
toj-o-k	*toj-ovu-ic* zahlen

ti-o-k	*ti-on-ic* beissen
ta-o-k	*ta-uv-ic* finden
tz'ib-a-k	*tz'ib-on-ic* schreiben.

Noch häufiger ist dies bei bloss gleichbedeutenden Stämmen der Fall; z. B.

bon-o-k	*tz'aj-ovu-ic* malen
ba'c-o-k	*jer-evu-ic* drehen
qu'ix-o-k	*puc-uv-ic* losbinden
k'i-o-k	*mik'-ivu-ic* anzünden.

Derartige Formen scheinen zu beweisen, dass in der That das Suffix *ok* des K'e'kchi zu den *ic*-Suffixen gehört und in einer grossen Zahl von Fällen als synthetisches Suffix aufzufassen ist. Es bleibt somit gleichgültig, ob man im concreten Falle *oc* oder *ok* schreibe, denn man hört z. B. *jil-oc* und *jil-ok* „sich nähern", *ch'e-oc-r-e* und *ch'e-ok-r-e* „es berühren" gerade wie man *atin-ac* und *atin-ak* hört.

Auch für die syntaktisch richtige Auffassung dieser Form liefert die Uspanteca die besten Anhaltspunkte.

Zunächst zeigt es sich, dass dort die Derivate auf *ovu-ic* etc. als synthetische Bildungen auftreten, deren Basis Derivate auf *u* oder *ou* bilden, welche häufig selbständig gebraucht werden; z. B. *at-ak at-ak lok'-ovu-ic* oder *at-ak c-at-lo'k-ou tak* ihr kauft, *in-chup-uv k'a'k* ich lösche das Feuer, *in-jam-ou pam* ich leere, *at-in-to-u* ich helfe dir, *jal-au a-tziak* wechsle dein Gewand.

Wie diese Beispiele der Uspanteca zeigen, sind diese einfachen Derivate passive Bildungen und identisch mit den Suffixderivaten auf *u,* welche auch im K'e'kchi vorkommen. *at-in-to-u* „ich helfe dir" bedeutet „du wirst mein Geholfener", *jal-au a-tziak* „dein Kleid (werde) ein gewechseltes". Von diesen Formen wird nun mit *ic* ein zweites Derivat gebildet, dessen nominaler Charakter am besten daraus erhellt, dass es ohne weiteres, d. h. ohne die gewöhnlichen Verbalpräfixe einfach mit dem Pron. person. konstruiert werden kann, z. B. *oj oj tij-ivu-ic* wir essen, wörtlich: „wir sind Essende". So kommt es, dass diese Formen, trotzdem sie mit dem Pron. person. konstruiert werden, doch ein logisches Objekt zu sich nehmen können. Allerdings ist dasselbe nicht als Accusativobjekt, sondern als in syntaktischer Genetivstellung befindlich aufzufassen; *oj oj tij-ivu-ic car* bedeutet daher

„wir sind Esser des Fisches". Der nominale Charakter dieser Formen ist es auch, welche sie so vorzugsweise als künstliche Intransitiva brauchen lässt, bei welchen auch bei Stämmen, die von Natur transitiv sind, kein Objekt ausgesetzt wird. *at at lo'k-ovu-ic* du kaufst, eigentlich „du bist ein Käufer" ohne notwendige Bezugnahme auf ein Kaufobjekt, wie andere Suffixe es bedingen.

Die von der Uspanteca gewonnene Einsicht in den Mechanismus der dortigen Derivate auf *ovu-ic* lässt sich nun auch auf die K'e'kchí-Formen auf *o-k* übertragen. Wir werden uns nun nicht mehr darüber wundern, dass z. B. vom Stamme *ji* schleifen folgende Flexion gebildet wird:

Sing.	1.	Pers.	*t-in-ji-o-k r-e*	ich schleife es
„	2.	„	*t-at-ji-o-k r-e*	u. s. w.
„	3.	„	*ta-ji-o-k r-e*	
Plur.	1.	„	*t-o-ji-o-k r-e*	
„	2.	„	*t-ex-ji-o-k r-e*	
„	3.	„	*t-e-ji-o-k re,*	

da eben *t-in-ji-o-k r-e in-ch'i'ch* bedeutet „ich bin jetzt ein Schleifender meines Messers".

e) Das Suffix *uk*.

Was soeben für *ok* entwickelt wurde, gilt auch für das Suffix *uk,* welches bloss die Variante von *ok* für einige Stämme mit dem Vokal *u* bildet; z. B.

K'e'kchí	Uspanteca
muk-u-k	*muk-uv-ic* verbergen
cut-u-k	*cut-uv-ic* verwunden.

f) Das Suffix *n-k* und die Endung *l-k*.

Das Suffix *ic* verbindet sich häufig mit Derivaten auf *m* und *n*. In einigen Fällen tritt es auch direkt an Stämme, die auf *l* auslauten. In beiden Fällen wird das *i* elidiert und das *c* in der Aussprache zu *k* gewandelt; z. B.

α) Das Suffix *n-k*.

Erstes Derivat.	Zweites Derivat.
ban-un gemacht	*ban-un-k* thun
c'ul-un zurückgekehrt	*c'ul-un-k* zurückkehren
atz'am-om Salzer	*atz'am-in-k* einsalzen
batz'-un mit dem Schweife wedeln (wie ein Affe)	*batz'-un-k* mit dem Schweife wedeln.

Das Suffix *n-k* wird in dieser Weise auch am Schlusse von gehäuften Synthesen verwendet; z. B.

jun-tak-et-an gleichgemacht	*jun-tak-et-an-k* gleich machen
cam-si-om der Töter	*cam-si-n-k* töten
chak-re-si-om Gerber	*chak-ob-re-si-n-k* gerben.

β) Die Endung *l-k*.

Stamm: *chal* kommen	Derivat: *chal-k* zurückkehren
„ *el* hinausgehen	„ *el-k* hinausgehen.

Das Suffix *e*.

Mit *e* werden Verbo-Nomina passiver Bedeutung gebildet, z. B.

Stamm: *it* aufdrehen, Derivat: *it-e* aufgedreht; z. B. *x-it-e x-ba'c-b-al in-sa* mein Leibgurt hat sich aufgelöst.

Stamm: *cub* herabsteigen, herabtreiben, Derivat *cub-e* herabgetrieben; z. B. *x-cub-e in-qu'iqu'-el sa li vu-uj* ich habe aus der Nase geblutet, wörtlich: es ist mein Blut in meine Nase getrieben worden.

Stamm: *ti* beissen; z. B· *x-in-ti-e ban tz'i* ich wurde vom Hunde gebissen.

Über die Herkunft des Suffixes *e* ins Klare zu kommen, ist bis jetzt nicht sicher möglich. Auf keinen Fall darf dasselbe als verkümmertes *ej* aufgefasst werden, sondern es ist identisch mit dem gleichfalls noch nicht zu erklärenden Intransitivsuffix *e* des Cakchiquel wie folgende Beispiele beweisen:

Stamm: *jec* ziehen	Derivat: *jequ-e* gezogen werden
„ *pa* aufrichten	„ *pa-e* sich aufrichten
„ *ja* zurückbiegen	„ *ja-e* sich zurückbiegen.

Alle diese Formen werden im Cakchiquel ebenfalls mit dem Intransitiv-Präfix, d. h. mit dem Tempuspräfix *c* und dem Pron. person. flektiert: *ngu-i-jequ-e* ich werde gezogen, *ngu-i-pa-e* ich richte mich auf, d. h. ich bin jetzt einer, der aufgerichtet wird oder sich aufrichtet.

Aus diesen und zahlreichen analogen Beispielen des K'e'kchi und Cakchiquel geht deutlich hervor, dass alle diese Formen auf *e* seitens der Sprache als nominale Derivate aufgefasst und behandelt werden: Dasjenige Nominalsuffix nun, welches den (aktiven oder passiven) Träger eines Verbalinhaltes am häufigsten bezeichnet, ist *el*, und es liegt daher die Vermutung nahe, dass die Verbalformen auf *e* durch Lautverlust infolge einer Spezialisierung der verbalen Anwendung aus vollständigern Derivaten auf *el* entstanden sind. Von solchen lassen sich allerdings von den einfachen Stämmen nur teilweise noch Spuren nachweisen; z. B.

tz'et-el sichtbar
cam-el im Begriff zu sterben
pet-el im Begriff zurückzukehren
oc-ol im Begriff hereinzutreten
c'oj-l vorhanden
c'as-l lebendig

So heisst *ngu-i-c'as-e* im Cakchiquel: „ich bin einer, der noch zu leben hat, lebendig ist“.

Zahlreicher sind, namentlich im K'e'kchí, die sekundären Derivate auf *el*, welche in verbaler Funktion auftreten, z. B. *chu-un-el* um zu urinieren, *c'ul-un-el* um entgegenzugehen u. s. w. (vergl. darüber die „Suffixderivate nominalen Gebrauchs“) und auf ein solches ist jedenfalls auch das Suffix *un-e* in *batz'-un-e* „mit dem Schweife wedeln“ (von *ba'tz* Affe) zurückzuführen.

Das Suffix *s*.

Das K'e'kchí weist in einer, anscheinend kleinen, Anzahl von Derivaten ein *s*-Suffix auf, das in vieler Hinsicht dem *x*-Suffix des Cakchiquel entspricht und für welches ich in einem Falle *(yaj-ex)* auch wirklich *x* notiert habe. Wie die *x*-Derivate des Cakchiquel, sind die auf *-s* im K'e'kchí Passivbildungen, welche teils ohne, teils mit Verbalpräfixen gebraucht werden; z. B.

Stamm:	*jun* eins	*jun-es* allein (eins gemacht werden)
„	*tup* brechen	*tup-us* verstümmelt
„	*yo'c* schneiden	*yo'c-us* verdreht, verletzt
„	*xeb* erschrecken	*xeb-es* erschreckt werden
„	*su'k* umdrehen	*suk'-is* umgedreht werden, umkehren, sich verwandeln.

Die Konstruktion dieser Bildungen erhellt aus folgenden Beispielen: *tup-us r-ok* einbeinig, *in-jun-es* ich allein, *na-su'k-is r-ib* er verwandelt sich, *t-in-su'k-is vu-ib t-r-u ch'at* ich wälze mich im Bette, *x-in-xeb-es* ich erschrak, *yo'c-os vu-ok la-in* ich habe meinen Fuss verletzt (verletzt ist mein Fuss), *x-in-yaj-ex* ich wurde krank.

Das Suffix *ot*.

Eine Anzahl von intransitiven Verben des K'e'kchi zeigen die Eigentümlichkeit, dass sie eine unvollständige Reduplikation bilden, indem sich in ihnen der erste Konsonant der Stammsilbe wiederholt und das Suffix *ot* zu sich nimmt; z. B.

sic-s-ot zittern; z. B. *na-sic-s-ot in-tzejvual* mein Körper zittert

co-c-ot gehen (von Tieren); z. B. *na-co-c-ot chi-v-u* es geht vor mir

seb-s-ot unruhig sein; z. B. *na-seb-s-ot in-ch'ol* mein Herz ist unruhig

tin-t-ot schlagen, pulsieren; z. B. *na-tin-t-ot sa in ch'ol* mein Herz schlägt

rop-r-ot glänzen; z. B. *na-rop-rot r-u* es glänzt.

Diese und ähnliche Beispiele beweisen, dass diese unvollständigen Reduplikationen auf *ot* die Intensität oder die rasche Wiederholung eines Verbalinhaltes bedeuten.

Sie finden ihr Analogon in den Cakchiquel-Formen *qui-c-ot* sich freuen, *cab-c-ot* versüssen, *c'ux-c'-ut* jucken, *k'il-k'-ot* und *yik-y-ot* glänzen u. s. w.

Das Suffix n.

Während in den Nachbarsprachen, z. B. im Pokonchi und Cakchiquel die Derivate auf *n* und *m* nur im Interesse des Wohlklanges, nicht aber funktionell verschieden erscheinen, werden sie im K'e'kchi schärfer dahin differenziert, dass die Derivate auf *m* nominale, diejenigen auf *n* dagegen vorwiegend verbale Dignität besitzen.

Das Suffix *n* verbindet sich mit einem durch die Verbalharmonie bestimmten Vokale zu den Formen *an, en, in, on, un,* welche teils direkt an einfache Stämme treten, teils aber von bereits synthetischen Complexen weitere Derivate bilden, ohne dass durch dieses Verhältnis, ob einfaches, ob sekundäres Derivat, irgend ein essentieller Unterschied bedingt würde.

Das Suffix *n* mit einem Vokale verleiht seinem Stamme die Bedeutung eines Particip. perfecti passivi, welches im K'e'kchi in vier verschiedenen Funktionen auftritt, nämlich als Verbum, und zwar hauptsächlich als Imperativ, ferner als Basis für weitere Suffixderivate und endlich als Nomen.

a) Die verbale Funktion der Derivate auf *n*.

Gemäss ihrer Dignität als Nomina werden die Derivate auf *n*, wo sie mit Verbalpräfixen erscheinen, mit dem Pron. person. flektiert, z. B.

Stamm: *nim* gross, Derivat: *nim-an* fett geworden; z. B. *x-in-nim-an* ich bin fett geworden

Stamm: *xey* atmen, Derivat: *xey-an* Atem holen; z. B. *n-in-xey-an* ich schnaufe

Stamm: *mes* mit dem Besen kehren, *x-mes-un* es ist schon gereinigt.

Die Bedeutung von *x-in-nim-an* ist: ich bin einer, der dick geworden ist, ein Dickgewordener.

b) Die Derivate auf *n* als Imperative.

Stamm:	*xuxb* schleifen	Derivat:	*xuxb-an* schleife
„	*chub* spucken	„	*chub-an* spucke
„	*cub* herabsteigen	„	*cub-en* steige herab
„	*tak* erhöhen	„	*tak-en* steige hinauf
„	*xak-l* anhaltend, sich aufrichtend	„	*xak-l-in* halte an, richte dich auf
„	*vuak-l* sich erhebend	„	*vuak-l-in* erhebe dich
„	*ch'aj* waschen	„	*ch'aj-on* wasche dich
„	*xaj* tanzen	„	*xaj-on* tanze
„	*mes* kehren	„	*mes-un* kehre, reinige.

c) Primäre Derivate auf *n* als Basis sekundärer Derivate.

ƀan-un gemacht	*ban-un-k* machen
c'ul-un angetroffen	*c'ul-un-el* um zu begegnen
is-in herausgenommen	*is-in-qu-il* das Fangen
eľk-an gestohlen	*eľk-an-b-il* gestohlen

d) Derivate auf *n* als Nomina agentis.

Ihre Verwendung im K'e'kchi ist weit beschränkter als in andern Maya-Sprachen und wird durch diejenige der Formen auf *m* ersetzt. Dahin gehört z. B

ban-un caxlan Bäcker.

Eine besondere Kategorie der synthetischen Derivate bilden diejenigen mit dem Doppel-Suffix *-m-an*; z. B.

pis-m-an gewogen
pab-am-an gehorcht
c'ul-m-an empfangen
ch'ol-ob-am-an versprochen.

Sie bilden Reduplikationen eines und desselben Suffixes, denn es lässt sich am Cakchiquel und an andern Sprachen leicht zeigen, dass die Suffixe auf *m* und *n* formell identisch sind und zwar muss dasjenige auf *m* als das ursprüngliche gelten, aus welchem erst das Suffix *n* teils als Aussprachsvariante, teils zu speziellen Funktionen herausgebildet worden ist. So hat z. B. der östliche Dialekt des Cakchiquel, d. h. die Sprache der Sacatepequez schon konstant ein *n*-Suffix in Formen, wo der centrale Dialekt noch ein *m*-Suffix besitzt; z. B.

Cakchiquel von Santa Maria	Cakchiquel der Sacatepequez
lo'k-om geliebt	*lo'k-on*
bey-om reich	*bey-on*
ech-am Schwager der Frau	*ech-an*
chaj-im besitzen	*chaj-in*
c'oj-l-em Leben	*c'oj-l-en*

Der funktionelle Unterschied, welchen das centrale Cakchiquel in der Anwendung der Formen auf *m* gegenüber denen auf *n* noch macht, erscheint im östlichen Dialekt aufgehoben. Doch erscheint gelegentlich früheres *m* auch hier wieder, z. B.

Sing. *bey-on* reich   Plur. *bey-om-a*

wodurch eben die Ursprünglichkeit des *m*-Suffixes dargethan wird.

Ganz derselbe Fall liegt nun bei dem Doppelsuffix *m-an* des K'e'kchí vor: es hat sich das *m* des ersten Suffixes erhalten, während dasjenige des zweiten zu *n* gewandelt wurde, wie dies übrigens auch aus dem Vergleich der einfachen Suffixform *c'ul-un* mit der doppelten *c'ul-m-an* (für *c'ul-um-an*) hervorgeht.

Die Suffixderivate nominalen Gebrauchs.

Das Suffix *om*.

Im Vorstehenden wurde auf die ursprüngliche Identität des *m*- und *n*-Suffix hingewiesen. Das K'e'kchí hat nun das *m*-Suffix, in der Form *om*, als nominales Suffix im Gegensatz zu den verbal gebrauchten Derivaten auf *n* funktionell geschieden und braucht es hauptsächlich für Nomina agentis; z. B.

Stamm:	*atz'am* Salz	*atz'am-om* der Einsalzer
„	*chak-re-si* gerben	*chak-re-si-om* Gerber
„	*cam-si* töten	*cam-si-om che* der Baumwürger (eine Pflanze)

Seltener sind Fälle von passiver Bedeutung der Derivate auf *m;* z. B.

x-ti-om tz'i der Hundebiss, wörtlich: sein Gebissenes des Hundes

x-can-ab-om in-yuvua das Erbe, wörtlich: sein Hinterlassenes meines Vaters.

Das Suffix *n-el.*

Von den Derivaten auf *n* (resp. *m*) werden mit dem Nominalsuffix *el* weitere Formen abgeleitet, welche in verschiedener Weise von der Sprache gebraucht werden; meist als Nomina agentis, zuweilen aber auch als Gerundium und selbst als eine Art präteritaler Verbalform, wie folgende Beispiele zeigen:

a) als Nomen agentis

ban-un-el der Arzt
bon-on-el der Färber
cam-si-n-el der Schlächter

b) als Gerundium

Stamm: *chu* urinieren, Derivat: *chu-un-el* um zu urinieren; z. B.
la-in xic vu-e chu-un-el ich gehe urinieren

Stamm: *jal* wechseln (Kleider), Derivat: *jal-on-el* um die Kleider zu wechseln

Stamm; *jil* naherücken, Derivat: *jil-on-el* um sich zu nähern,

c) als Verbum

Stamm: *na* wissen, Derivat: *na-on-el* er weiss es schon
„ *c'ul* Paar, Derivat: *c'ul-un-el* ich ging ihm entgegen
„ *oc* hineingehen, Derivat: *oc-si-n-el* er macht mich hineingehen.

Über die jedesmalige Funktion entscheidet selbstverständlich der syntaktische Zusammenhang, in dem die einzelne Form auftritt.

Das Suffix *-l-al.*

Je nach dem Vokal des Stammwortes nimmt es die Formen *-ol-al* und *-il-al* an. Es bildet Nomina collectiva; z. B.

op-ol-al Löcher
ra-il-al das Beissen, Brennen, Jucken.

Das Suffix *-l-el.*

Es ist mir nur im Worte *xam-l-el* „Feuer" bekannt, welches für *xam-al-el* steht (vergl. Ixil: *xam-al* Feuer).

Das Suffix *nak.*

Wir sind demselben schon beim Pokonchi begegnet (Pok.-Spr. S. 88). Es bedeutet den Zustand, der infolge einer bereits der Vergangenheit angehörigen Verbalthätigkeit eingetreten ist; z. B.

Stamm:	*cub* herabsteigen,	Derivat:	*cub-e-nak* gesunken, niedrig, leise
„	*cam* sterben	„	*cam-i-nak* tot, gestorben
„	*nuj* voll	„	*nuj-e-nak* voll
„	*tan* fallen	„	*tan-e-nak* gefallen.

Die Anwendung dieser Bildungen geschieht ohne weitere Affixe, sie bilden gewöhnlich das erste Glied des Satzes, und fungieren in demselben als Prädikativ oder als adverbiale Bestimmung, wie folgende Beispiele zeigen.

cam-i-nak ha-vuink-ain dieser Mann ist tot
cub-e-nak n-in-atin-ac ich rede leise
cub-e-nak n-iqu-e-xic'-an li xic' tief fliegen die Vögel
nuj-e-nak in-tub meine Brust ist voll (Milch)
tan-e-nak x-jol-om gesenkt ist sein Haupt.

Über die Partikel *nak* vergl. auch S. 53 und 106.

Das Suffix *-qu-il.*

Mit dem Doppelsuffix *qu-il* werden Abstracta gebildet; z. B.

Stamm:	*be* Weg	Derivat:	*be-re-s-an-qu-il* das Gehenmachen, Gang
„	*cam* sterben	„	*cam-si-n-qu-il* die Tötung
„	*ec'a* schaukeln	„	*ec'a-si-n-qu-il* das Schaukeln
„	*sur-ub* abrunden,	„	*sur-ub-an-qu-il* die Abrundung
„	*tak* absenden	„	*tak-l-an-qu-il* die Botschaft.

Die syntaktische Anwendung der Formen auf *qu-il* kann eine mehrfache sein:

1. Zur Bildung einer periphrastischen Verbalform in der Eigenschaft eines Gerundiums; z. B.

yo-qu-in chi-vu-ec'a-si-n-qu-il vu-ib sa ab ich schaukele mich in der Hängematte, wörtlich: ich bin in meinem Schaukeln begriffen

yo x-sur-ub-an-qu-il r-ib es rundet sich ab, wörtlich: es ist sein sich-Abrunden.

2. Als Nomen instrumenti.

Stamm: *i-si* fangen, *r-i-si-n-qu-il car* die Fischangel, wörtlich: „sein Fang des Fisches".

3. Als Adjektivum.

yo-yo-qu-il che der lebende Baum
sum-su-qu-il vuink der verheiratete Mann
sum-su-qu-il ixk die verheiratete Frau.

Letztere Anwendung unterscheidet sich von den sub 1. und 2. genannten durch den Mangel des Pron. poss.

Die Analyse der Bildungen auf *qu-il* ist einfach und selbstverständlich, sie gehen in erster Linie auf eine Verbalform auf *ic*, zurück, deren Grundlage entweder ein Nomen verbale auf *n* oder *m* oder eine neutrale Participialform aus der Kategorie der S. 75 u. 76 geschilderten unvollkommenen Reduplikationen bildet.

So geht z. B. *sur-ub-an-qu-il* auf eine Form *sur-ub-an-ic*, diese auf das Nomen verbale *sur-ub-an* zurück. *sum-su-qu-il* dagegen setzt eine Form *sum-su-k* (für *sum-su-ic*) voraus, welche an die unvollständige Reduplikation *sum-s-u* anschliesst, die ihrerseits wieder eine Form *sum-ub* „sich verheiraten", „sich paaren" bedingt.

Das Suffix *-b-il.*

Mit *-b-il* werden von einfachen Stämmen sowohl, als von Derivaten Formen gebildet, welche als Partic. perfecti passivi fungieren; z. B.

Stamm:	*nat* pressen	*nat-b-il* gepresst
„	*qu'il* rösten	*qu'il-in-b-il* geröstet
„	*c'al* reinigen	*c'al-en-bil* gereinigt

Die Konstruktion dieser Formen geschieht einfach mit der Präterital-Partikel *ac*, z. B. *ac c'al-en-b-il* „es ist schon gereinigt", oder, wo kein Nachdruck auf die Zeit gelegt wird, auch ohne dieselbe, z. B. *tz'ul-b-il x-jol-om li mes* das Haar der Katze ist gesträubt.

Auf die Analogie der Bildung der Nomina auf *b-il* mit denen auf *-b-al* wurde bereits früher (S. 25) hingewiesen.

Verbo-Nomina mit anomaler oder defektiver Flexion.

Das K'e'kchí besitzt eine Anzahl von verbal gebrauchten Wortstämmen, welche nur einen Teil der bisher geschilderten Verbalflexion aufweisen. Andere Stämme wiederum treten teils als selbständige mit voller und normaler Flexion ausgerüstete Verba auf, teils aber ohne dieselbe als blosse Hilfsverba. Wir erhalten somit zwei Kategorien von Verbo-Nomina mit irregulärer Flexion, nämlich 1. Anomale Stämme, 2. Zu Hilfszeitwörtern degradierte, normale Stämme.

1. Anomale Stämme.

Der Stamm *vu*.

Eine Reihe von Wortformen weisen sämtlich auf einen Stamm *vu* hin, der das „Sein an einem Orte" bedeutet und mit dem *vui* des Pokonchí (Pok.-Spr. S. 95) identisch ist. Das K'e'kchí bildet damit folgende Synthesen und Derivate:

a) Synthetische Pronominalformen: *a-vu-l-e*.
b) Ein Verbum: „irgendwo sein": *vu-an*.
c) Ein Transitiv-Suffix: *vu-an*.

Hier beschäftigt uns nur das Verbum *vu-an*, von welchem folgende Tempora vorkommen:

Präsens.

Sing.	1. Pers.	*vu-an-qu-in*	ich bin irgendwo befindlich	
„	2. „	*vu-an-c-at*	du bist	„ „
„	3. „	*vu-an*	er ist	„ „
Plur.	1. „	*vu-an-c-o*	u. s. w.	
„	2. „	*vu-an-qu-ex*		
„	3. „	*vu-an-qu-eb*		

Imperfektum.

Sing. 1. Pers. *qu-in-vu-an* ich war irgendwo befindlich
„ 2. „ *c-at-vu-an* u. s. w.
„ 3. „ *qu-i-vu-an*
Plur. 1. „ *c-o-vu-an*
„ 2. „ *qu-ex-vu-an*
„ 3. „ *qu-e-vu-an.*

Die übrigen Zeiten werden von dem Derivat *vu-an-k* (für *vu-an-ic*) gebildet:

Präsens subfuturum.

Sing. 1. Pers. *t-in-vu-an-k* ich bin oder werde irgendwo sein
„ 2. „ *t-at-vu-an-k* u. s. w.
„ 3. „ *ta-vu-an-k*
Plur. 1. „ *t-o-vu-an-k*
„ 2. „ *t-ex-vu-an-k*
„ 3. „ *t-e-vu-an-k.*

Futurum subjussivum.

Sing. 1. Pers. *ch-in-vu-an-k* ich werde oder soll (irgendwo) sein
„ 2. „ *ch-a-vu-an-k* u. s. w.
„ 3. „ *chi-vu-an-k*
Plur. 1. „ *ch-o-vu-an-k*
„ 2. „ *ch-ex-vu-an-k*
„ 3. „ *ch-e-vu-an-k*

Die häufigste Verwendung findet die 3. Pers. Sing. *vu-an* und *vu-an-k* um den Begriff „haben, besitzen" auszudrücken.

Sie verbindet sich dabei ausser ihrem Tempuspräfix mit dem Objekt, dass mit dem Pron. poss. versehen ist. Wenn ein besonderer Nachdruck auf dem Besitzer liegt, so tritt dieser als selbständiges Pron. person. vor den Verbalcomplex; z. B.

Präsens.

la-in vuan in-su ich habe einen Kropf, wörtlich: was mich betrifft, so ist mein Kropf vorhanden.
la-at vuan a-su du hast einen Kropf
a-an vuan x-su er hat einen Kropf
u. s. w. u. s. w.

Ebenso wird das Präteritum und das Futurum gebildet:

Präteritum.

la-in qui-vu-an in-su ich hatte einen Kropf
la-at qui-vu-an a-su du hattest einen Kropf.

Futurum.

la-in ta-vu-an-k in-su ich werde einen Kropf bekommen
la-at ta-vu-an-k a-su du wirst einen Kropf bekommen.

Von *vu-an* wird ferner das Nomen abstractum *vu-an-qu-il* „das Wesen“, „die Macht“ gebildet; z. B. *nim x-vu-an-qu-il* „gross ist sein Wesen“, d. h. er ist heilig, mächtig u. s. w.

Endlich tritt *vu-an* in die Bildung der Zeitbestimmungen *anak-vu-an* „jetzt“ und *anak-vu-an aj-vui* „gerade jetzt“ (wörtlich: es ist bereits da), sowie von *jo-vu-an* „nachher“ ein.

Die Partikel *vui*.

Der Stamm *vu* findet sich auch in der Partikel *vui* wieder, von welcher das K'e'kchí allerdings einen viel beschränkteren Gebrauch macht, als z. B. das Cakchiquel.

Die Partikel *vui* allein wird im K'e'kchí wie im Pokonchí hinter verbalen Ausdrücken gebraucht und verleiht diesen die Eigenschaft von Adverbialsätzen mit lokaler oder temporaler Färbung; z. B.

li cut-an qu-in-yo-l-a-vui der Tag, an dem ich geboren wurde, wörtlich: der Tag, ich wurde geboren dort oder dann.

Sie findet sich im K'e'kchí in folgenden Verbindungen: *vui-vuan, aj-vui* und *jo-vui.*

vui-vu-an drückt aus, dass irgend etwas Unbestimmtes vorhanden ist, z. B. *vui-vu-an x-yaj-el* er hat irgend eine Krankheit.

In der Synthese *aj-vui* verbindet sich das Präfix der Persona agens *aj* mit dem Stamm *vu: aj-vui* bedeutet eigentlich „einer, der da ist“, „er ist da“. Die verbale Funktion ist in einigen Fällen noch zu erkennen; z. B.

cach'in aj-vui li-hal es ist wenig Mais da
joc-an aj-vui so ist es.

Gewöhnlich tritt sie ganz in den Hintergrund und *aj-vui* sinkt zu einer Beschränkungs-Partikel im Sinne von „allein, bloss, nur, selbst" herab; z. B.

in-jun-es aj-vui ich allein
jun-aj aj-vui nur je einer
la-o aj-vui t-o-xic wir gehen selbst.

Jo-vui. Durch Synthese der Demonstrativ-Partikel *jo* mit dem Stamme *vu* entsteht die Synthese *jo-vui*, welche eigentlich „dies ist da" bedeuten würde. Sie wird jedoch lediglich als Konjunction im Sinne von „und, und auch" gebraucht; z. B.

chi k'e'k jo-vui chi cut-an bei Nacht und bei Tag
li che jo-vui r-atz'um der Baum und seine Blüten.

Der Stamm *yo* und die periphrastische Verbalflexion.

Eine Reihe von Verbindungen des K'e'kchi weisen auf einen Stamm *yo* zurück, dessen Grundbedeutung das „Sein, Leben, Vorhandensein" ist und welcher dann im Weitern die Bedeutung „mit etwas beschäftigt sein, im Begriff stehen", bekommt.

Von diesem Stamm *yo* sind folgende Flexionsformen und Derivate im Gebrauch:

1) Einfacher Stamm *yo*.

Präsens.

Sing.	1.	Pers.	*yo-qu-in*	ich bin	mit	etwas	beschäftigt
„	2.	„	*yo-c-at*	du bist	„	„	„
„	3.	„	*yo*	er ist	„	„	„
Plur.	1.	„	*yo-c-o*	wir sind	„	„	„
„	2.	„	*yo-qu-ex*	ihr seid	„	„	„
„	3.	„	*yo-qu-eb*	sie sind	„	„	„

Diese Flexion von *yo* erlangt im Mechanismus des K'e'kchi eine ausserordentliche Wichtigkeit, weil sie in ausgiebigster Weise als Hilfszeitwort verwendet wird und dazu dient, in Kombination mit anderen Verbalformen eine Konjugationsform herzustellen, welche ich als periphrastische bezeichnen möchte. Gewöhnlich tritt die Richtungspartikel *chi* zwischen *yo* und den regierenden Verbalstamm. Die Bedeutung dieser kombinierten Flexion ist: „damit beschäftigt sein" oder „im Begriff stehen, etwas zu thun". Das Hauptverbum erscheint dabei in irgend einem der bereits bekannten Suffixderivate; z. B.

yo-qu-in chi r-il-b-al ich bin damit beschäftigt, es zu hüten
yo-qu-in chi tik-ob-ac ich schwitze
yo-tik chi-vu-ix ich fühle heiss, wörtlich: es ist Hitze auf mir
yo-qu-in chi-cay-an-qu-il tak'e'k ich blicke zum Himmel
yo-jal-aj-ic r-uch r-e in-c'ul-al mein Kind ist im Zahnwechsel begriffen
yo-xam-ic r-ix li tz'ik der Vogel ist in der Mauserung begriffen.
yo-qu-in chi aqu'-in-k l-in-vuaj ich reinige mein Maisfeld.

Die auffallende Ähnlichkeit, welche diese periphrastische Konjugation des K'e'kchí mit der spanischen Konstruktion mit „estar" und dem Gerundium hat, legt die Frage nahe, in wie weit hier schon der Einfluss des Spanischen auf die indianische Sprache sich geltend mache. Der Ausdruck *yo-qu-in chi r-il-b-al* z. B. entspricht dem spanischen „lo estoy guardando" und sagt nicht mehr und nichts anderes als das ebenfalls übliche *la-in il-ol r-e,* so dass wir eine einfache und eine periphrastische Flexion als synonym in folgender Weise nebeneinander haben:

la-in il-ol-r-e (wörtlich: „Ich bin der Hüter von diesem)	oder *yo-qu-in chi r-il-bal* ich hüte es
la-at il-ol-r-e	*yo-c-at chi r-il-bal*
a-vu-l-e „	*yo* „ „
la-o „	*yo-c-o* „ „
la-ex „	*yo-qu-ex* „ „
heb-an „	*yo-qu-eb* „ „

Bei dem Mangel an Schriftdokumenten aus früher Zeit lässt sich die Frage über die indianische Ursprünglichkeit der periphrastischen Flexion nicht sicher entscheiden. Indessen ist eine solche doch sehr wahrscheinlich, weil gerade im K'e'kchí-Gebiet der spanische Einfluss noch derart gering ist, dass die Mischlinge und selbst Fremde, welche viel Verkehr mit den Indianern haben, indianisch lernen müssen, da sehr viele Indianer des Spanischen nicht mächtig sind. Aus diesem Grunde ist es kaum anzunehmen, dass der Einfluss der in starker Minderheit befindlichen spanischen Sprache schon eine tiefgreifende syntaktische Änderung sollte hervorgebracht haben.

2. Derivate von *yo*.

a) *yo-y-o* lebend.

Präsens.

Sing.	1.	Pers.	*yo-y-o-qu-in*	ich lebe
„	2.	„	*yo-y-o-c-at*	u. s. w.
„	3.	„	*yo-y-o*	
Plur.	1.	„	*yo-y-o-c-o*	
„	2.	„	*yo-y-o-qu-ex*	
„	3.	„	*yo-y-o-qu-eb.*	

yo-y-o gehört in die Reihe der unvollkommenen Reduplikationen und bedeutet eigentlich „geboren worden".

b) Das Derivat *yo-l-a*.

Imperfektum.

Sing.	1.	Pers.	*qu-in-yo-l-a*	ich wurde geboren
„	2.	„	*c-at-yo-la*	u. s. w.
„	3.	„	*qu-i-yo-l-a*	
Plur.	1.	„	*c-o-yo-l-a*	
„	2.	„	*qu-ex-yo-l-a*	
„	3.	„	*qu-e-yo-l-a.*	

Aorist.

Sing.	1.	Pers.	*x-in-yo-l-a*	ich wurde geboren
„	2.	„	*x-at-yo-l-a*	u. s. w.
„	3.	„	*x-yo-l-a*	
Plur.	1.	„	*x-o-yo-l-a*	
„	2.	„	*x-ex-yo-l-a*	
„	3.	„	*x-e-yo-l-a*	

Z. B. *x-yo-l-a r-al in-caxlan* die Küchlein meiner Henne sind ausgekrochen.

Das Derivat *yo-l-a* hat zur Basis ein Nomen auf *l*, *yo-l*, welches noch als selbständige Bildung in der Reduplikation *yo-l-yo-l* „schlüpfrig", wörtlich: „ganz lebendig" vorkommt. *yo-l-a* steht für *yo-l-aj* (vergl. S. 26) von welchem als weiteres Derivat *yo-l-aj-ic* geboren werden, abgeleitet wird, z. B. *sa x-yo-l-aj-ic* seit seiner Geburt. Mit dem Lokativ-Suffix *-eb-al* wird von *yo-l* gebildet: *yo-l-eb-al* der Aufenthaltsort, z. B. *ka-yo-l-eb-al*, der Ort, wo wir leben.

Der Stamm *os*.

Im Ixil kommt eine Verbalform *os-oj* vor, in welcher sich ein Stamm *os* mit dem Passiv-Suffix *oj* verbindet (vergl. Ixil-Spr. S. 96 und 121) und welcher dort eine Art Optativ-Bedeutung zukommt: *os-oj la ul-i* möchte er doch kommen u. s. w.

Im K'e'kchí kommt als identische Form mit dem *os-oj* des Ixil das Derivat *os-oc* vor, mit der Bedeutung „vollenden", „fertig machen" und zwar mit folgender Flexion:

Präsens.

Sing. 1. Pers. *la-in os-oc vu-e* ich vollende
„ 2. „ *la-at os-oc avu-e*
„ 3. „ *ha-an os-oc r-e*
Plur. 1. „ *la-o os-oc k-e*
„ 2. „ *la-ex os-oc er-e*
„ 3. „ *heb-an os-oc qu-eb r-e*

Imperativ.

os-o-k-at-bi vollende
os-o-k-ex-bi vollendet.

Nomen verbale.

os-oj-e-nak voll.

Nehmen wir noch die Qu'iché-Formen *os (oz)* das Rülpsen (als Zeichen der Sättigung) und *os-ba* „anfüllen" hinzu, so ergiebt sich als Grundbedeutung des Stammes *os* das „Vollsein", daher die „Vollendung" und der „hohe Grad", z. B. *os-oj-e-nak chi tik* „sehr heiss", wörtlich: „voll von Wärme", *os-oj-e-nak x-nim-al* „sehr fett", wörtlich: „vollendet seine Dicke".

Nach dem über die Suffixderivate auf *c* und *k* Gesagten, bedeutet die Konstruktion *la-in os-oc vu-e* was mich betrifft, so ist das Meinige *(vu-e)* im Fertigwerden begriffen".

2. Normale Stämme als Hilfszeitwörter.

Der Stamm *oc*.

Als regelmässig flektiertes Verbum bedeutet *oc* und seine Derivate „hineingehen".

Als affixloses Hilfszeitwort bezeichnet es die Absicht, etwas zu thun und bildet daher mit dem Hauptverbum eine zusammengesetzte Futurform; z. B.

oc vu-e chi pub-a-k ich will schiessen gehen
oc vu-e chi x-tiqu-ib-an-qu-il ich will anfangen, wörtlich: „ich begebe mich an sein Anfangen".

Der Stamm *xic.*

In ganz analoger Weise, wie *oc* wird *xic* teils als regelmässiges Verbum flektiert, teils aber affixlos als Hilfszeitwort gebraucht. *xic* bedeutet „gehen", „sich entfernen", z. B. *a-jun-es t-at-xic* du gehst allein.

Auch als Hilfsverb bezeichnet es „weggehen" und wird wie *oc* konstruiert; z. B.

xic vu-e chi uc'a-k ich gehe Wasser trinken
xic avu-e chi uc'a-k du gehst Wasser trinken, u. s. w.

Von *xic* wird das Derivat *xic-ak* gebildet, ebenfalls mit der Bedeutung „gehen"; z. B.

xic-ak chi vuar-k a-vu-l-e er soll schlafen gehen
xic-ak-e-b chi vuar-k sie sollen schlafen gehen.

Der Stamm *ayu.*

Im K'e'kchí kommt ein anomales Verbum defectivum „gehen" vor, welches als Hilfszeitwort fungiert und nur in wenigen Formen gebräuchlich ist, nämlich:

ayu gehe
ayu-k gehet ihr
yo-o gehen wir.

Z. B. *ayu-bi* und *ayu la-at* gehe du! *ayu c'ul chak* gehe ihm entgegen, *ayu-k la-ex* gehet ihr, *ayu-k chi vuar-k* gehet ihr schlafen, *yo-o sa mu* gehen wir in den Schatten.

Die Bildung der Imperative.

Nachdem nun die einzelnen Bestandteile der K'e'kchí-Konjugation analytisch erörtert sind, kann endlich zur Darstellung der Imperativbildung geschritten werden, welche im K'e'kchí eine grosse Mannigfaltigkeit bietet und sich aus sehr verschiedenen Elementen zusammensetzt. Wir können in dieser Sprache nicht weniger als sieben Formen der Imperative unterscheiden. Es sind dies:

1. Der nackte Stamm.
2. Das Nomen verbale auf *n*.
3. Das Particip. passivi.
4. Die Synthesen mit der Präposition *chi*.
5. Imperativbildung mittels Partikeln:
   a) die Partikel *bi*,
   b) die Partikel *chak*.
   c) die Partikel *nak*.
6. Der periphrastische Imperativ.

Wir führen für alle diese Formen Beispiele an:

1. Der nackte Verbo-Nominalstamm als Imperativ.

Z. B. *jab aru-c* schreie, wörtlich: öffne deinen Mund
aj-si r-u wecke ihn, wörtlich: er werde wach gemacht
tz'ub sauge aus, wörtlich: (es werde) ausgesaugt
u'tz r-u küsse mich, wörtlich: mein Gesicht (werde) Gegenstand des Küssens.

Soll die Persona agens bestimmter ausgedrückt werden, so wird das Pron. person. ausgesetzt: z. B.

nat la-at presse du
atin la-at bade du.

Reflexivische Verben nehmen das Pron. refl. der betreffenden Person hinter sich; z. B.

tik-ib aru-ib kleide dich an
pa'c-ab aru-ib lege dich auf den Rücken.

2. Das Nomen verbale auf *n* als Imperativ.

Eine sehr häufige Imperativ-Form des K'e'kchi ist das einfache Nomen verbale auf *n;* z. B

chub-an spucke aus, wörtlich: (es werde) ausgespuckt
xaj-on tanze, wörtlich: (es werde) getanzt
ch'aj-on wasche, wörtlich: (es werde) gewaschen
vuak-l-in erhebe dich
sot-l-an lege dich nieder.

3. Das Participium passivi als Imperativ.

Z. B. *lo-u* kaue, wörtlich: (es werde) gekaut
quel-o ziehe, wörtlich: gezogen.

Das Objekt der Verbalthätigkeit erscheint bei dieser Imperativform in Form eines appositionellen Nomens oder des suffigierten Pron. pers.; z. B.

lo-u av-utz'-al gekaut (werde) dein Zuckerrohr
quel-o-in gezogen (werde) ich.

4. Die Synthesen mit der Präposition *chi*.

Der ganzen Futurbildung mittels der Präposition *chi* kommt ein imperatives Element zu, weshalb ich dieselbe als Futurum subjussivum oben bezeichnet habe. Speziell aber kommt den 3. Personen imperative Bedeutung zu; z. B.

ch-in-r-aj-si la-in er soll mich aufwecken, wörtlich: ich werde Gegenstand seines Aufweckens
ch-in-av-uch-b-en-i begleite mich, wörtlich: ich werde dein Begleiteter
ch-a-el zerteile, wörtlich: es werde dein Zerteiltes
chi-uc'a-k a-an er soll trinken, wörtlich: er werde ein Trinkender
ch-e-uc'a-k heb-an sie sollen trinken, wörtlich: sie werden Trinkende
ch-ex-alin-ac rennt, wörtlich: werdet Rennende
ch-a-letz leime, wörtlich: es werde dein Geleimtes.

5. Imperativbildung mittels Partikeln.

Es giebt im K'e'kchí eine Anzahl einsilbiger Partikeln, welche die specielle Funktion haben, den von ihnen begleiteten Verbalformen, einfachen Stämmen und Derivaten, imperative Färbung zu verleihen. Diese Partikeln sind *bi, chak, nak*.

a) Die Partikel *bi*.

Zur Verstärkung der sub 1, 2 und 3 genannten Imperativformen tritt im K'e'kchí die Partikel *bi* auf, deren Stellung jeweilen hinter der betreffenden Verbalform ist, sei diese nun ein nackter Stamm, oder ein Derivat.

α) Nackter Stamm.

it-bi r-u löse mir es auf
qu'e-bi gieb
ayu-bi gehe.

β) Nomen verbale auf *n*.

uc'a-n-bi trinke
alin-an-bi renne
lo'k-on-bi kaufe.

γ) Derivate auf *b*.

tiqu-ib-bi beginne
ch'ol-ob-bi antworte.

Obwohl dies die häufigsten Imperativformen mit *bi* sind, so sind sie doch nicht die ausschliesslichen, wie z. B. folgende Beispiele darthun: *ch-at-el-k-bi* fliehe, *ban-u-bi* thue es, *os-o-k-at-bi* vollende.

Nicht selten hört man statt *bi* die Variante: *vui*, z. B. *uc'a-n-vui*, *qu'e-vui* u. s. w.

Was das Wesen dieser Partikel *bi* anbelangt, so zeigt das Studium der Partikeln *ba*, *bi*, *ma* und *mi* in den Maya-Sprachen von Guatemala, dass sie sämtlich blosse Varianten eines und desselben polymorphen Stammes sind, welche sich in den einzelnen Sprachen bald zu negativer, bald zu vetativer oder optativer Funktion differenziert haben. Ob in diesem Stamme das schon besprochene Verbo-Nomen *vui* vermutet werden darf, bleibt noch zu entscheiden.

b) Die Partikel *chak*.

Auch *chak* tritt hinter verschiedene Imperativformen; z. B.

oc-an chak komm herein
el-en chak gehe hinaus
tau chak hole mir es
ach'-ob chak lass es los
c'am chak bringe es
jil-on chak nähere dich
up-ub chak setze (die Henne auf die Eier)
i-si chak nimm heraus.

chak wird mit Vorliebe bei denjenigen Verbalstämmen angewendet, welche eine Ortsbewegung, ein „hierher“, oder „dorthin“ bedingen: *tau chak* bedeutet „hole es mir hierher“, *i-si chak* „nimm es dort heraus“. Vermöge dieser lokativen Bedeutung ist *chak* wohl auf das Verbum *chal-k* „zurückkehren“ zurückzuführen, dessen Aequivalent *chal-ok* im Pokonchí ebenfalls adverbial für „hierher“, „dorthin“ u. s. w. gebraucht wird (s. Pokonchí-Sprache S. 103).

c) Die Partikel *nak*.

nak dient vorzugsweise, aber nicht ausschliesslich, zur Imperativbildung bei affixlosen Stämmen, und bei den Derivaten auf *si* und häufig nimmt es das Dativpronomen des Befehlenden (*vu-e* mir) zu sich; z. B.

α) Einfache Stämme.

te-nak vu-e öffne es mir
tz'ap-nak vu-e schliesse es mir
mi'ch-nak vu-e reisse es mir aus
c'at-nak vu-e verbrenne es mir

β) Derivate auf *si*.

i-si-nak vu-e nimm es mir weg
tak-r-e-si-nak vu-e netze es mir
ec'a-si-nak vu-e rühr es mir um.

Es ist schwierig, über die Herkunft dieses Suffixes *nak* ins Klare zu kommen. Indessen spricht doch manches dafür, dass es sich dabei nicht um eine unabhängige Partikel *nak*, sondern um ein nur anscheinend loses, thatsächlich aber organisch mit dem Stamme verbundenes Suffix handelt. Und zwar wäre dasselbe eine Synthese *n-ak*, in welcher die Optativ-Partikel *ak* sich mit dem Nomen verbale auf *n* verbände, dessen *n*-Suffix durch Vokalschwund ad hoc gebildet wäre; z. B.

te-n-ak	stände	für	*te-en-ak*
tz'ap-n-ak	„	„	*tz'ap-on-ak*
tak-re-si-n-ak	„	„	*tak-re-si-om-ak*
bon-n-ak	„	„	*bon-on-ak*
muk-n-ak	„	„	*muk-un-ak*.

Diese Annahme gewinnt an Wahrscheinlichkeit durch den Umstand, dass die Partikel *ak* in inkorporierenden Verbalformen auftritt, wo sie durch andere Satzbestandteile weit von ihrem Verbalstamm weggerückt wird; z. B.

qu'e cach'in-ak vu-e gieb mir ein wenig
qu'e cach'in-ak v-uc'a gieb mir etwas zu trinken.

6. Der periphrastische Imperativ.

Einige Verben der Bewegung, wie *xic* gehen, *ayu* gehen, dienen im K'e'kchi als Hilfszeitwörter zur Bildung einer kombinierten Imperativform, die ich nach Analogie der oben (S. 98) erwähnten Konjugation als periphrastischen Imperativ bezeichnen will; z. B.

ayu vuar-in gehe schlafen
xic-ak chi-vuar-k a-vu-l-e er soll schlafen gehen
ayu-k vuar-in-k oder *chi-vuar-k* gehet ihr schlafen
ayu tau chak gehe und hole ihn ein.

Die Pluralbildung des Imperativs.

Einige der oben besprochenen Imperative gestatten die Differenzierung des Plurals nicht bloss durch die Pronomina, sondern durch das Suffix *ak*, welches vorzugsweise bei der Imperativbildung mittels des Nomen verbale auf *n* (wo dann altes *m* wieder erscheint), aber auch bei andern Derivaten und selbst bei nackten Stämmen zur Verwendung kommt; z. B.

jal-om-ak er-a'k wechselt eure Kleider
c'ul-om-ak la-ex bewahret ihr
xak-l-in-k-ex haltet an
c'oj-l-an-k-ex setzet euch
ka-jal-ak tauschen wir
ka-qui-ak sa ka-yi legen wir es zwischen uns
ka-xak-ab-ak halten wir an
ban-u-k la-ex thuet ihr
ayu-k gehet ihr.

So nahe es nun läge, bei diesem Suffix *ak* an die Pluralpartikel *ak* zu denken, deren beim Nomen gedacht wurde, so beweisen doch Beispiele wie *xic-ak an* er soll gehen und *xic-ak-eb* sie wollen gehen, dass dem Imperativ-Suffix *ak* ursprünglich nicht sowohl eine pluralisierende, als vielmehr die Eigenschaft einer Optativ-Partikel zukommt, welche mit der Partikel *ok* des Cakchiquel zu identifizieren wäre.

Die Negation des Verbalinhaltes.

Im K'e'kchí ist die Negation der einfachen Aussage und der Vetativ durch besondere Partikeln geschieden.

1. Die Partikel *ma*.

Als einfache, nicht vetative Negativ-Partikel fungiert *ma*, welche teils einfach als Präfix den Inhalt eines Nomens oder Verbo-Nomens negiert, teils in eine Anzahl von synthetischen Verbindungen eintritt. Wir erhalten demnach folgende Formen

a) Mit einfachen Stämmen.

ma-bar nirgends
ma-c'a es ist nicht vorhanden
ma-ja-r-uj niemals
ma-ji noch nicht
ma-jun keiner
ma-sa nicht wohl (gesund), nicht fröhlich.
ma-us der Böse, Teufel.

b) In Synthesen.

m-an-i nicht vorhanden sein
ma-min-aj-vui auf keine Weise
m-an c'a es giebt nicht
ma-us-ej böse
ma-us-il-al Schmutz.

Dieselbe Partikel *ma* dient im K'e'kchí auch zur Einleitung von Fragesätzen; z. B.

ma ixk ma telom ist es ein Mädchen oder ein Knabe?
ma caxlan vua ma vua t-avu-aj willst du Weizenbrot oder Tortillas?

2. Das Verbum *m-an-i*.

Über die Negation der einfachen Stämme ist nichts weiter zu bemerken, ebenso sind verbale Synthesen wie *ma-us-ej* böse, (wörtlich: nicht gut werden, vergl. S. 81) und nominale, wie *ma-us-il-al* nach früherm ohne Weiteres verständlich.

Dagegen erfordert *m-an-i* „nicht vorhanden sein", noch einige analytische Bemerkungen. *m-an-i* wird im K'e'kchí als Verbum defectivum behandelt, dessen Flexion die folgende ist:

Präsens.

Sing. 1. Pers. *la-in m-an-in* ich bin nicht (irgendwo, z. B. *chi-cab*, zu Hause)
„ 2. „ *la-at m-an-i-at* du bist nicht
„ 3. „ *a-an m-an-i* er ist nicht
Plur. 1. „ *la-o m-an-i-o* wir sind nicht
„ 2. „ *la-ex m-an-i-ex* ihr seid nicht
„ 3. „ *heb-an m-an-i-eb* sie sind nicht.

Weitere Formen und Tempora sind mir im K'e'kchí nicht bekannt. Hält man die Formen des Stammes *man* in den verschiedenen Maya-Sprachen der Qu'iché- und Pokonchí-Gruppe zusammen, so ergiebt sich, das *mani* eine kontrahierte Bildung ist und für *ma-jan-ic* „es ist nicht vorhanden" steht, also eine Synthese der Partikel *ma* mit dem defektiven Verbalstamme *ju* darstellt, welcher proteusartig in so vielen Anwendungen und Bedeutungen auftritt, ohne dass sich seine ursprüngliche Form mit Sicherheit ermitteln liesse.

Die 3. Pers. Sing. *mani* wird nun in der Weise angewendet, dass sie als Negation vor dem zu negierenden Verbalausdrucke steht; z. B.

m-an-i na-vu-il r-u ich habe Niemanden gesehen.
m-an-i n-iqu-e-vu-il r-u ich habe keine Leute gesehen.

Ein derartiger Ausdruck besteht daher eigentlich aus zwei Sätzen: *m-an-i na-vu-il r-u* bedeutet wörtlich: „es ist niemand da, den ich sehe, *m-an-i na-na-oc r-e* „es ist niemand vorhanden, der es weiss". Wird ein Subjektspronomen ausgesetzt, so kompliziert sich die Sache noch mehr: *la-in m-an-i n-iqu-e-vu-il r-u* bedeutet: „was mich betrifft, so sind keine Leute da, die Gegenstand meines Sehens-sie geworden wären".

3. Die Synthesen *ma-c'a* und *in-c'a*.

Als synonyme Ausdrücke von *mani* treffen wir im K'e'kchí die Verbindungen *ma-c'a* und *in-c'a*, die ebenfalls „nicht vorhanden sein" bedeuten und in gleicher Weise zur Negation eines Verbalinhaltes dienen.

ma-c'a und *in-c'a* sind Synthesen der Negativ-Partikeln *ma* und *in* mit dem Defektivstamme *c'a*, der erst in einer späteren Arbeit über das Cakchiquel gründlich behandelt werden kann.

Ihre syntaktische Stellung ist **hinter** dem unabhängigen Subjektspronomen und **vor** dem zu negierenden Verbalausdruck; z. B.

la-in in-c'a na-vu-aj ich will nicht
la-at in-c'a n-ic-aru-aj du willst nicht.

in-c'a allein dient auch als einfache Verneinung „nein", z. B. *in-c'a na* „nein, Herrin".

ma-c'a allein wird meist in verbalem Sinne gebraucht: „es ist nicht vorhanden"; z. B.

ma-c'a in-c'as ich schulde nichts (es ist nicht vorhanden meine Schuld)
ma-c'a r-al unfruchtbar (es ist nicht vorhanden ihr Kind)
ma-c'a x-metzen schwach (es giebt nicht seine Kraft)
ma-c'a mach bartlos
ma-c'a r-uk ohne Hand, einarmig
ma-c'a i-xab barfuss (ohne Schuhe)
ma-c'a x-jol-om kahl (ohne Haare).

Seltener dient *ma-c'a* als Negation eines andern Verbalinhaltes; z. B.

ma-c'a na-x-ye „er redet nicht", daher: „schweigsam", „geduldig".

4. Die Synthesen *ma-vua, ma-vuan* und *ma-ta.*

Mit dem Verbum defectivum *vu* bildet die Negativpartikel *ma* die Synthesen *ma-vu-a* (Aussprachsvariante: *ma-cua*) und *ma-vu-an* nicht, kein; z. B.

ma-vua in la-in, ha-vu-l-e ich bin es nicht, (sondern) ein anderer
ma-vua jun cab-al vuink er ist kein vermöglicher Mann
ma-vuan li vua giebt es keine Tortillas?

Bei *ma-vuan* tritt indessen die negative Bedeutung hinter der bloss interrogativen zurück und *ma-vuan li-vua* kann auch bedeuten: giebt es Tortillas? *ma-vuan cul-aj* wird es morgen geben?

In vielen Fällen entscheidet der allgemeine Inhalt der Rede darüber, ob *ma* negativ oder bloss interrogativ zu verstehen sei.

Ausschliesslich interrogative Bedeutung hat dagegen die Synthese *ma-ta*, deren eigentliches Wesen jedoch ebenfalls erst bei der Analyse des Cakchiquel behandelt werden kann, da sie im Organismus des Cakchiquel ein weit hervorragenderes Element bildet, als im K'e'kchi, wo sie nur selten gebraucht wird, z. B. *ma-joc-an-ta* ist es so?

Die Partikel *ta* allein verleiht, wie in den Nachbarsprachen, dem Satze eine optative Nuance, weshalb sie in der indianischen Kirchensprache eine reichlichere Verwendung gefunden zu haben scheint, als in der Umgangssprache. Z. B.: *chi-chal-ta a-vuahual* „es komme dein Reich".

5. Die Synthese *ma-ji*.

ma-ji wird in der Bedeutung „noch nicht" verwendet, z. B.

ma-ji na-c'ul-un ist er noch nicht gekommen?
ma-ji na-k'an-o ist es noch nicht reif geworden?

doch kann es auch einfach für „nicht, nicht so" stehen; z. B.

ma-joc-an-ta ma ma-ji ist es so oder nicht.

6. Die Partikel *b*.

Für die Vetativform des Imperativs dient im K'e'kchi ein dem Pronominalpräfix des zu negierenden Verbums vorgesetztes *b*;

z. B. *b-at-cal-a* betrinke dich nicht (nicht [werdest] du ein Betrunkener)
b-at-chal chic komme nicht wieder
b-a-ch'e berühre es nicht (nicht [werde es] Objekt deines Berührens)
b-a-ban-u thue es nicht
b-e-ban-u chic thut es nicht wieder
b-i-sach ch-av-u verliere es nicht, wörtlich: nicht werde es Objekt des Verlierens für dich.

Dass das vetative *b*-Präfix des K'e'kchi mit der früher behandelten Imperativ-Partikel *bi* (S. 104) und der Interrogativ-Partikel *ma* stammidentisch ist, zeigt das Studium der Nachbarsprachen.

Syntaktische Bemerkungen zur Verbalflexion.

Beim Pokonchi wurde schon der Versuch gemacht, die Verhältnisse des einfachen Satzes zu analysieren und die Elemente der indianischen Ausdrucksweise in die so völlig von ihr verschiedene unsrige zu übertragen.

Wenn wir in ähnlicher Weise kurz die für das K'e'kchi wesentlichen Momente aufzählen wollen, so haben wir auch hier in erster Linie die formelle und funktionelle, oder wie beim Pokonchi gesagt wurde, die logische und die morphologische Dignität der Satzelemente auseinanderzuhalten.

Die Reihenfolge der Satzelemente ist dieselbe, wie im Pokonchi:

Objektlos: *n-im-be-c* jetzt ich (bin) ein Gehender (ich gehe)
ta-chal-k cutan jetzt (ist) ein kommender der Tag (der Tag bricht an)

Objektiv: *t-a-ch'aj a-vu* jetzt Objekt des Waschens (ist) dein Gesicht (du waschest dich)
x-mococh-i li x-mol li caxlan schon (wurden) aufgehäuft ihre Eier der Henne (die Henne sammelte ihre Eier)
na-ka-tik-ib k-ib jetzt Objekt unseres Ankleidens (sind) wir selbst (wir kleiden uns an)
t-at-in-top jetzt (bist) du Objekt meines Stechens (ich steche dich).

Es wird also auch im K'e'kchi das logische Objekt des Transitivums zum Subjekt eines prädikativischen Satzes, dessen Prädikativ das logische Subjekt als Pronomen possessivum enthält.

In diesem Sinne ist also auch beim K'e'kchi stets der Begriff von aktiv und passiv zu verstehen und auch die „transitiven" Suffixe sind stets danach umzudeuten. *x-tak-si x-jol-om li c'an-ti* „die Schlange hob ihren Kopf", bedeutet daher eigentlich „schon ein Gehobener [sich-heben-gemachter] (ist) ihr Kopf der Schlange".

Das allgemeine logische Objekt. Während das Pokonchi und das Cakchiquel das Nomen *vuach* als allgemeines Objekt transitiver Verbalformen benützen, hilft sich das K'e'kchi auf andere Weise.

Zunächst giebt es eine Reihe teils reflexivisch, teils allgemein-transitiver Verben, welche ihr allgemeines Objekt in

Form eines Infixes der Form *ab, eb, ib, ob, ub* in sich schliessen (S. 73). Dieses Infix ist das Rudiment eines Nominalstammes, dem wir schon bei verschiedenen Gelegenheiten begegnet sind und auf welchen sich in den Sprachen von Guatemala folgende Formen zurückführen lassen: *vuib, ib, ib-aj, i, eb, heb* (mit *heb-an*), *e, jab, ab, ob, ub, -b.* Diesen Formen kommen in den einzelnen Sprachen folgende Funktionen zu:

vuib n. Kopf (Aguacateca)
vui n. Kopf, Finger (Mame, Jacalteca, Ixil)
vui-aj n. Finger (Ixil)
-ib in Synthesen: 1. allgemeines Zahlobjekt (Qu'iché, Pokonchí, K'e'kchí)
2. Pron. reflex. (Qu'iché, Pokonchí, K'e'kchi, Ixil)
3. Pluralsuffix (Qu'iché)
4. Verbalinfix des allgemeinen und Reflexiv-Objekts (K'e'kchí)
-i in Synthesen 1. Pron. demonstr. *r-i* (Cakchiquel), *l-i* (K'e'kchi)
2. Pron. reflex. (Cakchiquel, Tz'utujil)
3. Allgemeines Zahlobjekt (Cakchiquel, Tz'utujil)
4. Pluralsuffix (Cakchiquel, Tz'utujil)
-ab Pluralsuffix (Qu'iché)
ab-il Pron. interr. (Ixil)
jab Pron. interr. (Pokonchí)
a 1. Pluralsuffix (Cakchiquel, Tz'utujil)
2. Pron. dem. *r-a* (Tz'utujil)
3. In Synthesen: Pron. interr. (Pokonchí)
ja Pron. dem. (Cakchiquel)
-eb Pluralsuffix (Qu'iché, K'e'kchí)
heb Pron. pers. 3. Pers. plur. (K'e'kchí)
je Pron. dem. (Cakchiquel, Pokonchí, Qu'iché)
e 1. Pron. dem. (Cakchiquel, Tz'utujil)
2. In Synthesen Ortsadverb: *r-e, la-e, ra-e* u. s. w. (Qu'iché, K'e'kchí, Cakchiquel, Pokonchí)
-ob, ub und *-b* Verbalinfix des allgemeinen und Reflexiv-Objekts.

Da von den Vorkommnissen mit allgemeinem Objektsinfix bereits früher (vergl. S. 73 und die Suffixe *-b-al* und *-b-il* S. 94) ausführlich die Rede war, genügt es hier, einfach darauf zu verweisen.

Ferner werden die rudimentären Nominalstämme *e* und *u*, seltener *ach* (vergl. S. 30) in Verbindung mit dem Pron. poss. zuweilen, aber nicht regelmässig, als allgemeines Transitiv-Objekt oder als Subjekt verwendet; z. B.

it-ok r-e (es) auflösen
ji r-u (es) pflegen
k'an-oj-ic r-u gelb werden (es)
patz' r-e (es) erfragen.

Abgesehen von diesen Fällen wird im K'e'kchi das allgemeine Transitiv-Objekt nicht ausgedrückt.

Die syntaktische Folge der Satzglieder. Die von der gewöhnlichen inkorporierenden Verbalform eingehaltene Folge der Satzglieder: Zeitbestimmung, pronominales Subjekt, Objekt, nicht-pronominales Subjekt, adverbiale Bestimmungen, bleibt auch gewöhnlich für die nicht-inkorporierten Satzglieder bestehen; z. B.

evu t-at-chal-k spät du kommst
toj ca-b-ej t-in-vuan-k ar-in bis übermorgen bleibe ich hier
najt-er n-in-can-ab in-c'a chic na-vu-il r-u lange bleibe ich, nicht mehr sehe ich sie (ich habe sie lange nicht mehr gesehen).

Doch ist eine Umstellung der nicht inkorporierten Satzglieder je nach dem Nachdruck, der auf ihnen liegt, häufig. Namentlich gilt dies für die adverbialen Bestimmungen, welche bald vor, bald hinter dem Verbum stehen, während das logische Subjekt und Objekt seinen Platz unmittelbar hinter dem Verbum festhält; z. B.

ma-sa na-x-ban-u li i'k r-iqu'-in x-na'k r-u nicht-gut sein Thun des Windes mit meinen Augen (der Wind thut meinen Augen nicht gut)
i-si r-uj avu-ak strecke die Spitze deiner Zunge heraus.

Das Dativobjekt. Dasselbe ist für gewöhnlich, wie im Pokonchi, nur durch die syntaktische Stellung hinter dem Verbum und vor dem Transitivobjekt und den anderweitigen dem Verbum nachfolgenden Bestimmungen und aus dem Sinn des Satzes als solches zu erkennen; z. B.

poj-n-ak vu-e a-in nähe mir dieses
an-i-aj-e t-in-qu'e wem soll ich es geben
ax-qui-oc k-e an er gab es uns.

Das Dativobjekt erscheint demnach im K'e'kchí nicht regelmässig als präpositionales Objekt, wie beispielsweise im Cakchiquel, doch kommen Beispiele davon auch vor, z. B. *cut-chak chi-r-u* zeige es mir, *na-rul-ak chi-r-u li-jun-chic* „die andere gefällt mir". Doch wohnt solchen Verbindungen bereits die konkretere Vorstellung „vor meinem Angesicht", „meinem Auge" inne.

Der abhängige Verbalinhalt.

Wo ein Verbalinhalt von einem andern abhängig erscheint, kann dies auf verschiedene Weise ausgedrückt werden.

1. Das regierende und das regierte Verbum werden in regelmässiger Flexion kongruent durchkonjugiert; z. B.

Sing.	1.	Pers.	*la-in ta-ru-aj t-in-tzol ru-ib* ich will lernen
„	2.	„	*la-at t-aru-aj t-a-tzol aru-ib* du willst lernen
„	3.	„	*a-ru-le ta-r-aj ta-x-tzol r-ib* er will lernen
Plur.	1.	„	*la-o ta-k-aj ta-ka-tzol k-ib* wir wollen lernen
„	2.	„	*la-ex t-er-aj t-e-tzol er-ib* ihr wollt lernen
„	3.	„	*heb-an t-e-r-aj te-x-tzol r-ib* sie wollen lernen.

2. Das regierte Verbum erscheint ohne Tempuszeichen und Pronominalpräfix in einer verbalen Suffixform; z. B.

n-ic-a-nau il-oj du kannst lesen
n-i-nau c'am-ac ich kann spinnen
na-r-aj rua-k er will essen
ayu-k ruar-in-k geht schlafen.

3. Das regierte Verbum wird ohne Verbalpräfixe in einer verbalen Suffixform mit der Präposition *chi* konstruiert.

oc ru-e chi chu-uc ich gehe urinieren
t-in-tzol chi c'am-ac ich lerne spinnen.

4. Das regierte Verbum tritt als einfaches Nomen mit dem Präfix der Persona agens *aj* auf; z. B.

xic ru-e aj-car ich gehe fischen
xic aru-e aj-c'ot gehe defäcieren.

5. Das regierte Verbum tritt als Nomen verbale mit einem Suffix der Persona agens auf; z. B.

xic ru-e chu-un-el ich gehe pissen.

8*

6. **Das regierte Verbum tritt als Nomen verbale mit dem Suffix *-b-al* oder *qu-il* und in Konstruktion mit der Präposition *chi* und dem Pron. poss. auf; z. B.**

x-in-c'ul-ac chi-x-c'ul-b-al ich ging ihm entgegen, wörtlich: „ich ging zu seiner Begegnung"
oc vu-e chi-x-pis-b-al ich gehe es wägen
oc vu-e chi-x-tiqu-ib-an-qu-il ich gehe anzufangen.

Welche dieser verschiedenen Ausdrucksweisen für die beabsichtigte Nuance einer Mitteilung die geeignetste sei, kann selbstverständlich nur die Übung lehren.

Das Adverbiale.

Adverbiale Bestimmungen können aus einfachen Stämmen, oder in Derivaten, oder endlich in elliptischen Sätzen bestehen. Ihre Stellung ist, wenn besonderer Nachdruck darauf gelegt werden soll, vor, sonst aber, mit Ausnahme der Zeitbestimmungen, hinter dem Verbum und dessen nähern Bestimmungen.

Das Adverbiale der Zeit.

er-u spät (spät geworden)
ir-er-u spät (es wird spät)
eru-er gestern
e'k-l-a früh
e'k-l-a e'k-l-a sehr früh
cul-aj morgen
cul-aj cul-aj täglich
toj cul-aj bis morgen
toj ca-b-ej bis übermorgen
ca-b-aj-er vor zwei Tagen
jun-ab-er vor einem Jahr
anak-ruan heute, jetzt
anak-ruan anak-ruan sofort
ac ruan cutan vor einigen Tagen
ac najt-er vor alters
najt-er früher
jun pat sogleich
jun pat jun pat sogleich
jun pat-ak-chic sogleich
jo-ruan nachher
ac mix vor einiger Zeit
chi cutan bei Tage
chi k'e'k bei Nacht
sa x-yan-k cutan bei Tage
rua-l-eb Mittag
x-yi tok k'ojyin Mitternacht
naj sak'e spät
jun xil-aj im Anfang.

Vergl. auch das Zahlwort (S. 49) und das Wörterbuch.

Das Adverbiale des Ortes.

ari und *ar-in* hier
l-e dort
arin chak hierher
sa x-yi inmitten

bar-ak wo immer
ma-bar-aj-vui nirgends
t-r-ix-cab hinter (dem Hause)
sa-cab in (dem Hause)
sa x-ben auf
takek oben
taka unten
sa in-im rechts
sa in-tz'e links
aran dort
naj fern
nach nahe
jun pa'c-al auf einer Seite
toj le bis hierher
t-r-ix hinter
t-r-e auf der Schwelle
r-ub-el unter
t-r-u vor
sa x-cotz im Winkel
sa xuc an der Ecke
chi jay-al gegenüber.

Das Adverbiale der Art und Weise.

a) Qualität: *has-b-an-k* heimlich
sa r-ama'k-il tenamit öffentlich
ch-an wie?
jun-es allein
sa jun-es-al allein
yal aj-vui gewiss
aruanil im Laufe
tim-il tim-il nach und nach
jo so
jal-am anders
jalam vui chic anders
joc'an tana so vielleicht
joc-an aj-rui nur so
jun-tak-et gleich
sa gut, gesund

b) Quantität: *jo nim-al* so gross
nabal viel
cach'in wenig
chi jun-il ganz.
jun-aj rua auf einmal.

Das Adverbiale der Ursache, des Mittels, des Stoffes und des Zweckes.

Um die Ursache in gutem oder schlimmem Sinne darzustellen, dienen im K'e'kchi die Stämme *mac* in Verbindung mit dem Pron. poss. 3. Pers. Sing.; z. B.

x-mac in-yaj-el in-c'a x-in-c'ul-un wegen meiner Krankheit kam ich nicht

und *ban*, gewöhnlich ohne Pron. poss.; z. B.

x-in-c'ol-e ban muchqu-ej ich wurde von Krämpfen krumm gezogen

n-in-ac-an-ac ban ix-ra-il ich klage vor Schmerzen.

Zur Angabe des Mittels dient die Präposition *chi* und ihr Aequivalent *t-* (vergl. S. 32); z. B.

t-in-cut chi pec ich werfe mit einem Stein

t-in-c'at ru-ib t-r-u sak'e ich bin von der Sonne verbrannt worden.

Auch der Zweck kann mit *chi* angegeben werden; z. B.

t-in-qu'e chi to ich gebe zu Lehen

doch treten hier auch die Suffixderivate auf *l-eb* und *b-al*, wo solche gebildet werden, in Funktion; z. B.

ch'i'ch chap-l-eb „das Eisen, um zu ergreifen", Zange u. dgl.

In syntaktischer Genetivstellung erscheinen die Ausdrücke für das Material, teilweise auch für den Zweck, z. B. *mococh che* der Schattenschirm aus Baumblättern, *ix-ch'i'ch-ul pec* Meissel („sein Eisen des Steines" d. h. „für den Stein").

Wo Zahlenausdrücke ins Spiel kommen, wird das gezählte (bestimmte) Objekt meist mit der Präposition *chi* verbunden, z. B.

jun cus-ul chi che ein Baumstück

ca-ib chi tz'amba zwei Balken (vergl. S. 46).

Der zusammengesetzte Satz.

In dem ärmlichen Periodenbau des K'e'kchí treffen wir so ziemlich die bereits beim Pokonchi erwähnten Vorkommnisse wieder, nur bedient sich das K'e'kchí zur Verbindung seiner Sätze anderer Sprachelemente als das Pokonchi.

Subjektive Nebensätze.

Sie treten auch hier in elliptischer Form auf, indem das unabhängige Pron. person. oder ein anderes Verbalsubjekt dem Verbalausdruck vorgesetzt wird; z. B.

la-in in-c'a na-ru t-in-rua-ak ich kann nicht essen, wörtlich: „was mich betrifft, nicht ist das Können des ich-jetzt-Essens".

la-at t-in-avu-il du siehst mich, wörtlich: was dich betrifft, bin ich jetzt Gegenstand deines Sehens.

au-i-at la-at wer bist du, du?

Relativsätze.

Als Pronomen relativum werden die gewöhnlich als Interrogativa dienenden Synthesen verwendet: z. B.

au-i x-c'am-oc r-e, to'k-ob r-u wer es genommen hat, wehe ihm!

au-i er-ech in-c'a ta-chal-k, t-in-rop-te-si wer von euch nicht kommt, den werde ich strafen.

Adverbiale Nebensätze.

Aus den Beispielen, welche oben (S. 115) für den abhängigen Verbalinhalt gegeben worden sind, geht genügend hervor, dass das K'e'kchí bemüht ist, an Stelle adverbialer Sätze der Art und Weise, des Grundes und der Absicht Nomina und nominale Derivate der Verbalstämme, gleichsam als elliptische Sätze, zu setzen.

Dagegen giebt es im K'e'kchí, wie im Pokonchí eine kleine Anzahl von Partikeln, welche sich mit vollen Verbalbildungen zu Sätzen verbinden, denen gewöhnlich eine Zeitbestimmung zu Grunde liegt. Von diesen ist die wichtigste:

Die Partikel *naj*. Sie wird im abhängigen Satze in der Bedeutung „wenn", „als" gebraucht; z. B.

na-ya-ab-ac sa avu-e naj n-ic-at-lo-ok rum deine Zähne knirschen, wenn du Jocote-Früchte issest

in-c'a us naj que-b-il a-ixim-ain dieser Mais ist schlecht gemahlen, wörtlich: „es (war) nicht gut, als dieser Mais gemahlen wurde"

ha-an raj x-tyu-vua tenamit naj qu-i-cam x-tyu-vua er war gerade Richter gewesen, als sein Vater starb

naj chi-vul-ak li tzol-on-el, o-x-c'ut chak li-x-tzol-om sobald der Lehrer kommt, soll er die Kinder unterrichten.

Die in einigen der vorstehend gegebenen Beispielen auftretende Partikel *raj*, welche eigentlich die 3. Pers. Sing. des Verbums *aj* „wollen" (*r-aj*) ist, kann erst bei der Bearbeitung des Cakchiquel genauer besprochen werden.

Die Partikel *vuit*. Mit *vuit*, dessen Ursprung dunkel ist, werden Konditionalsätze eingeleitet; z. B.

la-o neba-o raj vuit in-c'a x-o-c'an-j-el-ak wir wären arm, wenn wir nicht gearbeitet hätten.

Bemerkung. Das vorstehend gegebene Beispiel ist die einzige meiner Aufzeichnungen, in der die Partikel *vuit* vorkommt. Ich bin daher nicht ganz sicher, ob dieselbe einen Bestandteil sui generis der K'e'kchí-Sprache darstellt, oder ob dieselbe nicht vielmehr identisch ist mit der Partikel *ut*, welche im modernen K'e'kchi von Coban als einfache Konjunktion in der Bedeutung „und" fungiert, wie folgende dem Anonymus von Coban entnommene Beispiele zeigen:

tixil ton che ut craenacc ein alter und verfaulter Baumstamm

tratib cocc guacax, acc ut yalacc cca chi xul Kälber, Schweine und irgendwelche andern Tiere behandeln.

güan a tumín ut lain maccá güé du hast Geld und ich habe keines.[1])

Auch in der Synthese *c'a-ut* „warum?" erscheint diese Partikel *ut*, deren genaueres Studium ich meinen Nachfolgern empfehle.

Lehnworte des K'e'kchí.

Aus dem Spanischen und Aztekischen hat auch das K'e'kchí eine Auswahl von Worten herübergenommen, von denen ein Teil unverändert in Form und Bedeutung geblieben ist, während ein anderer Teil vom indianischen Mund und Geist in Form und Bedeutung mehr oder weniger verändert wurde. Nur einige der letzteren sollen hier zusammengestellt werden.

auarienca Branntwein (aguardiente) [Bdt.]
brutzonel Zauberer (brujo)
cacouh Cacao (aztek.)

---

[1]) In der von mir eingehaltenen Orthographie lauten die obigen Beispiele: *tixil ton che ut k'aenak. — tratib co'c vuacax, ak ut yalak ca-ch'i xul. — vuan a-tumin ut lain mac'a vue.*

carnel Hammel (carnero) [Bdt.]
cavayo che Hebebaum (caballo)
caxlan Henne (castellano)
clavux Nagel (clavo)
coralil Umzäunung (corral)
coton Jacke (coton)
crusi kreuzen (cruzar)
mertoma Aufseher (mayordomo)
mes Katze (aztek.: miztli)
seboix Zwiebel (cebolla) [Bdt.]
tenamit und *tinamit* Dorf (aztek.: tenamitl)
tumin Geld (tomin)
tustun 4 Reales (toston)
xeman und *xaman* Woche (semana).

Ferner wäre hier die lange Reihe der vom indianischen Mund verstümmelten Personennamen anzuführen, wie *Lix* (Andrés) *Porrox* (Ambrosio), *Huguan* (Juan), *Quelem* (Clemente) und manche andere.

Obwohl, wie wir früher sahen, der Begriff der Steigerung dem K'e'kchi nicht fremd ist, sondern durch Reduplikation der Stammsilbe zu stande kommt (*sak-sak* ganz weiss, *rax-rax* ganz grün u. s. w.), so fehlt dabei doch vollständig die Idee des Vergleiches mit andern Dingen derselben Qualität und alle hierauf bezüglichen Vorstellungen sind aus dem Spanischen herübergenommen: Der Komparativ wird daher durch das spanische *mas* und die Konjunktion „als" durch die Synthesen der Präposition *chi* mit dem Nomen *u* und seinem Pron. poss. ausgedrückt; z. B.

a-cab-ain mas nim chi-r-u li-vuan-le dieses Haus ist grösser als jenes

a-cab-ain mas nim chi-r-u li-vuan-qu-eb dieses Haus ist das grösste von allen.

Das spanische *mas* beginnt daher auch das alte indianische Steigerungsmittel der Verdoppelung vielfach selbst da zu ersetzen, wo von einer Vergleichung nicht die Rede ist; z. B.

jun-vuink mas nim-r-ok ein sehr grosser Mann
mas ha li u'k-un ganz wässerig ist der Atole
mas naj es ist sehr weit

mas ra-r-o in-yu-vua sehr geliebt ist mein Vater
mas yal na-ye li vuink ein sehr zuverlässiger Mann (der Mann sagt sehr die Wahrheit).

Polysynthesis und Inkorporation im K'e'kchí.

Je weiter die Erkenntnis der Formen in den Sprachen der Maya-Familie vorschreitet, desto deutlicher zeigt es sich, dass sie in weit höherm Grade inkorporierend und polysynthetisch sind, als dies auf den ersten Augenblick scheinen möchte, obwohl die dahin gehörigen Erscheinungen allerdings versteckter und weniger augenfällig sind, als im Aztekischen und in anderen amerikanischen Sprachen.

Was speziell das K'e'kchí anbelangt, so weist es in dieser Hinsicht Vorkommnisse auf, die denen des Pokonchí ganz analog, teilweise sogar mit ihnen identisch sind.

Als Beispiele polysynthetischer Verbindungen seien hier nur die Synthesen mit der Präposition *chi*, sowie die Zahlwörter mit ihren Objektssuffixen nochmals erwähnt.

Zum Nachweis des inkorporierenden Baues des Verbums mag es genügen, an den Bau der gewöhnlichen Verbalflexion, vor allem an die Flexion mit persönlichem Objekt, zu erinnern, ferner an die zahlreichen Derivate, in denen ein Objektsinfix *-b* vorkommt und endlich an Bildungen, wie *ca-au-i* zweimal säen, z. B. *ch-in-ca-au-i l-in-c'al* ich will mein Maisfeld zum zweiten Mal ansäen.

Sprachproben.

Der Güte von Herrn Dr. C. Sapper in Coban verdanke ich eine Reihe von Kopien von K'e'kchí-Texten, zumeist kirchlichen Inhalts. Da indessen Aussicht vorhanden ist, dass Dr. Sapper selbst die Publikation dieser Texte veranlassen werde, verzichte ich darauf, sie hier zu reproduzieren, was doch nur auszugsweise geschehen könnte. Ich beschränke mich daher an dieser Stelle auf die Wiedergabe des ältesten publizierten K'e'kchitextes, des Vaterunser in dem seltenen Werke des Hervás, welcher als Muster der Kirchensprache dienen möge. Ferner füge ich eine Anzahl von Sätzen und Wendungen aus der heutigen Umgangssprache von Coban bei, die ich dem „Vocabulario" des Anonymus von Coban entnehme, welches ebenfalls dem europäischen Sprachforscher schwer zugänglich sein dürfte. Um ihre Analyse zu erleichtern, übertrage ich sie aus der etwas schwerfälligen und unkonsequenten Orthographie des „Anonymus" in die in dieser Arbeit eingehaltene.

Das Vaterunser.

(Im Originaltext des Hervás.)

Ca-hana ze chossa vancat. Uzil atilambiltà a-cabà. Ci chàlta a-vuahual. Chibanìcta nacauah aruin chiruch ichoch auihole tabanuc ze chossa. Chaketa kech ihom hunke hunke ca vua. Chazàstala camac hocle aho nacazach imac rech le ahmàcob kech. Bota auach chiza ibanunkil camac. Yalta choauoizi ze sihk. Hòcta chinu.

Analytisch zerlegt und in die in meiner Arbeit durchgeführte Rechtschreibung übertragen lautet das Vaterunser:

K-aj-au-a[1]) *se*[2]) *choxa vuan-c-at.*	Unser Vater im Himmel bist du.
Us-il at-il-am-bil-ta a-caba.	Gut und vollkommen werde dein Name.
Chi-chal-ta avu-aj-au-al.	Es komme dein Reich.
Chi-ban-u-k-ta n-ic-avu-aj avu-in chi-r-uch i-ch'o'ch a-vu-jo-le[3]) *ta-ban-u-k sa choxa.*	Es geschehe (was) du willst hier auf Erden, wie es geschieht im Himmel.
Ch-a-qu'e-ta k-ech ijom[4]) *jun-k'e jun-k'e ka-vua.*	Mögest du geben uns zu eigen jeden Tag unser Brot.
Ch-a-sach-ta la-ka-mac joc-le a-jo na-ka-sach i-mac r-ech li-aj-mac-ob k-ech.	Mögest du vergeben unsere Sünden, wie wir vergeben die Sünden derer, die unsere Schuldner sind.
B-o-ta avu-ach chi-sa i-ban-un-qu-il ka-mac.	Nicht-uns-lasse im Thun unserer Sünden.
Yal-ta ch-o-avu-o-i-si se sihk.	In Wahrheit nimm uns aus dem Bösen.
Joc-ta chi-n-u.	So geschehe es.

Sätze aus dem Anonymus von Coban.

Me x-a-c'am-eb chak eb li coc' al?	Hast du die kleinen Kinder mitgebracht?
Yal jun x-in-c'am chak.	Nur eines habe ich gebracht.
X-e-can-a eb li-x-qu'e-al.	Die übrigen sind zurückgeblieben.
Ut l-avu-ixak-il?	Und deine Frau?
I-x-can-a chi-il-oc.	Sie blieb zu Hause um sich zu pflegen.
Cajan ta-chal-k ta-na?	Aber sie kommt vielleicht noch?
Ca nak ma-ji?	Weshalb nicht?
Us vui.	Gut denn.
La-in ta-vu-aj chi-vu-il r-u, job-aj-vui l-a-rab-in.	Ich will sie sehen, ebenso deine Tochter.

[1]) *ajau* und *ajaual* sind wohl aus den Qu'iché-Sprachen von den Missionären im K'e'kchi eingebürgert worden.

[2]) Variante von *sa*.

[3]) *a-vu-jo-le* eine mir aus der modernen Sprache nicht bekannte Synthese.

[4]) *ijom* ist ein mir unbekanntes Element; bei Hervás: „jetzt" (adesso).

Us, ch-in-c'am-eb chak avu-e.	Gut, ich werde sie dir bringen.
An-i-eb i-x-caba?	Wie ist ihr Name?
Cantel, a ut li-vu-ixak-il i-x-Mar.	Candelaria, und meine Frau Maria.
Jo-nim-al i-x-tzak-ain?	Wie viel kostet dies?
Ma t-avu-aj ch-a-nau c'a r-u vuan?	Willst du wissen, was vorhanden ist?
C'ax-al hab aran.	Es regnet dort stark.
Ja-r-uj na-c-at-xic?	Wann verreisest du?
Sa jun po.	Binnen Monatsfrist.
Ut ma t-at-suk-ik?	Und kommst du wieder?
In-c'a c'ut-c'u.	Man weiss es nicht.
C'a-ut?	Weshalb?
Vuan ma-min u-in-nau.	Weil ich es nicht weiss.
Vui na-c-at-suk-i t-a-ye vu-e, to x-at-in-c'ul.	Wann du zurückkehrst, machst du mir Bericht, ich gehe dir dann entgegen.
Toj var?	Bis wohin?
Toj chi r-e li tenamit.	Bis an die Grenze des Dorfes.
Ut ma a-jun-es t-at-xic?	Und wirst du allein gehen?
In-c'a, vuan v-uch-ben.	Nein, ich habe Gesellschaft.
C'am-chak in-xam r-e ix-k'at-b-al in sigar.	Bringe mir Feuer, um meine Cigarre anzuzünden.
Vuan ar-an li-il-on-el, ch-in-c'am vuan chak, la-in u-in-nau bar vuan, sa r-och-och.	Dort ist der Arzt, ich will ihn holen, ich weiss, wo er ist, er ist zu Hause.
Ch'up a-qu'een-aan.	Schneide dieses Kraut weg.
C'a i-x-caba?	Wie heisst es?
Ix-sach sa in-ch'ol in-c'a chic jult-ic vu-e.	Ich habe es vergessen, ich erinnere mich nicht mehr.
Yal jun-aj li c'a-naaj.	Wir sind aus demselben Orte.
La-at jal-an chic caj-an us-at, ma-vua jo jal-an-eb chic ne-qu-e-hob-oc.	Du bist aus einem andern Ort, aber du bist gut, nicht wie die andern, die sich lustig machen.
Aj-el'k-eb.	Es sind Spitzbuben.
B-av-uch-ben-i-eb, ba l-a-c'ab avu-ib re-iqu'in-eb, c'ax-al ma-us-eb in-c'a us-eb, ma-us-ej cristiaan.	Gehe nicht mit ihnen, sie sind sehr schlecht, gar nicht gut, es sind schlechte Leute.

Ma na-c-a-nau-eb r-u la-at?	Kennst du sie?
In-c'a nequ-eb-in-nau r-u, aj-jal-an-il tenamit, eb-aj-qu'iché, ma-vua-eb aj-sa-tenamit.	Ich kenne sie nicht, sie sind aus einem andern Dorfe, sie sind Gebirgsleute, sie sind nicht aus unserm Dorfe.
Ma inc'a na-c-a-nau laat li quejchí?	Verstehst du nicht K'e'kchí?
Ch-an nak t-in-nau si[1]) *toja c'ul-uk vu-e.*	Wie sollte ich es verstehen, da ich erst kürzlich (ins Land) gekommen bin.
Sa in-tenamit caj-vui caxlan-chí na-atin-am-an.	In meinem Lande wird nur Spanisch gesprochen.
Anak-vuan laat toj t-a-tzol r-e atin-ac.	Jetzt musst du es (sc. das K'e'k-chí) lernen, um zu reden.
Vui n-iqu-in-hob-e t-in-oc chi seec, vuan in-c'a n-in-nau, c'a r-u n-equ-e-ix-ye vue.	Wenn ich ausgelacht werde, lache ich, denn ich weiss nicht, was man zu mir sagt.
Ut laat in-c'a na-c-a-nau caxlan-chí, t-at-in-hob, ut t-at-seec.	Und du verstehst kein Spanisch, ich lache dich aus und du lachst (ebenfalls).
Arin c'ax-al na-c'an-jel-ac r-e r-atin-an-qu-il jun ixkaal ut ix-tzam-an-qu-il r-e sumblac, r-abin junak vuink biom.	Hier ist es (sc. das K'e'kchí) sehr dienlich, um zu einem jungen Mädchen zu sprechen und es zur Ehe zu verlangen, die Tochter eines reichen Mannes.
T-in-si avu-e, ban la-at neba, ma-c'a a-na a-yuvua. Yal a-jun-es vuan-c-at. Naj to x-at-os-ok, vui na-c-at-cam ma-min t-at-e-x-muk.	Ich will dich beschenken, da du arm bist und keine Eltern hast. Ganz allein bist du. In der Fremde wirst du (dein Leben) enden, wann du stirbst, und man wird dich nicht begraben.
Bok eb l-aj-bec-ol jul.	Hole die Totengräber.
Ma ac x-e-x-muk?	Hat man ihn schon begraben?
Ac ban-um-b-il.	Es ist schon geschehen.

[1]) Spanisches Lehnwort: „wenn“.

Ma tzak-al ix-oc.	Hatte er gut Platz? (Wörtlich: ging er gut hinein, scil. ins Grab.)
C'a nak ma-ji, rua, cham li-jul.	Weshalb nicht, Herr, das Grab ist tief.
In-c'a cub-en-ak r-e vui el l-ix-chu-il ut ch-e-el-k eb li motzo.	Ich steige nicht hinein, damit der Gestank und die Würmer nicht heraus kommen.
Ma eb uan ne-qu-e-ti-oc k-e?	Nehmen diese (scil. die Würmer) auch Nahrung zu sich?
C'a nak ma-ji? chi-jun-il li ka-tib-el ut li ka tzum-al, caj-rui na-can-a li ka-bak-el, mas ne-qu-e-bay.	Weshalb nicht? (Sie fressen) all unser Fleisch und unsere Haut, nur unsere Knochen bleiben übrig, diese dauern länger.
Aj-tul nak qu-i-vuan, na-ban-u canar tumin riqu'in a-balak'-il ain, caj-an r-e-eb li tont, mac'a nequ-e-ix-nau. Ne-qu-e-ix-paab l-aj-tza li vuan sa ixballa yo chi c'atk.	Er war ein Zauberer, der mit dieser Betrügerei Geld verdiente, aber nur von den Dummen, welche nichts verstehen. Sie glauben an den Teufel, der in der Hölle schmort.
Mac'a a-ban-u, nin-k'e-il cut-an hoon ut c'ul-aj. Vuan son sa pop-ol.	Arbeite nicht, es ist Festtag heute und morgen. Es ist Tanz im Gemeindehaus.
C'a nin-k'e-il an?	Was für ein Fest ist es?
Ix-nin-k'e ix-sant li ka-rua agua-bej.	Der Namenstag unseres Herrn Präsidenten.
E joc an pe?	Ist es so?
Ma inc'a raj na-c-a-nau?	Hast du es nicht gewusst?
Ma-min raj n-in-nau.	Ich wusste es nicht.
Colok ac x-in-ye aru-e.	Gut, ich habe es dir jetzt gesagt.

Wörterbuch.

A.

a 1. pr. poss. 2. P. Sing. vor Konson. dein, *a-tz'i* dein Hund, vergl. *aru*. 2. Teil des pr. dem., vergl. *ha*. 3. Bein, Oberschenkel (Bdt.)

a-an pr. dem. der 3. Genera, dieser, er, = *ha-an*.

a .... ain pr. dem. synth. dieser, *a-cab-ain* dieses Haus.

ab n. 1. Hängematte. 2. Jahr.

ab-aj n. Stein.

abi v. hören, verstehen, *x-ru-abi* ich hörte es.

abi-re-si-l n. v. Kenntnis, *x-ru-abi-re-si-l naj x-cam a-yurua* ich hatte Kenntnis davon, dass dein Vater gestorben sei.

abl-an-i v. spalten, teilen. *ch-in-abl-an-i l-in-che* ich will meinen Baum spalten.

ac part. präteriti, schon, bereits. *ac x-lo'k-e* es ist schon gekauft.

ac-an v. klagen, stöhnen.

ac-an-ac v. = *ac-an*.

ac-ar-in-chak in der Nähe.

ac-mix vor kurzem.

ac najt-er vor alters.

a'c n. neu (Bdt.) = *ac?*

a'c-ach n. Truthahn.

ach-alib n. Gegenschwäher (Bdt.)

ach'-ab v. loslassen.

aebaule pr. dem. synth. sic. (Ch.)

a-ex pr. pers. 2. P. Plur. ihr. (Ch.)

ain 1. pr. pers. 1. Pers. Sing. ich: *a-in* vergl. *la-in* (Ch.). 2. n. Alligator. 3. pr. dem. vergl. *a-ain*.

aj 1. n. Rohr, grüner Mais. 2. v. wollen, begehren, lieben. 3. Präfix der Persona agens: *aj-c'ai* der Händler. 4. v. erwachen.

aja-che n. Matasano-Baum.

aj-alib-om ech n. Schwiegervater der Frau (Bdt.).

aj-banum xab n. Sandalenmacher.

aj-bala'k n. betrügerisch.

aj-bec-ol jul n. Totengräber

aj-bich n. Sänger.

aj-bon-on-el n. Maler, Färber.

aj-bul n. Spieler.

aj-ca-c'ai n. Verkäufer aus zweiter Hand.

aj-c'ai n. Verkäufer.

aj-can-j-el n. Lohnarbeiter, Taglöhner, Diener.
aj-car n. Fischer.
aj-c'as n. Schuldner.
aj-ch'u'ch n. streitsüchtig.
aj-el'k n. Dieb.
aj-hou n. Waschbär.
aj-k'aib und *aj-k'ib* n. Wahrsager.
ajl-an-el n. v. Zähler.
ajl-an-k v. zählen.
ajl-an-qu-il n. v. das Zählen.
aj-mac n. Sünder.
aj-ou n. Waschbär, vgl. *aj-hou.*
aj-pat-al n. Tausendfuss (Bdt.).
aj-pech n. Handwerker (Bdt.).
aj-poj-ol xab n. Sandalenmacher.
aj-pub-che n. Blasrohrschütze.
aj-qui car n. der Fisch „bobo" (Ch.).
aj-ra n. streitsüchtig.
aj-si v. wecken.
aj-tak n. Bote, Gesandter.
aj-tel-ch'ol n. Witwer.
aj-ten-on-el n. Schmied.
aj-tij n. Priester.
aj-tul und *aj-tuul* n. Zauberer (Bdt.).
aj-tupuy n. Korallenschlange.
aj-tza n. Teufel, böser Geist (A. C.)
aj-tz'ac n. Maurer.
aj-tzeil n. Feind (Bdt.).
aj-tz'ib n. Schreiber.
aj-tz'o n. Truthenne.
aj-uch n. Beutelratte (Tacuacin).
aj-u'ch n. (Bdt.) = *aj-uch.*
aj-vuaj n. Trommelschläger.
aj-vual n. Herr, Vornehmer (Bdt.).
aj-vui part. synth. der Beschränkung, nur, selbst, *aj-vui an-ta-xic* er geht selbst. *jun-aj aj-vui* nur einer. Vgl. *caj-vui.*
aj-xi'c n. streitsüchtig.
aj-xoc n. Tausendfuss (Bdt.: Skorpion, Var. *aj-xooc* A. C.).
aj-xoj n. wilder Hund, Coyote.
aj-xojb (Bdt.) = *aj-xoj.*
aj-xol n. Flötenbläser.
aj-xuxb n. Pfeifer.
aj-yicti n. Lügner, lügnerisch.
aj-yo n. Jäger.
aj-yom-ech n. Schwiegervater des Mannes (Bdt.).
ak 1. n. Bein. 2. Schwein. 3. vgl. *a'k* sub 3.
a'k n. 1. Zunge, Flamme, Strahl. *r-a'k sak'e* die Sonnenstrahlen. *r-a'k xam* die Flamme des Feuers. 3. Kleid, Tuch (mit der Variante *ak*).
ak'am n. Cotusa (Bdt., A. C.).
ak'-in-k v. vom Unkraut befreien, jäten. *yo-qu-in chi ak'-in-k l-in-vuaj* ich reinige mein Maisfeld.
al n. Kind, Sohn, Junges (von Tieren), jung, zart.
al n. schwer, schwerfällig, faul,
al-al n. 1. Sohn des Mannes. 2. Semen virile (Bdt.).
al-al-bej n. Sohn (A. C.).
alau und *alauk* n. Tepescuinte.
al-cab n. Bienenzelle.
al-c'uch n. kleine Falkenart.
al-cun n. Spross, Schössling.
a-l-e-si v. sich auflösen. *a-l-e-si r-ib li-cab sa ha* der Zucker löst sich im Wasser auf.

alib n. Schwägerin der Frau, Schwiegertochter (Bdt.).
alib-om-ech n. Schwiegermutter (Bdt.).
al-in-ac v. rennen.
al-om r-ech n. der Gewinner.
al neba n. Waise, Kind unbekannter Eltern.
al-o v. wieder jung werden. *ac x-al-o a-xaan-ain* diese alte Frau ist wieder jung geworden.
al-ob n. die Schwere.
al-ob-al n. Gebärmutter.
am n. Spinne.
amach = *amoch* (Ch.).
ama'k-il n. Volk, Einwohnerschaft. *sa r-ama'k-il tenamit* öffentlich.
amoch n. Laubfrosch (Bdt. A. C.).
amuch n. Frosch = *amoch*.
anab n. Schwester.
anab icam n. Muhme (Bdt.).
a-naj-vuan (Bdt.) = *a-nak-vuan*.
a-nak-vuan adv. jetzt, heute.
a-nak-vuan a-nak-vuan gerade jetzt.
a-nak-vuan-aj-vui gerade jetzt.
a-nak-vuan-e'kla heute morgen.
ancaney n. Banane der „guineo"-Varietät.
an-chal- (in, a, x) ch'ol freiwillig, mit Liebe, vertrauensvoll. *an-chal-in-ch'ol r-e* ich habe Vertrauen.
an-i pr. interr. u. indefin. (sing.) wer? irgend jemand.
an-i-aj-eb wessen? wem? (plur.) *an-i-aj-eb a-cab-ain* wem sind diese Häuser?
an-i-aj-e wessen, wem? (sing.) *an-i-aj-e t-in-qu'e* wem soll ich es geben?
an-i-aj-iqu'-in mit wem? durch wen? *an-i-aj-iqu'-in vuan l-aj-Pedro?* Mit wem ist Peter?
an-i-eb pr. interr. et indef. plur. wer? *an-i-eb a-vuink ain* wer sind diese Männer?
an-i-er-ech wer immer, wer von euch.
anima n. Herz.
an-in-k v. grob, grossstückig sein. *an-in-k ru samaib* der Sand ist grob.
a-o pr. pers. 1. Pers. Plur. wir (Ch.) = *la-o*.
apak n. Guano (Bdt.).
ap-u v. blasen. *x-in-r-ap-u i'k* der Wind bläst mich an.
ap-un-k v. blasen.
ar-an part. loc. dort.
ar-in part. loc. hier.
ar-in chak mehr hierher! (elliptischer Imperativ).
ar-in taka hier hinab.
ar-in takek hier hinauf.
aru-in hier (in Chamulco, Bdt., Hervás).
as n. ältere Schwester.
as-bej n. älterer Bruder.
at pr. pers. 2. P. Plur. du, vgl. *la-at*.
at-il-am-b-il n. v. Vollkommenheit: *us-il at-il-am-b-il-ta* das Gute geschehe (Hervás).
at-in n. v. Wort, Rede.
at-in-ac und *at-in-ak* v. reden.
atin-am-an gesprochen (A. C.)

atin-an-qu-il n. das Reden.
atin-eb-al n. Bad, Badofen (Temaxcal).
atin-k v. baden.
ati-si v. baden, sich wälzen. *ta-r-ati-si r-ib li ak sa sul-ul* das Schwein badet sich im Kot.
ati-si-n-qu-il n. abstr. das Baden, um zu baden. *xic vue r-ati-si-n-qu-il in-xul* ich gehe mein Maultier baden.
atism-ak v. niesen.
atz'am n. Salz, gesalzen. *atz'am r-utib* gesalzenes Fleisch.
atz'am-am-b-il tib n. gesalzènes Fleisch (A. C.).
atz'am-il n. coll. Salz.
atz'am-in-k re v. salzen.
atz'am-om r-e n. v. der Salzer.
atz'um n. Blume, Frucht. *r-atz'um li-chaj* Fichtenzapfen.
atz'um-ac v. blühen. *yo-qu-eb chi atz'um-ac li-che* die Bäume sind im Blühen begriffen.
atz'um cak n. Blitz (Blume des Gewitters).
atz'um sak'e n. Komet (Blume der Sonne).
atz'um xam n. Feuerfunken (Blumen des Feuers).
au v. säen. *chi-vu-au vuan chak ain* ich will dort ansäen.
au-b-al n. v. um zu säen.
auihole (= *a-vui-ho-le*) gleichwie (Hervás).
au-il n. Säemann.
au-k v. säen.
auk n. Schwein (Ch.) = *ak*.
a-u̯-le pr. dem. er, dieser (Ch.) = *a-vu-le*.
av pr. poss. 2. Pers. Sing. vor Vokalen: dein. *av-u* dein Gesicht.
avua n. Vater (Bdt.). = *yuvua*.
avua-bej n. Vater (A. C.).
a-vuan-aran dort.
a-vu-le pr. dem. synth. er, er dort, jener.
a-vui-li pr. dem. synth. (Bdt.) = *a-vu-le*.
avu-in-k v. säen, Saat.
avu-l-eb n. Stock, um Löcher für die Maissaat in den Boden zu stossen.
ax 1. n. der Baum, „Ramon“ (Bdt.). 2. Verbalpräfix der Vergangenheit = *ax-qu'i-oc-vu-e-an* er gab es mir.
ayu v. defect. gehen, als Hilfszeitwort gebraucht: *ayu c'ul chak* gehe ihm entgegen. *ayu-k chi vuark* gehet schlafen.

B.

b Präfix des Vetativs in Verbindung mit dem Pron. pers. u. poss. *b-a-ban-u chic* thue es nicht mehr. *b-at jos-jo* werde nicht böse.
ba n. Erdmaus, Maulwurf (Taltusa).
bacłux-in-qu-il n. abstr. das Walzen. *yo-chi-x-bacłux-in-qu-il r-ib li xul* das Maultier wälzt sich am Boden.
ba'c v. drehen, anbinden.
ba'c-b-al n. Gürtel, Leibgurt.

9*

ba'c-b-o partic. pass. angebunden, verwickelt. *ba'c-bo-qu-in* ich habe mich verwickelt.

ba'c-b-il partic. pass. gedreht, angebunden. *ba'c-b-il no'k* gedrehtes Garn (Bdt.).

bach n. Rinde, Bast (Bdt.).

ba'c-o-k r-e v. drehen, anbinden.

ba'c-vuan v. anbinden, drehen.

baj-lak n. Axe des Maiskolben (Olote).

baj-lak xul n. wieselähnliches Tier (Comadreja).

bak n. Knochen, mager.

bak ca n. Bubonen.

bak-el n. coll. Knochen. *x-bak-el cami-nak* Totengerippe. *x-bak-el c'an-ti* trockene, abgeworfene Schlangenhaut. *x-bak-el (ix) nak(v)-u* Backenknochen. *x-bak-el (in-) tel* Schulterblatt. *x-bak-el (vu-) ix* Rückgrat.

bak-er v. mager werden, abmagern.

bak-o partic. pass. mager geworden.

bak-su dünn.

ba'k-ba'k-i v. schütteln, zerreiben, wiederholt hin- und herbewegen. *x-in-ba'k-ba'k-i sa vu-ok* ich habe den Boden mit dem Fusse gerieben. *x-in-ba'k-ba'k-i in-jol-om* ich schüttelte den Kopf.

bal v. sich einhüllen. *x-in-bal vu-ib sa vu-is* ich hüllte mich in meine Wolldecke.

bala'k-i v. betrügen.

bala'k-i-c v. betrügen.

bala'k-il n. Betrug.

balam n. die Kakaoart „pataxte" (Bdt.).

balc n. Schwager des Mannes (Bdt.), = *baluc* im Cakchiquel.

ban 1. v. thun, werfen, heilen. 2. präp. durch, vermittelst.

ban-e partic. pass. gethan.

ban-oc (Var.: *pan-oc*) v. heilen, zaubern.

ban-u partic. pass. von *ban* gethan.

ban-u-b-il partic. pass. gethan, geworfen.

ban-un cax-lan vua n. synth. Bäcker.

ban-un-el (Var.: *pan-un-el*) n. Arzt, Heilkünstler, Zauberer.

ban-un-k v. thun. *la-at x-at-ban-un-k* du hast gethan.

ban-un-qu-il n. abstr. das Thun, die Heilung. *x-ban-un-qu-il in-pam* die Laxanz (wörtlich: die Heilung des Unterleibs).

b-ar par. interr. wo? wohin. *bar xic avu-e* wohin gehst du?

b-ar-ak irgendwo. *bar-ak chi-ka-tau k-ib* wo immer wir uns treffen wollen.

b-ar-bi wo.

b-ar-vuan wo ist er? welcher? *b-ar-vuan na-c'ul a-ch'ol* welche gefällt dir? wörtlich: wo ist sie, (die) trifft dein Herz? *b-ar-vuan aj-c'ai r-e* wo ist der Verkäufer dieser Sache?

b-at Vetativ von *at*: nicht-du. *b-at-atin-ac* du sollst nicht sprechen, = *m-at* im Pokonchi.

bat v. einhüllen, zudecken. *ch-in-bat vu-ib sa vu-is* ich will mich in meine Decken hüllen.

ba'tz n. Affe.

ba'tz-ul n. Spielzeug, Puppe. *x-ba'tz-ul in-co* die Puppe meines Töchterchens.

ba'tz-un-e v. hin- und herbewegen. *t-ix-ba'tz-un-e ix-ye* er wedelt mit dem Schweife. *ba'tz-un-e r-ujav-u'k* bewege die Fingerspitzen.

ba'tz-un-k v. brünstig sein. *yo-chi-ba'tz-un-k l-in-xul* mein Pferd befindet sich in der Brunst.

bay v. zögern, sich aufhalten, dauern. *b-at-bay chak* halte dich nicht auf.

be n. Weg.

bec v. aushöhlen, ausgraben. *nim-r-u ch-a-bec a-jul-ain* erweitere dieses Loch.

bec-b-al n. v. um die Erde aufzugraben.

bec-ol jul n. Totengräber (Aushöhler des Loches).

be-c v. gehen.

be-ek v. gehen.

be-l-a v. röcheln, Atem holen. *t-ix-bel-a x-mus-i'k* er röchelt.

be-l-an-qu-il n. abstr. das Röcheln, Schnarchen. *yo-qu-in chi x-bel-an-qu-il in mus-i'k* ich röchle.

bel-om n. Gatte.

be-l-eb-al n. instr. Weg. *x-be-l-eb-al in mus-i'k* Kehle (Weg meines Atems). *be-l-eb-al i'k* Nordwind.

belem n. Geburt (v. span. Belen?)

belen-tun n. ein Fisch „mojarra" (Bdt.).

ben n. Spitze, das Oberste, Erste. *x-ben vu-ak* Knie (Spitze meines Beines). *x-ben vu-al* und *vu-al-al* mein Erstgeborner. *x-ben vu-ochoch* das Hausdach. *x-ben in-tel* die Schulter (Gipfel meines Armes). *sa-in-ben* auf mir.

bequem n. Stirn (Variante von pequem).

be-re-si-n-qu-il n. abstr. das Gehenmachen, Laufenlehren. *x-be-re-si-n-qu-il li-vu-al-al* das Gehenmachen meiner Kinder.

bi part. opt. und imper. *alin-an-bi renne. bi-sach ch-ar-u* verliere es nicht.

bik n. reiben, zerquetschen. *ch-in-bik-vuan a-xul-ain sa vu-ok* ich zerquetsche dieses Tier mit dem Fusse.

bich-an-k v. singen.

bi-om n. reich.

bix-il-al n. Knoten. *x-bix-il-al li-c'am* die Knoten der Schnur.

bo n. weibliche Geschlechtsteile (Bdt.).

boc n. 1. männlicher Same, 2. Geruch. *ma-us-ix-boc* es riecht schlecht.

boj-on-el n. Schneider (A. C.).

bok v. rufen, herbeirufen. *bok chak li v-uch-b-en* rufe meinen Begleiter.

bok-e partic. pass. gerufen.

bol-ol n. 1. Kugel. *jun bol-ol chi no'k* eine Kugel Garn. 2. Pfeife (Bdt.).

bon v. färben, malen.

bon-b-il partic. pass. gefärbt.

bon-l-eb n. Farbe zum Färben.

bon-on-el n. Färber, Maler.

bon-oc und *bon-ok r-e* färben.

bota (b-o-ta) wir nicht (Hervás).

bot-ol sigar n. Cigarrenarbeiterin.

bo'tz v. herauslösen, zerfasern, ausziehen. *bo'tz chak jun-ak che ar-an* ziehe die Scheiter einzeln heraus. *ch-in-bo'tz-ruan li clarux* ich will die Nägel ausziehen. *ch-in-bo'tz ruan in-machete* ich werde mein Messer ziehen.

bo'tz-e partic. pass. ausgezogen, aus dem Gelenk gefallen, zerfasert. *x-bo'tz-e li r-u'k* mein Arm ist ausgerenkt.

bo'tz-ic v. ausfasern, sich auflösen. *yo x-bo'tz-ic x-c'am-al* das Seil fasert sich auf.

boi-yoch n. weibliche Scham (Bdt.).

brutz-on-el n. Zauberer (v. span. brujo).

buc v. reiben, quirlen. *ch-in-buc in-chocolate* ich quirle meine Chokolade.

buc-b-al n. Chokolade-Quirl (Var.: *puc-b-al*).

buclac Haspel (guindre Ch.).

buc-l-eb n. Chokolade-Quirl.

buch n. gekochter Mais zum Mahlen, Nistamal.

buch-ic v. Mais für Nistamal zubereiten (nistamalear).

buj n. Topf, Geschirr, vgl. Cakchiquel: *boj-oy*.

bul n. Spiel, Würfel aus Rehknochen.

bul-i-k v. spielen.

but v. füllen. *ix-but li nima* der Fluss ist gestiegen (A.C.).

but-uc r-e v. anfüllen.

but-un v. voll sein. *x-but-un li ha* der Fluss ist voll.

C.

c 1. Tempuspräfix der Vergangenheit: *c-at-yo-l-a*, du wurdest geboren, 2. Tempussuffix der Gegenwart: *yo-c-at* du bist da.

ca n. Mahlstein, Backenzahn.

ca-au-i v. wieder, zum zweitenmal ansäen. *ch-in-ca-au-i l-in-c'al* ich will mein Maisfeld zum zweitenmal ansäen.

ca-ab-er in zwei Jahren.

ca-ab-er in vier Jahren.

cab n. 1. Haus, 2. Süssigkeit (Ch.).

caba n. Name. *a-caba* dein Name.

cab-aj-er vorgestern.

cab al-al n. Stiefsohn (*ix-cab ru-al-al* mein zweiter Sohn).

cab arua n. Stiefvater (*cab yu ava* Bdt.).

cab aruabej n. Stiefvater (A. C.).

ca-b-ej übermorgen.

ca-b-ej-er vorgestern (Bdt. = *cab-aj-er*).

cab-el n. Süssigkeit.

ca-b-il al zweiter Sohn.

cab-il uj u'k der Zeigefinger (zweiter Finger).

cab na n. Stiefmutter.
cab-na-bej n. Stiefmutter (A. C.).
cab yuwa n. Stiefvater.
cacau n. Kakao (Bdt.).
cacouh n. Kakao.
ca-ch'in h. synth. klein, ein wenig.
ca-ch'in-aj-ta-ch-ic noch ein wenig mehr.
ca-ch'in aj-vui nur wenig.
ca-ch'in-r-e eng. *ca-ch'in-r-e li cuc* eng ist die Mündung des Kruges.
ca-ch'in-r-ok kurz, Zwerg.
ca-ch'in-r-u eng.
ca-ch'in-sa dünn.
ca-ch'in-al n. Kindheit. *sa a-cach'in-al* seit deiner Kindheit.
cagunc v. sich vorbereiten (A. C.).
caj n. Wohnung (Bdt.).
ca-jach der vierte Teil.
ca-jach-al geviertteilt, zerstückelt.
ca-jach-oc vierteilen.
ca-jat hier (Carchá, Bdt.).
caj-coj n. Puma (Bdt.) = *cak-coj*.
caj-vui nur (A. C.).
ca-i-chal die vier, zu vieren.
ca-il der vierte.
ca-il uj u'k Ringfinger (*x-ca-il r-uj r-u'k* der vierte Finger meiner Hand).
cak n. 1. rot, 2. Sturm, Gewitter, Donner, Blitz, 3. zornig.
cak n. Querstäbe des Dachgerüstes.
cak-al n. Hass, Zorn.
cak-coj n. Puma.
cak chahim n. Morgenstern.
cak ch'ol n. Eifersucht.
cak ek n. kleine Zecke (Arador).
cak-muk-in gerötet sein. *cak-muk-in na-il-oc* sein Gesicht ist gerötet.
cak-oj-ic v. rot werden.
cak-i-chaj n. Kienspanfackel (Bdt.).
cak-r-a'k max n. Micoleon (Cercoleptes caudivolvulus) wörtl.: Affe mit dem roten Kleid (Var.: *cak-r-ok max* A. C.).
cak-re-si v. Querstäbe anbringen. *t-in-cak-re-si li cu-ochoch* ich will mein Haus mit Querstäben versehen.
cak-re-sin-k v. = *cak-re-si*.
cak-sanc n. Wanderameise (Eciton sp.).
cak sip n. Zecke (Mostacilla).
cak sis n. der einsam lebende Rüsselbär.
cak tuuj n. rote, sehr giftige Ameise (Bdt.).
cal-a v. sich betrinken.
cal-aj-e-nak betrunken, ehebrecherisch (Var. *cal-aj-i-nak*).
cal-aj-ic v. sich betrinken, ausschweifen.
cal-am e Unterkiefer (*x-cal-am cu-e*).
cal-cab-il n. Gastschnaus.
cam v. sterben, verwelken. *ac x-cam li r-atz'um* die Blume ist schon verwelkt.
cam-ic Tod (eigentl. v. sterben = *cam-k*).
ca-min vier Finger breit.
cam-i-nak (Var. *cam-e-nak*) tot, gestorben.

cam-k v. sterben. *t-in-cam-k bau goma* ich sterbe vor Katzenjammer.
cam-si v. töten.
cam-si-c v. getötet sein.
cam-si-nel v. Schlächter, Mörder.
cam-si-n-k v. schlachten, die Schlächterei.
cam-si-n-qu-il n. abstr. die Tötung.
cam-si-om che die „liga“, eine Schmarotzerpflanze, Baumwürger.
can-a v. zurückbleiben. *x-in-can-a chi ix-bej* ich bleibe unterwegs zurück. *can-aj-en chi-vu-ix* bleibe hinter mir.
can-ab v. hinterlassen, bleiben. *x-in-can-ab vu-at-in* ich habe mein Wort hinterlassen.
can-ab-om n. v. die Hinterlassenschaft. *x-can-ab-om in-yuvua* die Hinterlassenschaft meines Vaters.
can-ab-om-ak Imper. lasst es.
can-ab-on-qu-il n. das Bleibenlassen.
can-a-k v. bleiben.
can-j-eb n. Amt.
can-j-el n. Arbeit, Dienst.
ca-pa'c-al-il auf beiden Seiten.
car n. Fisch.
car-ib v. fischen.
cas n. Bremse (Bdt.).
cat-k n. Seite. *cat-k sa* Lende, Körperseite. *cat-k xi'c* Schläfe.
cau und *cauh* n. hart, scharf, laut, stark, tüchtig. *cau ix-si'c-b-al sa-c'ay-il* es ist lebhaft gefragt auf dem Markte. *cau li-hab* es regnet stark. *cau-na-be-c* er marschiert tüchtig. *cau-r-ok li-ha* der Fluss hat starke Strömung. *cau n-in-atin-ac* ich rede laut. *cau n-in-chap-oc* ich drücke stark.
cau-r-ok stark, steif.
cau-il hab und *cau-il hab-il* n. Regenguss, Aguacero.
ca-vua zweimal.
caxb n. Hals (Bdt.).
caxlan n. Henne (v. span. castellano).
caxlan-aj n. wildes Rohr (= spanisches Rohr).
caxlan chi n. spanische Sprache.
caxlan is n. Kartoffel (= spanische Batate).
caxlan qu'en n. Pfeffer.
caxlan lem n. Brille (= spanischer Spiegel).
caxlan vua n. Weizenbrot (= spanisches Brot).
cax toc Teufel (Bdt.).
ca-xucut viereckig.
cay-ab-al n. v. Bildnis, Porträt, Anblick. *ix-cay-ab-il li vuink* das Bildnis des Mannes.
cay-an-qu-il n. abstr. das Anblicken, Betrachten. *chi x-cay-an-qu-il vu-ib* um mich im Spiegel zu betrachten.
cay-a v. sich spiegeln. *t-in-cay-a-vu-ib* ich betrachte mich im Spiegel.
co n. 1. Tochter der Frau, 2. Hure (Bdt.).

co v. gehen. *co-chak sa pim in-yuvua* mein Vater ging in den Wald.

coc n. Schildkröte.

coc und *co'c* n. Calebasse.

coc-l-a v. festhaften, kleben, ausschlagen (von Pflanzen), treffen. *ac x-coc-l-a r-aj-vui li k-avu-in-k* unser Mais hat ausgeschlagen. *x-coc-l-a li-xul chi-vu-ix* das Insekt heftete sich an meinen Körper. *in-c'a x-coc-la l-in-pub* der Schuss hat nicht getroffen.

co-co-t v. gehen, trippeln. *na-co-co-t chi-r-ix* er geht hinten.

coc yin n. Nacht (Bdt.). Var.: *c'ojyoin* (A. C.).

co'c n. klein, jung, zart (Var.: *coc*). *co'c i'k* das Lüftchen. *co'k pek* kleine Steine. *co'c queh* junges Reh. *co'c vuar-om* Käuzchen. *co'c xul* Insekt. *ha-li-co'c xul cut-an sak'e na-ban-u chi k'e'k* die Insekten, welche nachts leuchten, Leuchtkäfer. *co'c tz'ic* Taube.

co'c-al n. junge Pflanze, Schössling, kleines Kind.

co'c-much-ri-si v. verkleinern.

co'c-r-u fein. *co'c-r-u samaib* feiner Sand.

coj-oj n. Tausendfuss (Julus). Var.: *c'oj-oj* (Bdt.).

cojc vuil n. Käuzchen (Bdt.).

col-el n. Rebhuhn.

col-ok part. fürwahr (A. C.).

col-ol n. Rebhuhn (Bdt.).

co-r-it n. Hinterbacken (Bdt.).

coral n. Korallenschlange (v. span. coral).

coral-il ch'o'ch Einzäumung (v. span. corral).

cos v. verdreht.

cotco Bogen (Bdt).

cotco-il c̊he Bogen zum Schiessen. *ri cotco-il r-e li chimaj* (Bdt.).

cot-cuch Adler (Ch.).

cot ok n. Wade (Bdt.).

coton n. Jacke (v. span. coton).

co-uch Iris des Auges (wörtliche Übersetzung des span. niña del ojo).

cotz-a v. erschlaffen, schlaff.

cotz-cotz-in v. erschlaffen machen, nachlassen, lockern. *t-in-cotz-cotz-in l-in-tab* ich lockere mein Stirnband.

cotz-ok n. Wade (Ch.), wörtl.: das Weiche des Beines.

co'tz n. Winkel. *x-co'tz-cab* Winkel des Hauses.

coya pix grosse Tomaten-Art.

coyon n. eine Art Feigenkaktus der Verapaz.

crusi v. kreuzen, kreuzweise legen. *t-in-crus-i li-che* ich kreuze die Stöcke (v. span. cruzar).

cu v. fallen. *xukru nak ix-cu-in* ich fiel auf den Kopf.

cuantex n. Rosenkranz (v. span. rosario).

cu-b-e partic. pass. gefallen, herabgestiegen. *x-cu-b-e in-qu'iqu'-el sa li vu-uj* ich blutete aus der Nase.

cu-b-e-c v. herabsteigen, sinken. *ac ta-cu-b-e-c li-sak'e* die Sonne sinkt bereits.
cu-b-e-nak gesunken, tiefstehend, billig, leise, verfallen, hässlich. *cu-b-e-nak n-in-atin-ac* ich rede leise. *cu-b-e-nak n-iqu-e-xi'c-an li-tz'ic* die Vögel fliegen niedrig.
cu-b-ic v. sinken, abfallen, heilen. *yo-x-cu-b-ic-r-u* es heilt bereits.
cu-b-si herabsteigen machen, herabnehmen, niederschlagen, erweichen. *t-in-cu-b-si l-in-c'al* ich schlage das Unkraut auf meinem Maisfeld nieder. *t-in-cub-si-r-u* ich schmelze es.
cu-b-si-n-k xa v. taufen. *x-cu-b-e xa* er ist getauft.
cuc n. Eichhörnchen.
cuc n. Krug (Tinaja).
cuch n. Adler (Ch.).
culcuc n. Schaum (Bdt.).
cun n. männliches Glied (Bdt.).
cun-ilsa (x-cun-ilix-sa) n. Leistengegend (Bdt.).
curup rauh, uneben.
cus che n. Holzschwamm, Auswuchs der Bäume.
cus-ul chi-che n. Balken, Baumstück.
cut 1. v. verwunden, werfen, schiessen. *cut-nak vu-e a-tz'ic ru-le* schiesse mir diesen Vogel. 2. erscheinen, zeigen, sich zeigen. 3. n. Fruchtbüschel der Banane.
cut-an n. Tag, Licht. *jun cut-an* den ganzen Tag.
cut-an-eu Licht (Bdt.).
cut-an-jab n. Regenzeit.
cut-b-al n. v. Aderlass.
cut-b-il n. v. getroffen, verwunden.
cut-e partic. pass. verwundet.
cut-uc v. zur Aderlassen, verwunden, schiessen.
cut-un v. erscheinen. *ac x-cut-un* es ist schon erschienen.
cut-un-el n. der Chirurg.
cux n. Hals, halsförmiger Ansatz. *x-cux r-u'k* Handgelenk. *x-cux ru-ok* Knöchel.
cuxb n. Nacken (Ch.) = *cux*.
cuxa n. Nadel (v. span. aguja).
cuy v. leiden, ertragen, verzeihen.
cuy-b-al n. v. Gunst, Verzeihung. *x-cuy-b-al ka-mac* die Verzeihung unserer Sünden.
cuy-uc v. verzeihen.
cuyu'tz n. Papagei (bei Ch. fälschlich *cuyuch*).
cuy-un-el n. v. der Leidende, um zu leiden.

C'.

c'a n. 1. bitter, gallig. 2. Brücke. 3. v. def. vorhanden sein. *man-c'a* und *in-c'a* es giebt nicht.
c'aba n. Name. Variante von *caba*.
c'ach-an v. auf allen Vieren kriechen.
c'ach-l-ic v. auf allen Vieren kriechen.

c'aj n. Pinole (ein Maisgericht); Brotkrume. *x-c'aj caxlan vua* die Brotkrume.

c'aj-an conj. aber (A. C.).

c'a-job Thau (Bdt.).

c'ak n. Floh (A. C.: Sandfloh).

c'al n. Maisfeld.

c'al-e v. reinigen. *t-in-c'ale sa-be* ich reinige den Weg (vom Unkraut).

c'al-e-c v. reinigen.

c'alk'o v. Kinder tragen. *la-at c'alk'o a-c'ul-al* du trägst dein Kind.

c'al-om aj-c'al n. v. der Maispflanzer (Bdt).

c'am 1. n. Seil, Schnur, Netz. *in-c'am r-ech-car-ib* mein Netz zum fischen. 2. nehmen, tragen, bringen. *c'am* nimm. *c'am chak* bringe. 3. eilen, fliehen. *bar c'am* wohin ist er geflohen. *ch-a-c'am sa-r-ok* folge seiner Spur.

c'am-ac v. spinnen.

c'am-al n. Schnur, Riemen. *x-c'am-al in-tzimaj* Bogensehne. *x-c'am-al in-sa* Leibgurt. *x-c'am-al li-say* Mark der Binse.

c'am-am-b-il partic. pass. gesponnen. *c'am-am-b-il no'k* Baumwollgarn.

c'am-c'ot n. Eingeweide, Darm, Nabelschnur.

c'am-chak imper. von *c'am* bringe! *c'am-chak ch'in-ak in-lulu-qu-il-a* bringe mir etwas laues Wasser.

c'am-chi-i v. begleiten, verführen. *x-eb-in-c'am-chi-i* ich begleitete sie. *x-in-c'am-chi-i a-xka-al ain* ich verführte dieses Mädchen.

c'am-e v. pass. gebracht, geholt werden. *ac x-c'am-e* es wurde schon geholt.

c'am-oc re v. nehmen, tragen, bringen, holen.

c'am-ol atin n. Bote (Träger der Rede).

c'am-ol-be n. Anführer.

c'am-ol ha n. Wasserträgerin.

c'an n. Strich, Seil = *c'am.*

c'an-j-el n. Amt.

c'an-j-el-ak v. arbeiten.

c'an ji n. Eiche (Bdt.).

c'an-ti n. Schlange (Beissende Schnur).

c'an-ti car n. Aal.

c'a-r-atzam-il stark gesalzen.

c'a-r-e-r-u was?

c'a-r-u was giebts. *c'a-r-u n-ic-a-ban-u ar-an* was hast du dort zu thun? *c'a-r-ut-in-a-tzol?* was willst du mir erzählen?

c'as n. Schuld.

c'at v. verbrennen.

c'at-b-il n. v. verbrannt.

c'at-oc v. verbrennen, brennen. *n-in-c'at-oc e'c* ich brenne Geschirr.

c'at-o-k re v. verbrennen.

c'at-ol n. derjenige, der etwas verbrennt. *c'at-olpom* der Räucherer mit Copal. *c'at-ol chun* der Kalkbrenner.

c'at-om n. v. Brandwunde, brennender Schmerz.

c'at-om que n. Schmerz von der Kälte (Bdt.).

c'a-ut warum (Var.: *ca-ut* Bdt.).

c'aux n. Gedächtnis.

c'ax-al n. viel, sehr (Bdt. A. C.). *c'ax-al us t-a-ban-u* der thut sehr gut daran.

c'a-x 1. v. bittern Geschmack annehmen. 2. v. leben. *chan ru n-ic-a-c'ax li cut-an* wie verbringst du die Zeit.

c'ay-i v. verkaufen.

c'ay-il n. Marktplatz.

c'ay-in v. verkaufen.

c'o-it (x-c'o-vu-it) Hüfte (Var.: *co x-it*).

c'ob-b-al n. v. fressen. *yo chi x-cob-b-al li-tz'ic* die Vögel fressen.

c'oc-an v. hinken. *n-ic-at-c'oc-an* du hinkst.

c'och n. Schüsselchen, in welchem die Spindel läuft. *x-c'och in-petet* die Schüssel meiner Spindel.

c'och-l-a v. sich setzen. *x-c'och-l-a li-tz'ic* die Vögel setzen sich.

c'oj n. Maske zum Tanzen.

c'oj-ar-ib n. v. Sitz, Hinterbacken, Unterlage. *x-c'oj-ar-ib x-ben vu-ak* Kniescheibe. *x-c'oj-ar-ib vu-it* Steissbein.

c'oj-ar-ib-al n. v. Sitz.

c'oj-c'o partic. sitzend. *c'oj-c'o li tz'i* der Hund sitzt. *c'oj-c'o-qu-in chi x-ben vu-ok* ich sitze auf den Fersen. *c'oj-c'o x-in-nak* ich fiel auf den Hintern.

c'oj-l-a v. sich setzen, sich beruhigen. *c'oj-l-a-n* setze dich.

c'oj-l-a ch'ol v. sich beruhigen, zufrieden, satt werden. *ac x-c'oj-l-a i-x-ch'ol li cut-an* das Wetter hat sich gebessert. *x-c'oj-l-a in-ch'ol r-i'qu'-in in-vua* ich bin satt.

c'oj-ob v. setzen, machen, beruhigen. *x-in-c'oj-ob vui* ich setzte mich. *ch-in-c'oj-ob vuan i-x-ch'ol l-i ru-ixak-il* ich will meine Frau trösten.

c'oj-oc v. Zoll. *jun c'oj-oc* ein Zoll.

c'oj-oj n. Tausendfuss (Bdt.) = *coj-oj*.

c'oj-tul n. Spitze des Bananenbüschels.

c'oqu'il n. Fett, Talg (Bdt.).

c'oj-yin n. Nacht.

c'ocyoim n. Nacht, Dunkelheit (Bdt.).

c'ojyoin n. Nacht (A. C.).

c'ol 1. v. einziehen, aufrollen, zurückrollen. *x-c'ol x-ye li tz'i* der Hund zog den Schweif ein. *ch-in-c'ol ruan r-u'k vu-u'k* ich will die Ärmel zurückstreifen.

c'ol-c'o aufgerollt. *c'ol-c'o x-jol-om* die Haarlocke (wörtlich: lockig, gerollt ist sein Haar).

c'ol-e v. einziehen, krümmen. *x-in-c'ol-e ban much-quej* der Leib krümmte sich mir vor Krämpfen.

c'ol-ob v. sich zusammenrollen. *x-c'ol-ob r-ib li c'an-ti* die Schlange rollt sich zusammen.

c'opopo n. Kröte.

c'orech n. geröstetes Maisbrot, Totoposte (Bdt.).

c'os v. kleiner werden. *x-c'os li-be* der Weg wurde enger. *c'os-nak vu-e* mache mir es kleiner.

c'os-c'o partic. spärlich, vermindert.

c'os-e v. kleiner werden.

c'ot n. Unrat, Exkrement, Hefe. *x-c'ot-in-sam* Nasenschleim. *x-c'ot-u'c* Läuseeier, Nisse (Bdt.). *x-c'ot xul* Pferde- und Maultiermist.

c'ox n. Krabbe.

c'ox-l-a v. denken, sich erinnern, erwachen. *ch-in-c'ox-l-a vuan* ich werde daran denken.

c'ox-l-ac v. denken.

c'ox-l-am-b-il n. v. gedacht.

c'oy 1. v. kauen. 2. n. der Baum *chicte* (Bdt.). 3. Kopal (A. C.).

c'oy-e v. gekaut werden. *x-c'oy-e li-tz'um ban tz'i* das Leder wurde von den Hunden zerkaut.

c'ub 1. n. Herdstein. 2. zusammenfügen, in Ordnung bringen.

c'ub-l-a v. in Ordnung gebracht werden.

c'uch n. Falke, Geier.

c'ul v. antreffen, einem gefallen, zustossen. *bar-vuan na x-c'ul a-ch'ol* welche gefällt dir? *c'a x-a-c'ul* was ist dir begegnet? *x-c'ul k-ib* unsere Begegnung.

c'ula v. aufbewahrt werden. *c'ul-a-nak vu-e* bewahre es mir.

c'ul-ac und *c'ulak*[1]) v. entgegengehen, anlangen, ankommen, gefallen. *x-in-c'ul-ac chi x-c'ul-b-al* ich ging ihm entgegen. *na-c'ul-ak chi-v-u a-xka-al ain* dieses Mädchen gefällt mir.

c'ul-al n. kleines Kind, Säugling.

c'ul-aj adv. morgen. *c'ul-aj c'ul-aj* täglich. *c'ul-aj e'kla* morgen früh.

c'ul-b-al n. v. das Antreffen, um anzutreffen.

c'ul-eb-al n. v. Sack, Tasche, um aufzubewahren.

c'ulim n. Wanze (A. C. *c'ulin*).

c'ul-om-ak v. aufbewahren.

c'ul-m-an v. empfangen werden.

c'ul-uc rc v. empfangen, antreffen.

c'ul-un v. zurückkommen. *c'ul-un x-ch'ol* wieder zu sich kommen.

c'ul-un-el n. v. derjenige, der entgegengeht; um anzutreffen.

c'ul-un-ic v. zurückgekommen sein.

c'ul-un-k v. zu sich kommen. *x-c'ul-un-k cuan in-ch'ol* ich erholte mich, kam zu mir.

c'ut-c'u v. wissen. *in-c'a c.* man weiss es nicht.

c'ut-r-u mit Lehmwänden versehen (de bajarreque).

c'ut-u n. die Spanne vom kleinen Finger bis zum Daum in ausgespreizter Fingerstellung.

---

[1]) *c'ul-ak* oft fast wie *cul-ak* lautend.

c'utz v. sich krümmen, bücken, neigen. *t-ix-c'utz r-ib li-che* der Baum krümmt sich.
c'utz-ub v. sich bücken, neigen. *c'utz-ub avu-ib* bücke dich.
c'ux 1. n. Mosquito. 2. v. essen. *ta-x-in-c'ux in-vua* ich esse meine Tortillas. 3. unreifer Maiskolben (Elote) = *rax-jal*.

Ch.

Cha 1. n. Asche. 2. *n.* Obsidian, Lanzette.
chab n. Jahr *(ch-ab)*.
chab-il n. schön, stattlich, gut. *chab-il l-in-yucua* mein Herr ist gut. *chab-il li ixk* die Frau ist schön.
chacach n. Korb.
chacach-il n. Korb. *x-chacach-il pis-l-eb* Wagschale.
chacalte n. Ceder.
chach-ib v. aussätzig. *chach-ib li-x-tzejrual* er ist aussätzig.
chach-u v. zu Staub werden.
chac-na älterer Bruder (Bdt.).
chac-mut n. der Vogel Paujil (Crax alector).
chac-ou n. Wildschwein (Jabali).
chac-r-u hübsch (Bdt.).
chac-ti n. Fisch „mojarra".
chaim und *chain* n. Stern (Var.: *chahim*).
chaj n. Fichte, Kienspan.
chaj-al che n. Lanze (Bdt.).
chaj-om n. v. ledig, unverheiratet. Var.: *ch'aj-om*.
chaj-qu-il n. schwierig.

chak v. def. der Bewegung: „hierher". Als Hilfspartikel zur Imperativbildung verwendet: *c'am-chak* bringe hierher.
chak-i n. trocken. *chak-i-car* trockner Fisch. *chak-i-qu'en* trockne Blätter.
chak-ic v. trocken werden. *x-chak-ic in-tik-ob* mein Schweiss ist getrocknet. *ta-chak-ic vu-e* ich habe Durst (mein Mund ist vertrocknet).
chak-ij v. trocken geworden. *chak-ij l-in-c'al* meine Maispflanzung ist reif.
chak-ij-ic v. trocken werden. *yo x-chak-ij-ic li-pim* das Unkraut ist am Verdorren.
chak-ob-re-si v. trocknen. *t-in-chak-ob-re-si l-in jol-om* ich trockne meinen Kopf.
chak-re-si-om tz'um n. v. Gerber. (Trockner der Häute).
chal 1. n. mit Zahlwörtern verbunden bildet *chal* Distributiva: *ox-i-chal* je drei etc. 2. v. kommen, zurückkommen. *ix-chal ix-ruotzo qu-il vu-ix* mein Jucken ist wiedergekommen. *chal muqui-ax chi xben li ha* der Sturm kommt nach dem Regen.
chal-k v. zurückkehren, kommen.
cham n. tief. *cham li-ha* das Wasser ist tief.
cham-al n. Tiefe.
champa n. Tragnetz, Tasche aus Netzwerk.

cham-pa-il n. Tasche, Hodensack (Bdt.).

chan (aus *chi-an*) part. wie. *chan li cha* wie Asche, aschfarben. *chan li pek* wie Steine. *chan-r-u?* wie ist es? *cha-naj-t-aban-u* wie machst du es? *chan aj-vui an* wie jenes, gleich.

chan-chan part. wie. *chan-chan auvi* wie jener (Bdt.).

chan-in-k v. nehmen.

chap v. fangen, ergreifen, zurückhalten. *x-in-e-x-chap sa tz'alam* sie halten mich gefangen. *chin-chap av-u'k* ich ergreife deine Hand.

chap-b-al n. v. Naht, Stich (beim Nähen).

chap-ic v. säumen.

chap-ch-o partic. gefangen. *chap-cho-qu-in* ich bin gefangen.

chap-ol n. derjenige, der ergreift. Raubvogel. *chap-ol-c'an-ti* Schlangenbussard. *chap-ol cax-lan* Hühnerfalke.

cha-r-u = *chan-r-u* wie. *cha-r-u n-ic-a-yc t-at-chal c'ul-aj* wie du mir sagtest, kommst du morgen.

cha sanc n. Blattschneiderameise (Sompopo, Atta fervens).

che n. Baum, Käfig, Schiff.

chec und *che'c* v. steif werden. *x-chec r-ib li vu-ok* mein Bein ist steif geworden.

chec-a steif werden.

chec-b-al ixim n. v. Wasser, in welchem der Mais zum quellen gebracht wird.

chec-chec n. steif.

chec-ch-o partic. steif geworden.

chec-oj-ic v. steif werden.

che-el n. coll. Baum, Holzwerk, Gerüst. *x-che-el abaj* männliches Glied (Baum der Hoden). *x-che-el cab* Bienenkorb. *x-che-el cun* männliches Glied. *x-che-el cux* Hals. *x-che-el vu-ochoch* Holzwerk des Hauses. *x-che-el pis-l-eb* Wagebalken. *x-che-el qu'em* Webstuhl. *x-che-el`xal it* Rückgrat.

che sibic n. Vanille (Bdt. Var.: *chesivic* A. C.).

chi 1. n. (im Cakchiquel Mund, im K'e'kchi durch *e* ersetzt) als Präposition gebraucht: in etwas darin, auf etwas hin, während vermittelst. *chi-cut-an* bei Tage. *chi k'e'k* nachts, im Dunkeln. 2. n. der Nancebaum (Bdt. A. C.).

chi-ab n. = *chab* Jahr.

chibat n. Ziege (v. span. chivo).

chic (ch-ic) part. noch dazu, wieder, nochmals. *jun-chic* noch einer, ein anderer. *b-a-ban-u chic* thue es nicht wieder.

chi-jun-il ganz alles. *chi-jun-il li-cab* das ganze Haus. *chi-jun-il li-che* alle Bäume.

chi'k-b-il partic. gekocht. *chi'k-b-il quenk* gekochte Bohnen.

chik-ol tz'um n. der Gerber.

chili n. Grille.

chi matan umsonst.

chin n. Orangenbaum (Bdt.).

chin-a v. aufspannen, aufhängen. *ch-in-chin-a vuan' in-ticx t-r-ix c'am* ich hänge meine Wäsche auf das Seil.

chi-nim zur Rechten, rechts.

chi-r-e an der Mündung, am Ufer. *chi-r-e ha* am Flussufer.

chi-r-ix hinter, vgl. *t-r-ix.*

chi-r-ok mit den Füssen voran, auf die Füsse. *chi-r-ok x-yo-la l-in-c'ul-al* mit den Füssen voran wurde mein Kind geboren.

chi-r-u vor.

chi-r-uch vor. *chi-r-uch i-ch'o'ch* auf Erden (Hervás).

chi-sa in etwas drin, im Innern (= *chi-za* bei Hervás).

chi-tze links (Bdt.).

chi-x-ben auf.

chi-x-c'at-k auf einer Seite.

chi-x-jun-il alles (Bdt.) = *chi-jun-il.*

chi-x-tep-al jeder (Bdt.).

cho v. aufschneiden. *ch-in-cho li-vu-ak* ich weide das Schwein aus.

cho-e v. geöffnet, aufgeschnitten werden. *ix-cho-e l-in yoc-ol-al* meine Wunde öffnete sich.

chok n. Wolken (*chocl* bei Ch.).

choxa n. synth. Himmel, Horizont.

chu n. 1. Urin, Harnblase. 2. schlechter Geruch (Bdt.). *x-chu que* Thau (Harn der Kälte).

chub n. Speichel.

chub-ac v. spucken.

chu'k-ub v. an Aufstossen leiden, Singultus.

chu-l-eb-al n. 1. männliches Glied. 2. Uringeschirr.

chu-il n. Gestank (A. C.).

chun n. Kalk.

chup v. auslöschen. *ch-in-chup vuan in-xam* ich lösche mein Feuer aus.

chu-uc v. urinieren.

chu-un-el n. v. um zu urinieren.

Ch'.

ch'aj v. waschen, spülen. *t-in-chaj v-u* ich wasche mein Gesicht.

ch'aj-b-al n. v. um zu waschen.

ch'aj-e v. gewaschen werden.

ch'aj-l-eb n. Schüssel, Waschkessel.

ch'aj-sa v. ausspülen.

ch'aj-om n. ledig, unverheiratet. *ch'aj-om vuink* ein lediger Mann. Var.: *chaj-om.*

ch'ama'ch n. bittere Guyave (Bdt.).

ch'an-a v. ruhig werden, aufhören. *ac x-e-ch'an-a li-x-cux* die Stimmen haben aufgehört.

ch'an-ch'-o partic. ruhig sein. *ch'an-ch'-o-c-at ar-an* halte dich dort ruhig.

ch'antan n. Fischernetz (Bdt.).

ch'at und *ch'aat* n. Bett. *ch'at cam-i-nak* (wörtl.: Totenbett) die Gespenstheuschrecken (Quiebra-palitos, Phasmida).

ch'e n. Stechmücke (Bdt. A. C.).

ch'e 1. v. berühren, handhaben. *n-in-ch'e li tzimaj* ich handhabe den Bogen. *n-in-ch'e li-flauta* ich spiele Flöte. 2. n. Schnake (Bdt.).

ch'ejej n. elsterartige Vögel.

ch'e-ok-r-e und *ch'e-oc-r-e* berühren; *m-an-i na-ch'e-ok-r-e* niemand berührte es.

ch'ic vuan n. drosselartiger Vogel (A. C.).

ch'i'ch n. Eisen, eiserner Gegenstand, Messer, Instrument. *ch'i'ch chap-l-eb* Fangeisen.

ch'i-ch'i atemlos, am Ersticken. *ch'i-ch'i na-vu-ec'-a* ich bin am Ersticken.

ch'i'ch-ul und *ch'i'ich-ul* n. Instrument. *ix-ch'i'ch-ul pek* Meissel (Instrument für Steine). *ix-ch'i'ch-ul in-tzimaj* Pfeilspitze.

ch'il-an-b-il n. v. getadelt.

ch'il-an-k v. tadeln.

ch'ima (Var.: *chima* Bdt.) n. Huisquil, Chayote (Sechium edule).

ch'in-a n. klein (Bdt.: *ch'in*), jung. *ch'in-a ja* Bach. *ch'in-a tz'i* junger Hund. *ch'in-a vuar-om* Käuzchen, auch Sperlingsfalke. *ch'in-a mucuy* Täubchen. *ch'in-a pumuy* Täubchen. *ch'in-a ak* Ferkel. *ch'in-a tso xul* Hühnchen (Bdt.).

ch'in-aj = *ch'in-a*. *ch'in-aj aj-vui li x-cham-al* nur wenig tief.

ch'in-aj-r-ok und *ch'in-a-r-ok* niedrig, untief, klein. *chin-a-r-ok-a* Bach.

ch'in-ak ein wenig. *ch'in-a-bik ch'in-ak* reibe mich ein wenig. *c'am-chak ch'in-ak in-lulu-qu-il-a* bring mir ein wenig laues Wasser.

ch'in-al n. klein. *ix-ch'in-al r-uj- v-u'k* mein kleiner Finger (ihre Kleinheit ihrer Spitze meiner Hand). *ch'in-al neba-il* der Dienst.

ch'in-a-us hübsch. *ch'in-a-us a-xkal-ain* dieses Mädchen ist hübsch.

ch'ip n. der kleinste, jüngste, der jüngste Sohn.

ch'iip-ul n. der kleinste, jüngste. *x-ch'ip-ul r-uj v-u'k* der kleine Finger (wörtlich: die kleinste der Spitzen meiner Hand).

ch'it-yan v. wackeln. *yal-na-ch'ityan x-c'oj-ar-ib* es hat keinen festen Stand, es wackelt.

ch'o n. Hausmaus.

ch'o ix n. die wilde Katzenart: „Tigrillo".

ch'o cooj Fledermaus (Bdt.).

ch'o'ch n. Erde, Lehm, Erdboden, Grundstück, Töpferthon.

ch'o hix n. Tigrillo.

ch'ol n. Herz, Gemüt, Sinn, Inneres. *x-ch'ol vu-ok* Fusssohle. *x-ch'ol v-u'k* Puls, Aderlass, Handfläche.

ch'ol-a v. versprochen, verpflichtet sein. *ac x-ch'ol-a* es ist schon versprochen.

ch'ol-ej v. sich befinden.

ch'ol-ob v. versprechen, sich verpflichten, antworten. *ch-in-ch'ol-ob chi-r-u* ich will ihm antworten.

ch'ol-ob-am-an v. versprochen sein, Versprechen, Antwort.

ch'ol tul n. Banane.

ch'ot v. sägen. *ch-in-ch'ot vuan* ich will sägen.

ch'ox v. klopfen, stampfen, schlagen, dreschen. *ch-in-ch'ox vuan l-in-hal* ich will meinen Mais klopfen.

ch'ub n. Wespe, Wespennest.

ch'u'ch n. Spitzbube, schuftig. *aj-ch'u'ch* Schuft.

ch'u'ch-il n. Schuftigkeit. *aj-ch'u'ch-il* Schuft.

ch'up n. Nabel.

ch'uqu-i v. heimlich betrachten, spähen, belauern. *x-in-ix-ch'uqu-i* er spionierte mich aus.

ch'uqu-in-qu-il n. abstr. das Belauern, Spionieren.

ch'ut-ch'-u partic. aufgehäuft, der Haufe. *ch'ut-ch'-u naj t-in-toj* ich zahle bar.

ch'ut-on-el n. v. Einsammler, Aufhäufer.

ch'ut-ub v. aufhäufen, zusammenbringen, durch seitliches Aufhäufen der Erde eine Furche bilden. *ch-a-ch'ut-ub* mache eine Furche.

ch'uy (Var.: *chuy*) v. kitzeln, kratzen.

E.

e 1. pr. person. 2. p. plur. vor konson. Anlaut: euer. *e-tz'i la-ex* euer Hund. 2. n. Mund, Schneidezahn, Öffnung, Thür. *r-e-in-ch'ol* mein Herz (Bdt.). *r-e-it* After (Bdt.). *r-e-tz'ic* Schnabel des Vogels. *r-e-x-ch'ol vu-ok* Höhlung der Fusssohle. 3. n. Ufer, Strand. 4. n. „Eigentum“, in Verbindung mit dem Possessiv. Pron. Dativ-Objekt *vu-e* mir.

eb 1. pr. dem. 3. p. plur. sie. = *heb* dient als Präfix und Suffix als Pluralzeichen. *yo-qu-eb* sie sind. *eb-l-aj-vuaj* die Trommelschläger. 2. n. Leiter, Treppe.

e'ca v. erleichtert werden, abschütteln, nicht fühlen. *in-c'a x-vu-e'ca la-in* ich fühle es nicht. *x-vu-e'ca r-aj-vui vu-ib* ich wurde vom Schmerze befreit.

e'c-an v. sich bewegen, schaukeln, zittern. *na-e'c-an ha chi sa* das Wasser bewegt sich darin. *na-e'ca-n li ch'o'ch* die Erde bebt.

e'ca-si v. sich bewegen machen, schütteln, schaukeln, läuten. *chi-vu-e'ca-si vu-ok* ich schaukle meine Beine.

e'ca-si-c v. bewegt werden. *ac x-e'ca-si-c* es wurde schon bewegt.

e'ca-si-n-k v. bewegen, läuten, schütteln. *t-in-e'ca-si-n-k r-e* ich schüttle es.

e'ca-si-n-qu-il n. abstr. das Schaukeln. *yo-qu-in chi r-e'ca-si-n-qu-il vu-ib sa-ab* ich schaukle mich in der Hängematte.

ech 1. rudimentäres Nomen von der Bedeutung „Eigentum“, das mit dem Pron. poss. konstruiert wird. *er-ech* euer. Im Dialekt von Coban nicht gebräuchlich. 2. n. Oheim (Bdt.).

ech-al-al n. Verwandter. *vu-ech-al-al* mein Verwandter, speziell für „Nichte“ gebraucht.

ech-cab-al n. Nachbar.

ech-i Gegenschwager (Bdt.).

e'k-l-a adv. morgens, in der Frühe. *e'k-l-a t-at-chal-k* komme früh.

e'k-l-a e'k-l-a sehr früh.

el 1. v. hinausgehen, fliehen. *x-el* er floh. *el-en-chak* gehe hinaus. 2. v. auflösen, zerteilen. *x-in-el* ich löste es auf, *ch-a-el* löse es auf.

ela-an v. übrig bleiben. *x-ela-an ix-vua ka-vua* es blieb unserm Vater Brot übrig.

el-eb 1. n. v. der Ort, wo etwas herauskommt, Quelle, Ursprung. *r-el-eb ha* Quelle, Brunnen. *r-el-eb sak'e* Osten. *r-el-eb i'k* Norden. 2. v. ausbreiten, ausspannen.

el-eb-an-k v. ausbreiten, ausspannen.

el-el-ic v. fliehen.

el-ic v. hinausgehen. *yo r-el-ic* er geht hinaus.

el-k v. 1. hinausgehen, fliehen. *t-in-el-k* ich gehe hinaus. *el-k-bi* fliehe. 2. abtragen, abzahlen. *chi-el-k in-c'as chi-vu-ix* ich trage meine Schuld durch Arbeit ab.

el'ka v. beraubt werden. *x-in-r-el'k-a* er beraubte mich.

el'k-an-b-il n. v. geraubt, gestohlen.

el'k-an-k v. rauben, stehlen.

el-ok r-e v. auf dem Boden ausbreiten, ausspannen. *t-in-el-ok r-e ha-ticx-ain* ich breite dieses Tuch auf dem Boden aus.

el sa v. leer sein (wörtl.: „der Inhalt geht heraus“). *x-el sa in chacach* mein Korb ist leer.

epex n. Flecken, Ausschlag, Hautröte.

epex-al n. = *epex*.

er pron. poss. 2. pers. plur. vor Vokalen: *er-e la-ex* für euch.

et 1. n. Dampf, Dunst, Unsinn. *et t-at-atin-ak x-ban a-cal-aj-ic* du redest Unsinn infolge deiner Trunkenheit. 2. n. Mass, Verhältnis; nur in Synthesen und Derivaten gebräuchlich. *jun-tak-et-o aj-vui* wir sind gleich.

et-a v. messen.

et-a-b-al n. v. Mass, Elle.

et-al n. Zeichen, Marke.

et-an-k v. messen.

evu adv. spät. *evu t-at-chal-k* du kommst spät.

evu-er adv. gestern (Var. *ivu-er*).

ex pron. pers. 2. pers. plur. ihr, vergl. *la-ex*.

I.

i 1. pr. poss. 3. p. sing. (Ch. Bdt.) in Coban nicht allein gebräuchlich und durch *x* oder *ix* ersetzt. 2. In Synthese mit dem Demonstrativum *l* bildet *i* den Artikel *l-i* der, die, das. *l-i tz'i* der Hund.

ib rudimentärer Stamm, der zur Bildung des Reflexivums (*vu-ib* mich selbst) des allgemeinen Objektsinfixes (*b, ib, eb, ab, ob, ub*) etc. dient.

iboy n. Gürteltier.

iboy car n. der „Alligator-Fisch" (peje lagarto).

iboy xul n. Gürteltier (cochinillo).

ic n. Chile (Capsicum annuum var.).

icak n. „Neffe", auch „Onkel" (Bdt.: *icac* und *ica'c*). *vu-icak t-r-u-l-i Dios* meine Tante.

icam und *ican* n. Oheim, Verwandter.

ic xux n. Giftschlange (Klapperschlange?) A. C.

ichaj n. Grünzeug, Gemüse, Futtergras.

icham n. Schwager der Frau, alt.

ich' n. Nerven (A. C.).

ich-mu n. Ader (Bdt.).

ich'-mul n. Adern (A. C.).

i'ch-al-al n. Neffe (Var. von *e'ch-al-al*).

i . . . . eb pr. poss. 3. pers. plur. ihr (Bdt.).

ihom adv. jetzt (Hervás).

ik n. Last. *ik chi qu'im* eine Ladung Stroh.

ik-an-el n. v. Lastträger, um zu beladen.

ik-an-k v. lasttragen. *chi ik-an-k* um zu beladen.

ik-o v. beladen werden.

ik-om n. v. Lastträger.

i'k n. Wind, speziell Nordwind.

il v. sehen. *x-vu-il chi-vu-ix* ich sah hinter mich.

il-an-k v. ausruhen. *ch-in-il-an-k vuan* ich will etwas ausruhen.

il-b-al n. v. um zu besorgen, zu hüten. *chi-r-il-b-al* um es zu bewahren. *r-il-b-al xul* Hütte im Maisfeld für den Feldhüter.

il-ob-al n. v. Gesicht, Sehkraft, Sehen.

il-oc v. sehen.

il-oj r-u v. lesen.

il-ol r-e n. der Hüter, um zu hüten. *il-ol ch'ejej* die Vogelscheuche gegen die schädlichen Vögel. *il-ol yaj* Hebamme, Krankenpfleger.

il x-sa v. lesen.

im n. rechts. *sa in-im* zu meiner Rechten.

im-ul n. Hase.

in 1. pr. poss. 1. pers. sing. mein. *in-tz'i* mein Hund. *in-ban* ich mache. 2. partic. negat. in Synthese mit dem defektiven Stamm *c'a*: *in-c'a* nicht.

in-c'a partic. negat. nicht, es giebt nicht. *in-c'a na-r-aj* er will nicht. *in-c'a tzak-al* es geht nicht hinein.

in-c'a-us schlecht, nicht gut. *in-c'a-us x-cab-el* nicht recht süss. *in-c'a vua* nein, Herr.

in-c'a-vui nicht, nicht viel, vielleicht nicht. *in-c'a-vui al* es wiegt beinahe nicht, es ist nicht schwer. *in-c'a vui nayal* es ist vielleicht nicht wahr.

inup n. Ceiba (Eriodendron sp.) (Bdt.).

iqu'e n. maguey, henequen (Agave sp.).

iqu-il n. Chile = *ic*.

iqu'-in n. v. der Begleitung. *vu-iqu'-in* mit mir. *r-iqu'-in* mit ihm, mit.

is n. 1. Wolldecke (Bdt. auch: *isb*). 2. Batate, süsse Kartoffel (Camote).

i-si v. herausnehmen. *i-si chak* nimm es heraus. *i-si sa* leeren. *i-si-nak-sa* leere es.

i-si-n-k v. wegnehmen, abladen, herausnehmen.

i-si-n-qu-il n. Fang, Fanggerät. *r-i-si-n-qu-il in-car* meine Fischangel.

is-m-al n. Haar. *r-is-m-al in-jol-om* Kopfhaar. *r-is-m-al x-na'k v-u* Schnurrbart. *r-is-m-al in pequem* Wimper. *r-is-m-al v-u* Augenbraue. Bei Bdt.: *rismal x-nak uch* Wimper, bei Ch.: *rismal vuch* Wimper, Augenbraue.

it 1. n. After, Stützpunkt. *r-e-vu-it* Afteröffnung. 2. n. Insektenstachel. 3. v. öffnen, aufdrehen, auffasern, zertrennen. *it-bi r-u* löse es mir auf. *ch-in-it vuan r-u l-in-c'am* ich will das Seil aufdrehen.

it-e v. aufgelöst, aufgedreht werden, sich auflösen. *ac x-it-e* es ist schon aufgelöst.

it-ic v. sich auffasern. *x-it-ic in-punit* mein Strohhut fasert sich auf.

it-ok r-e v. etwas aufdrehen. *r-it vu-ok* Ferse (Steiss meines Fusses). *r-it v-u'k* Ellbogen (Steiss meines Armes).

i'tz-e (Var.: *itze*) v. platzen, sich spalten. *x-itz'-e li ch'o'ch* die Erde spaltete sich. *x-itz'-e li cuc* der Krug platzte.

i'tz-im-b-ej ch'iip jüngster Sohn (Bdt.).

i'tz-in n. jüngerer Bruder, jüngere Schwester (bei Bdt. auch: *itzin*). *vu-itzin in-cha'kna* jüngerer Bruder (Bdt.).

i'tzin-bej n. jüngerer Bruder (A. C.)

ix n. 1. Rücken und seine Bekleidung, wie Federn, Schuppen, Haut, Rinde, Schale, Schulter, Rückseite. In Synthese mit dem pron. poss. „hinter". *chi-vu-ix* hinter mir. 2. Jaguar.

ixaan vgl. *xaan,* Grossmutter (Bdt.).

ixak-il n. Frau, Gattin.

ixambej Grossmutter (Bdt.).

ix-ij und *ixi-ij* n. Nägel.

ixk n. Frau, weiblich bei Menschen und Tieren, weibisch.

ixk-i n. weibisch. *ixk-i-vuink* ein feiger, weibischer Mann.

ix-im n. Mais, speziell die Maiskörner.

ix-im-a v. abgekörnt werden. *ac x-vu-ix-im-a l-in hal* ich habe meine Maiskolben abgekörnt.

ix-im-ac v. abkörnen.

ix-nam n. Schwager, Schwägerin des Mannes.

iy-aj n. Sämerei (Bdt., A. C.).

iy o n. Aguacate-Art (Bdt.).

H.

ha 1. n. Wasser. 2. pr. dem. synth. 3. pers. sing. *ha-an* er = *a-an*.

hab n. 1. Regen. *hab r-u cut-an* Regenzeit. 2. Hängematte (A. C.).

hab-al k'e n. Regenzeit (A. C.).

hab-l-an-i r-u in zwei Teile geteilt werden.

ha-ha (Reduplikation von *ha*) sich mit Wasser füllen. *ha-ha x-na'k v-u* meine Augen füllen sich mit Wasser. *ha-ha sa vu-e* mein Mund wird mir wässerig.

hal n. Maiskloben (Var.: *jal*).

ha-l-i pr. dem. synth., fungiert als Artikel: *ha-l-i-be* der Weg. *ha-l-i-r-a'k* sein Kleid.

halau n. Tepescuinte (Coelogenys paca).

ham-e v. schartig werden. *ham-e r-e in-ch'i'ch* mein Messer ist schartig geworden.

ham-o-k re v. schartig machen.

hasb n. heimlich. *ye sa hasb* sage es heimlich.

has-b-an-k adv. heimlich.

heb pr. pers. 3. p. plur. sie: dient als Pluralpräfix: *heb aj-car* die Fischer. *heb a-cab-ain* diese Häuser = *eb*.

hi n. Schwiegersohn (Var. *ji*).

hik n. Kälte (Bdt. Ch: *hic'é*) = *i'k*.

hix n. Jaguar (Bdt.) = *ix* sub 2.

hob v. spotten. *t-at-in-hob* ich spotte über dich.

hoben n. Tamales (A. C.)

hoon heute (A. C.).

hop-l-eb n. v. Bohrer.

hop-o v. zerbrochen.

hop-ok v. bohren.

hor n. Fels. *sak-hor* (v. *jor* spalten?).

hoy v. ausgiessen, verschütten. *ch-in-hoy vuan li-ha* ich will das Wasser ausgiessen.

hu n. 1. Amatebaum. 2. Buch (da zur Herstellung des altindianischen Papiers unter anderm der Bast der Amatebäume [Ficus sp.] verwendet wurde).

hua n. Herr = *vua*.

hux n. Schleifstein.

J.

ja-aj Hals (Bdt.).

jab v. öffnen, aufsperren, mit dem Nomen *e* (Mund) schreien, gähnen.

jach 1. v. spalten, in Teile zerfällen. 2. n. Bruchteil *yi-jach* Hälfte, *ox-jach* drei Teile.

jach-al n. Spalte, Riss, Bruchteil. *ca-jach-al x-el* in vier Teile ging es auseinander.

jach-j-o partic. gespalten, klaffend. *jach-j-o sa vu-a* meine Beine klaffen (O-Beine).

jak v. öffnen. *jak ix-na'k av-u* öffne deine Augen.

jal v. wechseln, vertauschen, im Handel tauschen. *ix-jal ix-c'an-j-el* er hat sein Amt gewechselt.

jal-a v. gewechselt werden. *x-jal-a r-ix li c'an-si* die Schlange wechselt ihre Haut.

jal-aj-ic v. wechseln. *yo jal-aj-ic r-uch r-e in-c'ul-al* mein Kind wechselt die Zähne.

jal-am und *jal-an* n. v. 1. auf andere Weise, verschieden. 2. Figur, Ebenbild. *jalam uch* Heiligenbild.

jal-am und *jal-an-vui-chic* anders, ganz verschieden. *jal-am-vui-chic t-a-ye* du redest jetzt ganz verschieden.

jal-am uch n. Heiligenbild.

jal-an-jal-am adv. verschieden. *ac jal-an-jal-am t-a-ye* du redest jetzt ganz anders.

jal-em-an-k v. tauschen.

jal-oc v. sich umkleiden.

jal-ol n. Wechsler. *jal-ol atin* Dolmetscher (Wechsler der Rede).

jal-on-el n. v. im Begriff stehen, oder die Absicht haben, etwas zu wechseln.

jalpak-i v. übereinander kreuzen. *x-in-jalpak-i vu-ok* ich schlug die Beine übereinander.

jap v. = *jab* öffnen. *x-in-jap vu-e* ich öffnete den Mund.

jar-jer partic. interr. wann? bezieht sich auf die Vergangenheit. *jar-jer x-ban-un-qu-il* wie lange ist es her, seit es geschah.

jar-jer naj von Zeit zu Zeit. *jar-jer na x-ban-un-qu-il* von Zeit zu Zeit geschieht es.

jar-vua wie oft? (Bdt.).

jar-ub wie viele? *jar-ub-ex* wie viele seid ihr? *jar-ub t-e-xic* wie viele gehen.

jar-uj wann? bezieht sich auf die Zukunft. *jar-uj t-at-chal-k* wann kommst du wieder?

jay n. niedrig, dünn. *jay li-ha* das Wasser ist niedrig.

jay-al n. gegenüber. *ch-in-jay-al* mir gegenüber.

jec v. verteilen.

je-je ja, so ist es! (Bdt.).

jequ-e v. verteilt werden.

jequetze n. Baumhuhn. (*Chachalaca* Bdt.).

jequetzo n. Baumhuhn (Chacha, Penelopida) = *jequetze*.

jequ-in-qu-il n. das Verteilen.

jet-oc n. hinschleppen, schleifen.

ji 1. v. reiben, fegen, scheuern. *ch-in-ji vuan r-u in-se'c* ich will mein Geschirr putzen. *ji r-e* schleifen, wörtlich die

Kante reiben.' 2. (Bdt.) n. Eiche.

ji-al-o-r-e v. geschliffen, geschliffen worden sein. *ac x-ji-al-o-r-e* es ist geschliffen, scharf geworden.

jiic n. Erdbeben (A. C.).

jiitz-an v. knarren, quieken. *na-jiitz-an li-carreta* der Wagen quiekt.

ji'k ch'ol v. seufzen, Atem holen. *x-in-ji'k in-ch'ol* ich seufzte. (Bdt. *jik* „Kälte" und Ch. *hic'é* „Luft, Wind", wohl identisch mit *i'k*).

jil n. gleich, gepaart. *jun-jil* gleich.

jil-oc und *jil-ok* v. nähern, heranrücken. *jil-on* und *jil-an* nähere dich.

jil-on-el n. v. etwas heranzurücken die Absicht haben.

ji-ok r-e v. schleifen.

ji-re v. schleifen.

jit v. drücken.

jit-b-al n. v. Fessel, Strick. *x-jit-b-al li-xul* der Lazo.

jo part. so, so wie. *jo a-vu-le* so wie dieser (Bdt.: und auch).

jobajvui ebenso (A. C.).

jo-b-aj-vui x-ke cut-an für immer.

jo-b-aj xak-ain so, nicht mehr; nur so.

job n. hohl, hohl sein. *job ix-sa li che* der Baum ist hohl.

job-ol n. Zweig, Rolle, Büschel. *job-ol chi chaj* eine Kienspanfackel. *job-ol chi vutz'u-uj* Blumenstrauss.

joc-le wie (Hervás).

joc-ain jetzt. *joc-ain ca-ib cut-an* jetzt sind es vier Tage her (Bdt. nur so).

joc-an so. *joc-an ch-a-ban-u* so sollst du es machen. *joc-an ix-ye* so sagt man. *joc-an vua* ja Herr. *joc-an naj n-in-ye* deshalb sage ich es.

joc-an aj-vui so ist es, so soll es sein, nur dies, natürlich, es ist immer dasselbe.

joch v. kratzen, scharren.

joch-b-il n. v. gekratzt.

joc-le wie (Hervás).

joc-ta chinu so geschehe es (Hervás).

jo-k'e und *jo-k'etana* wann?

jok'e-ak-xak selten (Var. *jo'qu-e ak xak*).

jolc'-oc v. ausgleiten.

joleb (holeb) n. Messer (Ch.).

jol-om n. Kopf, Kopfhaar. *jol-om* eine Seite reif, die andere noch unreif (von Früchten). *x-jol-om cab* Wespennest (wegen seiner Kugelform).

jom und *joom* n. Schale, Kalebasse. *jom l-in pis-l-eb* meine Wagschalen sind Kalebassen (Ch. Schuppe).

jon-el n. Barbier.

jo-nim-al wie viel. *jo-nim-al ix-tzak* wie viel ist es wert? *jo-nim-al ta na* wie gross ist es?

jo'qu-el wie viel (Bdt.).

jor v. zerbrechen. *jor-nak vu-e* zerbrich es mir.

jor-e v. zerbrochen werden.

jor-ok r-e v. zerbrechen.

jos'k n. böse, zornig. *jo-s'k l-a-cay-ab-al* dein Gesicht ist böse.

jos'k-o v. böse werden. *ix-jos'k-o* er ist böse geworden.

jot v. schaben, kämmen. *t-in-jot in-jol-om* ich kämme mich.

jotz-e v. gekratzt werden. *t-e-x-jotz-e li caxlan li ch'o'ch* die Hühner scharren den Boden.

jo-vuan nachher.

jo-vuan-chic bald, in kurzem, bis nachher.

jo-vui und; *chi k'e'k jo-vui chi cut-an* Tag und Nacht.

jo-x-nim-al von dieser Grösse.

ju n. Papier (A. C.).

jucub Kahn, Barke (Bdt.).

jul n. Loch, Graben, Abgrund.

jultic v. sich erinnern. *jultic vu-e* ich erinnere mich.

jultic-o v. sich erinnern. *ix-jultic-o vu-e* ich erinnerte mich.

jultic-ok sich erinnern. *a-vu-le chi-jultic-ok r-e* er soll daran denken.

ju-mul ein Stück. *ju-mul chi may* eine Tabakstaude.

jun-ab-er in einem Jahre, in Jahresfrist.

jun-aj eins geworden, nur eins. *jun-aj li xi'c* mit einem Ohre. *jun-aj vua* auf einmal.

jun-aj aj-vui jeder, nur einer. *jun-aj aj-vui r-u* unvermischt, rein.

jun-aj chic noch einer, ein anderer.

jun-aj-vui nur einer.

jun-ak einzeln, einer. *jun-ak che* ein Baum nach dem andern.

jun-ak li xka-al yib r-u ein hässliches Mädchen.

jun-ak chic ein anderer (Bdt.).

jun-chic ein anderer, noch einer.

jun chi jeder, ein anderer. *jun chi che* jeder Baum. *jun-chi ixk* eine andere Frau.

jun ch'ol chic andere.

jun-el-ic immer (Bdt.).

jun-es allein. *in-jun-es* ich allein. *jun-es ha li u'k-un* sehr dünn (nur Wasser) ist der Maisbrei.

jun-es-al allein = *jun es.*

jun-jun-al von 1 zu 1, einer nach dem andern (Bdt. *jun-jun-a*).

jun-jun-k-il von 1 zu 1.

jun-jun-tak jeder. *jun-jun-tak pac'al* auf beiden Seiten.

jun-il alles, in einem. *chi-jun-il* alles zusammen.

jun-k'e jun-k'e (hun-ke hun-ke) täglich (Hervás).

jun-pat in einem Augenblick, sogleich.

jun-pat-ak chic sehr bald, sogleich.

jun-pat jun-pat sehr bald.

jun-r-u mac'a einäugig (ein Auge fehlt ihm).

jun-taab 20, (Ch.) vgl. *taab.*

jun-tak-et v. gleich sein. *jun-tak-et ka-c'aba* wir haben denselben Namen. *ac jun-tak-et-o* wir sind gleich.

jun-tak-et-an-k v. gleich machen, ausgleichen.

jun-xil früher (Bdt.).

juru'ch-n-ak v. knirschen. *na-juru'ch-n-ak r-uch r-e* er knirscht mit den Zähnen.

jut v. aufreihen, einfädeln. *jut nak in-cuxa* fädle meine Nadel ein.

ju-vui und = *jo-vui*. *la-in ju-vui la-at na-ka-ra k-ib* du und ich, wir lieben uns.

ju-vuink (huvinc) 20 (Ch.) vgl. *vuink*.

juy v. rudern. *x-in-juy l-in-che* ich ruderte mein Schiff.

juy-uk r-e v. rudern.

K.

k p. poss. 1. p. plur. vor Vokalen. *k-u* unser Auge.

ka 1. pr. poss. 1. p. plur. vor Konsonanten. *ka-tz'i* unser Hund. 2. Mahlstein.

ka n. Brücke (Bdt.). vgl. *ca*.

kaj-ic v. herabsteigen, zurückkehren. *sa in-kaj-ic* bei meiner Rückkehr.

kixb-ac v. rülpsen (vgl. Qu'iché *kesb*).

koch v. krümmen, zurückbiegen. *x-koch x-ye li tz'i* der Hund bog den Schwanz zurück.

kol v. ernten, den Mais einsammeln.

kol-e v. geerntet werden. *ac x-kol-e* es ist bereits geerntet.

kol-oc v. ernten.

kol-ol n. Einsammler.

kulb n. Rute, Schlinggewächs.

kumet n. faul. *x-ton kumet* der Schössling ist faul.

kumet-ej-ic v. faul werden, anfaulen. *yo x-kumet-ej-ic li che* der Baum wird faul.

K'.

k'a n. faul. *x-k'a aj-vui* es beginnt zu faulen. *x-k'a r-uch r-e* seine Zähne sind faul.

k'ab n. junge Bohnen *(ejotes)* (A. C. *k'ap*).

k'a-i-nak n. v. faul geworden. *k'a-i-nak tul* faule Banane.

k'alu v. umarmen, herzen, auf den Arm nehmen. *ch-in-k'alu vuan li c'ul-al* ich will das Kind auf den Arm nehmen.

k'an n. gelb. *k'an li r-il-ob-al* sein Gesicht ist gelb. *k'an r-u* von gelber Aussenseite.

k'an-al n. das Gelbe. *x-k'an-al mol* das Eigelb.

k'an ch'i'ch n. Gold (gelbes Metall).

k'an ch'o'ch n. Töpferthon (gelbe Erde).

k'an-o v. reif werden. *na-k'an-o* es wird reif.

k'an-ok r-u v. gelb werden. *ta-k'an-o-k r-u* es wird gelb.

k'an-oj-ic v. reif werden. *yo x-k'an-oj-ic r-u in-hal* mein Mais wird eben reif.

k'an-u = *k'an-o*. *ac x-k'an-u* es ist schon reif.

k'e'k (Var. *k'ek* und *kek*) n. schwarz, dunkelfarbig. *k'e'k in-tzejvual* meine Haut ist dunkel.

k'e'k-o v. schwarz werden. *ix-k'e'ko* es wurde schwarz.

k'el n. alt. *k'el a'k* ein altes Kleid.

k'em n. Maisteig.

k'em k'un n. faul, schlaff (Var. *qu'em cun*).

k'es n. rauh, scharf, spitzig. *k'es li qu'ix* der Dorn ist spitzig.

k'et v. beugen, zerbrechen. *ch-in-k'et vuan vu-ix* ich beuge mich zurück. *t-in-k'et vu-ib chi-r-u* ich kniee vor ihm nieder. *ch-in-k'et vuan a-che-ain* ich zerbreche diesen Stock.

k'i v. wahrsagen.

k'in-l-eb chain n. die drei Könige (Jakobsstab des Orion).

k'ixn-a v. wärmen, erhitzen, sieden. *k'ixna nak vu-e* siede mir es (Bdt. *k'ix na* heisses Wasser).

k'ixn-am-b-il n. v. gekocht erhitzt.

k'och-a v. weich werden.

k'och-k'och-o v. weich werden.

k'och-ob-re-si v. weich machen, quetschen. *ch-in-k'och-ob-re-si l-in ticx* ich will die Wäsche auspressen.

k'ojyi und *k'ojyin* n. Nacht. *ac x-oc k'ojyin* es wurde schon Nacht.

k'o'k n. fett.

k'ok'ob n. Singvogel (Zenzontli) (A. C.).

k'ol n. Harz. *x-k'ol-i-che* Baumsaft, Milchsaft der Pflanzen.

k'ot-ob v. sich zusammenkauern. *x-k'ot-ob r-ib l-in-tz'i* mein Hund legt sich (in der zusammengerollten Stellung zum Schlafen).

k'u'k n. Quetzal (Pharomacrus mocinno).

k'u'k-um n. Quetzalfedern.

k'u-k'ut v. glatt sein. *na-k'u-k'ut r-u* es ist sehr glatt.

k'um n. Ayote-Frucht.

k'ul-ul sich wurmförmig bewegend. *na-k'ul-ul-l-in-sa* meine Eingeweide bewegen sich peristaltisch.

k'un n. weich, biegsam, geschmeidig. *k'un li k'em* der Teig ist weich. *k'un ix-pas-b-al* weich, leicht zu falten, biegsam. *k'un-ru* glatt. *k'un-r-u in-jol-om* mein Haar ist glatt. *k'un-chak* halbreif.

k'un-a v. weich werden. *x'k'un-a li-vua cab* mein Wachs ist weich geworden.

k'un-al n. das Weiche. *x-k'un-al it* die Hinterbacken (das Weiche des Afters).

k'un-ob-re-si v. weich machen. *ch-in-k'un-ob-re-si li vua cab* ich will das Wachs weich machen.

k'un-uc v. Kinder abwarten, wiegen. *yo-qu-in chi k'un-uc c'ul-al* ich warte Kinder ab.

k'ul-un-el n. v. Kinderwärterin.

k'us v. beruhigen. *k'us chak a-vu-le* beruhige ihn.

kut r-u aus Lehm. *k'ut-r-u in-coral* meine Mauer ist aus Lehm gemacht.

L.

l vor folgendem Vokal *la*, partic. dem.: dort, in Synthese mit dem pr. pers. und dem rudimentären Nomen *e*. *l* bildet mit dem pron. pers. und poss., sowie einigen rudimentären Nominalstämmen Synthesen, in welchen es die Rolle des Artikels: der, die, das übernimmt: *l-a-in* ich, *l-i* der, die, das etc., *l-in* mein, *l-a* dein.

la 1. synth. Artikel „der, die, das“ *(l-a)* in Verbindung mit dem pron. pers.: *l-a-at* du *l-a-ex* ihr. *l-a-o* wir. 2. n. Chichicaste-Strauch (eine baumartige Urtikacee).

la-at pr. pers. 2. p. sing. du.

la-ex pr. pers. 2. p. plur. ihr.

la-in pr. pers. 1. p. sing. ich.

la'k-l-o v. genähert, zusammenstehend, angeklebt. *la'k-l-o-qu-eb r-u'k li-che* die Baumäste stehen nahe beisammen.

la-o pr. pers. 1. p. plur. wir.

lap v. stechen, festnageln, einstecken. *lap chak an* nagle es fest. *ch-at-in-lap chi qu'ix* ich werde dich mit einem Dorne stechen. *lap r-uuj l-a baston sa li samahib* stecke deinen Stock in den Sand.

lap-l-o v. eingesteckt, begraben.

lap-l-ot v. festgenagelt sein.

latz n. klebrig.

latz latz n. sehr klebrig.

la'tz n. beschäftigt. *la'tz v-u* ich bin beschäftigt.

le (*l-e* entsprechend dem *r-e* der Qu'iché-Sprachen) partic. loc. dort. *l-e chi-r-ix cab* dort hinter dem Hause.

lec n. Kalebasse, Löffel.

lem n. Spiegel.

letz v. leimen, löten, festkleben.

letz-b-il n. v. geleimt, festgeklebt.

letz-l-o v. geleimt sein.

li (*l-i* entsprechend dem *r-i* der Qu'iché - Sprachen) Artikel: der, die, das.

li . . . . . vuan-le jener. *li-cab-vuan-le* jenes Haus dort.

li . . . . . vuan-qu-eb-le jene (plur.).

lic-lic n. Sperlingsfalke (Ch.: Adler).

lo-b-il n. v. um zu kauen, gekaut.

loch v. anstecken, haften. *ix-loch l-in-yaj-el* ich wurde angesteckt.

lo-o-k v. kauen.

lo-u v. gekaut werden.

lo'k v. kaufen.

lo'k-b-al n. v. um zu kaufen.

lo'k-l-eb n. v. Mittel, um zu kaufen, Käufer.

lo'k-on gekauft. *lo'k-on-bi* kaufe.

lo'k-on-el v. Käufer, Verkauf.

lo'k-on-ic v. das Abendmahl empfangen.

lol *n.* eine Frucht (A. C.).

lub v. müde werden. *x-in-lub* ich wurde müde.

lucum n. Wurm. *lucum ch'o'ch* Regenwurm.

luchbak Angel (Bdt.).

lul-u lau (vgl. Cakchiquel: *lil-oj*).

lul-u-qu-il n. abstr. lau. *lul-u-qu-il a* laues Wasser.

lut n. Zwillinge.

lux 1. v. Flanken schlagen, müde sein. *ix-lux l-in-xul* mein Maultier keuchte. 2. n. schlecht mit Körnern besetzt (z. B. ein Maiskolben).

M.

ma 1. partic. interr. ist wohl? ist vielleicht? *ma ac xaan a-ixk-ain* ist diese Frau schon alt? 2. partic. negativa in Synthesen: nicht. *ma-jun* keiner. *ma-us* nicht gut.

ma-an-i niemand, nichts (Bdt.).

ma-bar nirgends.

ma-bar-aj-vui nirgends.

ma-bar-vuan es giebt nirgends, es ist nirgends vorhanden.

mac n. Ursache, Schuld, Sünde. *x-mac* durch, wegen.

ma-c'a nichts, es giebt nichts, ist nichts vorhanden. *ma-c'a na-ye* er redet nicht, ist schweigsam. *ma-c'a x-me'tzeu* schwach (es ist nicht seine Kraft vorhanden). *ma-c'a mach* bartlos. *ma-c'a r-al* unfruchtbar. *ma-c'a r-u'k* einarmig. *ma-c'a xab* barfuss. *ma-c'a x-jol-om* haarlos, nackt, kahl.

ma-c'a aj-vui und *ma-c'-aj-vui* es giebt nicht.

ma-c'a-chic es ist schon. *ma-c'a chic na-r-ec'a* es thut ihm schon nichts mehr weh.

mach n. Bart.

ma-jar-uj niemals.

ma-ji noch nicht? *ma-ji na-c'ul-un* ist er vielleicht noch nicht gekommen?

ma-jun niemand, nichts.

mak n. Bimstein.

mak-ab n. Lunge, Rippe.

mal n. 1. Axt. 2. (Bdt.) Milz.

malcan n. verwitwet.

ma-l-aj ist wohl? *ma-l-aj mas al t-r-u ix-bel-om* ist sie wohl jünger als ihr Mann?

mam n. Enkel, Enkelin.

mama n. Grossvater, alter Mann.

mama-il n. der älteste, Grossvater. *x-mama-il r-uj v-u'k* Daum (der älteste meiner Finger).

mam-b-ej Grossvater (Bdt).

ma-min-aj-vui auf keine Weise. *ma-min-aj-vui t-at-suk-ik chak on* keinenfalls kehrst du heute zurück.

ma-min-us gar nicht gut.

man-c'a es giebt nicht = *ma-c'a*.

m-an-i v. def. nicht vorhanden, nicht da sein. *m-an-i-at* du bist nicht da. *m-an-i* niemand. *m-an-i na-c'ul-un* niemand ist gekommen. *m-an-i na-vu-il r-u* ich habe niemand gesehen.

map n. die Cocoyol-Palme.
mapil n. Knöchel. *x-map-il vu-ok* mein Knöchel.
ma-sa nicht gesund, *ma-sa na-vu-ec'a-n* ich fühle nicht gut, habe Ärger. *ma-san-in-be-c* ich kann nicht gut gehen, schwanke. *ma-sa x-jol-om* er ist verrückt. *ma-sa x-na'k av-u* du hast ein trauriges Gesicht.
ma ..... ta ist es wohl? *ma-us-ta ma in-c'a* ist es gut oder nicht?
matan vielleicht, umsonst. *chi-matan* umsonst. *matan ac li hab cul-aj* vielleicht regnet es morgen.
mat k'ab n. Ring.
matqu'e v. träumen. *vuan x-matqu'e* er träumte. *yo chi-matqu'ec* er träumt.
matzab n. Augenbraue (Bdt.).
mauh und *mau* n. Agavegarn, Garn, Hanf.
ma-us böse, schlecht, gefährlich, unrein. *li ma-us* der Teufel.
ma-us-ch'ol furchtsam.
ma-us-ej böse, schlecht, verdorben, giftig. *ma-us-ej qu'i'c* verdorbenes Blut. *ma-us-ej-xul* giftiges Insekt, Libelle.
ma-us-il-al n. Unreinheit. *x-ma-us-il-al li ka-yaj-el* die Nachgeburt (die Unreinheit unserer Krankheit).
ma-vuan giebt es? giebt es nicht? es ist nicht. *ma-vuan li-vua* giebt es Tortillas. *ma-vu-ain la-in ha-vu-le* ich bin es nicht, (sondern) er.
max n. Affe.
may n. 1. Tabak, Cigarre. 2. Das Zahlwort 20: *jun-may* 1×20.
ma-yal wirklich? ist es wahr?
ma-yal-oc Synthese der Bekräftigung, Verstärkung. *ma-yal-oc li sak-bach ix-nak evu-er chi-k'e'k* sehr viel Hagel fiel gestern nachts. *ma-yal-oc xox chi-vu-ix* mein Körper ist ganz voll Pusteln. *ma-yal-oc li pocs x-tak-e chi vu-ix* ich wurde ganz voll Staub. *ma-yal-oc x-yab naj x-nak* welchen Lärm machte es, als es herunterfiel!
may-may verschwunden, kaum sichtbar. *may-may nak x-vu-il* ich sah ihn nicht mehr.
may-may-i v. wegen Dunkelheit tastend gehen. *yal t-in-may-may-i-vu-ib* wahrlich bloss tastend finde ich mich zurecht, kann ich gehen.
may-xul-ul n. Skorpion.
mem n. stumm.
mem-ir v. stumm werden.
mes 1. n. Katze (vom mexikan. miztli). 2. Stamm: mit dem Besen kehren, reinigen.
mes-l-eb n. Besen.
mes-un v. gekehrt, gereinigt.
mes-un-k v. mit dem Besen kehren.
me'tz-eu n. Kraft. *cau x-me'tz-eu* er hat viel Kraft, ist sehr stark.
mex n. Tisch (v. span. mesa).
mi n. weibliche Scham.

mi'ch v. ausreissen, *ch-in mi'ch-vuan a-pim-ain* ich will dieses Unkraut ausreissen.

mi'ch-b-il n. v. ausgerissen.

mi'ch r-ix v. schälen (die Schale abreissen), rupfen (die Federn ausreissen). *ch-in mi'ch-vuan r-ix l-in-hal* ich will die Maiskolben aushülsen. *mi'ch r-ix li tz'ic ain* rupfe mir diesen Vogel.

min 1. n. die Spanne zwischen gespreizten Daum und Zeigefinger: *jun-min*. 2. v. stossen, stossend bewegen, stechen. *x-min ix-jol-om sa xi'c tz'ic* (die Vögel) stecken die Köpfe unter die Flügel. 3. partic. negat. in Synthesen vgl. *ma-min*.

min-ok v. stossen.

min-qui-si v. stossen. *ch-at-in-min-qui-si* ich will dich stossen.

min-qui-si-n-k v. stossen. *la-at t-at-min-qui-si-n-k* du stossest.

mixpix adv. spät.

mo 1. n. Schimmel. 2. (Bdt.) n. langschwänziger Ara (Guacamayo).

mococajtaan nicht allein.

mococh n. Dach, Sonnenschirm, Regenmantel aus Palmblatt (Soyacal). *mococh k'e* n. der Sonnenschirm der indianischen Händlerinnen auf den Marktplätzen.

mococh-i v. beschützen, zudecken, schirmen *ac x-mococh-i li x-mol li caxlan* die Henne hat ihre Eier schon zugedeckt.

moco vuink, moco ixk, Hermaphrodit.

mo'ch n. Faust, Faustvoll.

mo'ch-m-o partic. gefasst, gepackt, in die Faust genommen.

mo'ch-o v. die Faust ballen, die Hand schliessen, in die Hand nehmen, zusammenpressen. *ch-in-mo'ch-o li v-u'k* ich balle die Faust. *x-in-mo'ch-o chi v-u'k* ich nahm es mit der Hand. *ch-in-mo'ch-o vuan* ich will es zwischen den Händen pressen.

mo'ch-ob v. in die Faust nehmen, umfassen, packen.

mo'ch-ol n. eine Handvoll. *ca-mo'ch-ol* zwei Handvoll.

mo'ch-on-k v. in geballter Faust zusammenpressen, drücken.

mok 1. n. Donner, Knall. 2. v. knallen. *x-mok li cohet* die Rakete knallte beim Platzen.

mok-oj n. Klafter. *jun-mok-oj* eine Klafter.

mok-on adv. nachher. *mok-on x-c'ul-un aj Pedro* nachdem Peter gekommen war.

mol 1. n. Ei. 2. v. einsammeln, aufhäufen. *ch-in-mol vuan* ich will es sammeln.

molb n. Knospe. *toj molb li v-utz'uuj* meine Blumen sind noch Knospen.

mol-b-ec v. Eier legen. *x-mol-b-ec li caxlan* die Henne legte Eier.

mol-b-il n. v. Webstuhl. *mol-b-il sa tz'ul-ub.*

mol-on-el n. v. Einsammler.

mo-on v. schimmlig, rostig, durch Feuchtigkeit verdorben sein. *x-mo-on r-u in-ch'i'ch* mein Messer ist rostig geworden.

motzo n. Wurm.

moy n. trübe (Bdt.: *moic uch* blind).

moy moy r-u sehr trübe.

mu n. der Schatten.

muc n. eine Pflanze (Orejuela) (A. C.).

mu'c-m-u partic. gebückt sein. *mu'c-m-u-qu'in* ich bin gebückt.

mu'c-ub v. sich bücken. *x-in-mu'c-ub vu-ib* ich bückte mich.

mucuy n. Taube.

mucyax n. Wirbelwind, Sturm.

muchqu-ej Krampf, Leibschneiden.

mu'ch-in-k r-e v. zerstückeln.

mu'ch-ri-si v. klein machen, zerstückeln.

muk v. verbergen, vergraben.

muk-al-ic v. untertauchen.

muk-b-al um zu vergraben.

muk-e v. verborgen werden.

muk-in vgl. *cak-muk-in.*

muk-uk und *muk-un-k* beerdigen.

mul 1. n. Mist. *nab-al li mul x-tau* viel Mist hat sich aufgehäuft. 2. vgl. die Staude, das Exemplar: *ju-mul.*

mul-c'ot n. Mistkäfer (Geotrupida).

mul-e v. wimmeln (wie Ameisen). *x-e-x-mul-e r-ib* sie waren unruhig.

mul-ul-i v. unruhig werden, rebellieren. *x-e-x-mul-ul-i r-ib li tenamit* die Dorfbewohner empörten sich.

mun n. junge Pflanze (A. C.).

mur-i v. zerbröckeln. *ch-in-mur-i vuan x-c'aj in-vua* ich will die Tortilla zerbröckeln.

mus-i'k n. Atem (der feine Wind).

mus-mus-hab n. feiner Regen, Staubregen.

mu'tz-m-u-ru blind.

mu'tz r-u n. blind, einäugig, mit geschlossenen Augen.

muy n. Aguacate, Chicosapote (Ch.).

N.

n Verbalpräfix des Präsens, vgl. *na* sub 2.

na 1. n. Mutter, Herrin, Weibchen. *x-na vu-ak* Sau. *x-na in bel-om* Schwiegertochter. *x-na li cak coj* Löwin. *x-na caxlan* Henne. *x-na vu-ixak-il* Schwiegermutter. *x-na li ix* weiblicher Jaguar. *x-na ka-na* Santa Maria, die 3 Marias. *x-na suk'e* Kakerlakken. *x-na sanc* Ameisennest. *x-na in-tzejvual* Brustkorb. *x-na r-uj-v-u'k* Daum. *x-na li v-u'k* Handfläche. *x-na vu-ix-im* weissgefleckte Maisaberration (Milpa deluna). *x-na in-yu-vua* Stiefmutter. 2. Verbalpräfix des Präsens durans. *na-at in-ac* er spricht.

na-aj n. der Aufenthaltsort, geschlossene Raum. *jal-an x-na-aj t-a-qu'e* lege es an einen andern Ort. *x-na-aj chu* Harnblase. *x-na-aj vu-ochoch* Zimmer, Abteilung des Hauses, *x-na-aj x-mol in-caxlan* Eierstock der Henne. *x-na-aj in-tz'ic* Vogelkäfig.

na-aj-ej n. coll. Ort (Bdt.).

nab n. 1. Pfütze, Sumpflache. 2. Sumpfpflanzen, Confervaceen.

na-bej n. Mutter.

nab-al n. 1. Moos. 2. viel, voll von etwas. *nab-al qu'ix chi-r-ix* voll Dornen. *nab-al ix-vuokx* schaumig. *nab-al li tenamit x-tau r-ib* viel Volk fand sich zusammen. *nab-al r-u'k li che* die Äste des Baumes sind dicht. *nab-al nab-al* ziemlich viel.

nach adv. nahe. *nach vu-iqu'-in* nahe bei mir.

naj 1. conj. wann, als. *na-yaab-ac sa avu-e naj n-ic-at-lo-oc rum* die Zähne knirschen dir, wenn du Jocote-Früchte issest. *la-in raj x-yu-vua tenamit, naj qui-cam in-yu-vua* ich war Richter gewesen, als mein Vater starb.

naj-r-ok sehr lang (für *najt-r-ok*). *naj-r-ok a-tz'al-um che ain* dieses Brett ist sehr lang.

naj-sak'e spät (für *najt-sak'e* fern die Sonne). *naj-sak'e c'ul-un l-aj-Pedro* sehr spät kam Peter.

najt adv. ferne.

najt-er v. vor alters, lange ist es her, früher. *ac naj-ter* es ist schon lange her. *najt-er n-in-can-ab in-c'a chic na-vu-il r-u* ich habe sie lange nicht mehr besucht.

najt-r-ok lang = *naj-r-ok*.

naj-x-ter-am hoch (für *najt-x-ter-am*).

nak v. fallen. *naj x-nak* bei seinem Fall, als er fiel. *ix-nak li cak* der Blitz schlug ein.

na'k n. der harte Kern, Frucht. *x-na'k vu abaj* Hoden. *x-na'k cun* Hoden. *x-na'k v-u* Gesicht, Auge, Augapfel. *x-na'k v-uch* Auge (Bdt.). *x-na'k r-u li sak'e* die Sonnenscheibe.

na-l-eb n. Rat.

na-on-el n. v. der Wissende, wissend.

nat v. pressen, drücken. *x-in-nat chi cau* ich drückte fest.

nat-b-al n. v. Instrument zum Pressen, Verschluss. *x-nat-b-al r-ix-cab* Querholz, um die Thür zu schliessen.

nat-e v. gepresst werden.

nat-oc und *nat-ok* v. pressen.

nau v. wissen. *n-i-nau i-sij r-it ak* ich kann Schweine kastrieren.

neba n. 1. verwaist, arm. *x-neba tiox* die Waise. 2. Hof, hofähnlicher Raum.

neba ha n. *(x-neba ha)* Insel (Bdt.).

n-ic Verbalpräfix des Präsens durans in Synthese mit dem pron. pers.: *n-iqu-in, n-ic-at, n-ic-o, n-iqu-ex, n-iqu-e.*

nim n. 1. gross, dick, beträchtlich. *nim x-yaj-el* er ist sehr krank. 2. rechts.

nima-a n. Fluss (für *nim-ha*).

nim-al n. abstr. Grösse, Dicke, Quantum, vgl. *jo-nim-al. x-nim-al vuink* der Reiche, Herr, Ladino. *x-nim-al ixk* die reiche Frau, Herrin, Ladina.

nim-an v. gross werden, wachsen. *ix-nim-an* es ist gross geworden.

nim-an sa v. dick werden. *x-i-nim-an sa* ich werde dick.

nim-an-k v. berühren.

nim-ha n. Fluss = *nim-a.*

nim-k'e und *nin-k'e* n. Festtag.

nim-l-a n. gross. *nim-l-a ab* Platzregen. *nim-l-a cab* ein grosses Haus. *nim-l-a tinamit* eine Stadt. *nim-l-a tzul* Berg.

nim nim sehr gross.

nim-ob-re-si v. gross machen.

nim-r-e n. synth. mit weiter Mündung. *nim-r-e l-in-cuc* mein Krug ist weithalsig.

nim-r-ok n. synth. hoch.

nim-r-u n. synth. weit, breit. *nim-r-u li be* der Weg ist breit.

nim-r-ub-el n. synth. dick, fett. *nim-r-ub-el a-sa* du bist fett.

nim-sa und *nim-x-sa* n. synth. dick, fett.

nim-x-ter-am n. synth. hoch.

nim-x-tzejvual n. synth. dick.

nin-k (für *nim-ak*) n. gross, wohl mit etwas versehen, reich an etwas. *nin-k avu-ok* deine Füsse sind gross. *nin-k r-uch avu-e* deine Zähne sind gross, zahlreich. *nin-k ic* süsser Chile.

nin-k'e n. Festtag. *nin-k'e-il cutan* n. Festtag.

no'k n. Baumwolle, Baumwollgarn.

nub-n-u v. geschlossen. *nub-n-u tz'um-al vu-e* meine Lippen sind geschlossen.

nuj-ac v. voll werden. *ac x-nuj-ac* es ist schon voll.

nuj-e-nak n. v. voll, prall. *nuj-e-nak in-tub* meine Brüste sind prall.

nu'k v. schlucken, fressen. *x-nu'k li caxlan* die Henne hat gefressen.

num-e v. vorübergehen, überholen. *x-num-e x-cut-an li mol* die Zeit des Eies ist vorüber (d. h. es ist faul geworden).

num-ek v. vorübergehen, einen überholen. *ch-in-num-ek vuan ch-av-u* ich überhole dich und gehe vor dir.

num-si v. an etwas vorübergehen. *in-c'a n-iqu-in ix-num-si ha-che-vu-le* ich kann an diesem Baum nicht vorübergehen. *ta-num-ek in-sa* ich habe Durchfall.

num-t-a v. überholen, zu viel, zu reif werden, das Mass überschreiten. *x-num-t-a x-cut-an l-in-tul* meine Sapotes sind überreif geworden. *x-num-t-a r-iqu-il x-a-qu'e r-iqu'-in l-in-tib* du hast zu viel Chile in mein Essen gethan.

nun n. eine Frucht (piloy) (A. C.).

O.

o 1. pr. pers. 1. p. plur. wir, vgl. *la-o.* 2. n. Aguacate (Persea gratissima). 3. Verbalpräfix der nächsten Zukunft. *o-n-ic-at-i-xeb-e-si* ich erschrecke dich. *o-n-ic-at-in-rap* heute prügle ich dich noch. *o-x-c'ut* er soll sofort unterrichten.

oben n. Tamal, ein Gericht aus Maismehl und Fleisch.

oc v. eintreten. *oc-an chak* tritt ein. Als Hilfszeitwort „beginnen“: *oc chi xavu-ac* er begann zu erbrechen. *oc k'ojyin* die Nacht bricht herein. *oc vue chi pub-ac* ich gehe auf die Jagd.

ococ n. Ente (Bdt.).

oc-si-n-el n. v. derjenige, der eintritt, oder den Eintritt eines andern veranlasst.

och n. junger, unreifer Maiskolben (Elote, jilote).

ochoch n. Haus. *r-ochoch Tiox* Gotteshaus, Kirche. *ochoch pec* Höhle.

ochoy n. Gras, Futtergras.

o-il n. der fünfte.

ok n. 1. Fuss, Bein, Fussspur. *r-ok in-tz'i* die Spur meines Hundes. *r-ok vuacax* (Kuhfuss) Hure. 2. Stamm, Staude. *r-ok li che* Baumstamm. *r-ok vuaj* Maisstaude. 3. Rute, männliches Glied. 4. Tiefe, Strömung. *r-ok li ha* Strömung des Flusses. 5. Länge. *nim-r-ok* lang.

ok-ech n. Pfeiler, Stützbalken des Hauses.

ok-el pec steiniger Platz (Bdt.).

ok-el samaib sandige Stelle (Bdt.).

okoy n. grober Stoff (Ch.).

ok-ul-ul n. Schlucht, Barranco (Bdt.).

oo n. Aguacate (A. C.).

op v. zerbrechen, durchbohren, zerreissen = *hop.*

op-e v. zerrissen, durchbohrt, zerbrochen, offen sein. *x-op-e in-xab ban li ch'o* mein Schuh wurde von den Mäusen zernagt = *hop-e.*

op-o partic. offen, zerrissen = *hop-o.*

op-ol-al n. Loch, Öffnung = *hop-ol-al. x-op-ol-al vu-uj* Nasenlöcher.

oqu-eb n. v. Eingang, Eintritt. *r-oqu-eb i'k* Süden. *r-oqu-eb sak'e* Westen.

oques n. Traufe.

os-oc v. voll sein, vollenden. *os-o-k-at-bi* vollende.

os-oj-e-nak n. v. voll, vollständig, gänzlich, sehr. *os-oj-e-nak ix-chach-u chi us* es wurde ganz in Staub verwandelt. *os-oj-e-nak ch'in-a us* sehr hübsch.

ox n. eine essbare Aroidee (Colocasia esculenta).

ox-ab-er adv. in 3 Jahren.

ox-jach n. synth. der 3. Teil.

ox-i-chal n. synth. zu dreien.

ox-il n. der dritte. *r-ox-il r-uj v-u'k* der Mittelfinger.

oy v. ausgiessen = *hoy.*

P.

pab v. gehorchen, glauben. *ch-a-pab* gehorche!

pab-am-an v. gehorcht.

pac'-ab v. mit der Mündung aufwärts richten, auf den Rücken legen. *x-in-pac'-ab l-in cuc* ich stellte meinen Krug aufrecht. *ch-in-pac'-ab vu-ib* ich lege mich auf den Rücken.

pa'c-al n. 1. Seite. *jun-pa'c-al* auf einer Seite. 2. (Bdt.) Schild.

pa'c-al-il n. Seite.

pa'c-p-o partic. auf dem Rücken, mit der Mündung nach oben. *pa'c-p-o n-in-vuar* ich schlafe auf dem Rücken.

pach n. Augenblick. *jun-pach* sofort, schnell.

pachi n. Filzlaus (A. C.).

pachach n. Küchenschabe (Cucaracha).

pa'ch n. flach eingedrückt, gequetscht. *pa'ch av-uj* deine Nase ist platt.

pa'ch-ab v. sich ducken, wie eine Katze, flach machen. *ch-in-pa'ch-ab vu-ib* ich ducke mich.

paj-in-k r-e v. begiessen.

pak n. *vuapinol* (Name der Yamswurzel in Cajabon).

pa'k v. eröffnen, wegsam machen. *t-in-pa'k jun im-be* ich öffne mir einen Weg.

pa'k-b-il n. v. ausgegraben. *pa'k-b-il ch'o'ch* Lehmziegel, Thonfigur, Idol.

pak-o v. tragen. *t-in-pak-o chi-x-ben in-tel* ich trage auf meiner Schulter.

pak-ol xan n. Ziegelmacher.

pala'cte sa vu-it X-Beine, Beine, die sich mit den Knieen berühren.

palau und *palauh* n. See, Meer.

pam n. Bauch.

pan n. Arzneimittel = *ban.*

pan-l-eb n. Arznei, Brechmittel = *ban-l-eb.*

pan-oc v. gesund, machen, heilen, zaubern. *yo-qu-in chi-pan-oc c'an-ti* ich bezaubere die Schlangen.

pan-un-el n. Arzt, Zauberer = *ban-un-el.*

pap n. Elster (Ch.).

par n. Stinktier (Mephitis).

pas v. falten, zusammenlegen.

pas r-u v. falten.

pas-b-al n. v. um zu falten.

pas-e v. gefaltet werden.

pas-pan n. Name der Yamswurzel in Coban (Dioscorea sp.)

pas-p-o partic. gefaltet.

pat n. Augenblick. *jun-pat r-oqu-icsak'e* kurz nach Sonnenuntergang.

pata n. Guayava.

pat-ak n. eine kurze Zeit. *il-an-k jun-pat-ak* ruhe ein Weilchen aus. *jun-pat-ak chic* in kurzem.

pat-u v. reiben. *ch-in-pat-u a-jol-om* ich will deinen Kopf reiben.

pa'tz v. fragen.

pa'tz-e v. gefragt werden.

pa'tz-on v. gefragt worden sein; frage!

pa'tz-on-el n. v. der Fragende.

pax n. Binde.

pay r-e v. auftragen, beauftragen.

pec n. Stein.

pec-r-u n. synth. steinig.

pe'ch v. abkörnen, aushülsen. *t-in-pe'ch l-in-quen'k* ich hülse Bohnen aus.

pech'-e v. reissen, zerrissen werden. *x-pech'-e li-vu-a'k* mein Kleid ist zerrissen.

pel-pel n. Frosch.

pemech n. Muschel.

pepem n. Schmetterling.

pequem n. Stirn. *r-ism-al pequem* Augenbraue.

peren n. Hahnenkamm. *x-peren caxlan.*

petet n. Spindel.

pic v. 1. mit einem Saum versehen. 2. wühlen, umgraben. *ch-in-pic vuan r-uch vu-e* ich reinige meine Zähne (mit dem Zahnstocher). *yo chi-x-pic-b-al li ch'o'ch li ak* die Schweine wühlen die Erde auf.

pic-b-al n. v. um aufzugraben.

pic-b-il n. v. gesäumt.

pic-oc v. säumen, mit einem Saum versehen.

pich n. Specht (Carpintero).

pim n. dick, Dickicht, Gestrüpp, Unkraut, Gras, Wald. *sa pim* in den Wald.

pim-al n. Dicke. *x-pim-al* seine Dicke, Unwegsamkeit.

pis-b-al n. v. um zu wägen.

pis-l-eb n. v. Wage.

pis-m-an partic. gewogen.

pis-oc 1. v. wägen, messen. *t-in-pis-oc r-e* ich wäge es. 2. ein Löffel voll. *ca pis-oc* zwei Löffel voll.

pitz-oc v. springen, hüpfen.

pix 1. n. Tomate (Lycopersicum sp.). 2. v. knüpfen, Knoten schürzen. *ch-in-pix vuan in-c'am* ich mache Knoten in meine Schnur.

pix ac'ach n. die fleischigen Anhänge des Truthahnkopfes.

pix-p-o partic. geknüpft. *pix-p-o l-in-c'am* die Schnur hat Knoten.

po 1. n. Mond, Monat, Menstruation der Frauen. 2. v. runzlig werden, sich verziehen, zornig werden. *x-po r-il-ob-al* sein Gesicht ist runzlig geworden. *x-po r-ok in-ch'i'ch* das Heft meines Messers ist locker geworden. *x-po x-tz'um-al vu-e* mein Mund hat sich verzogen.

po'ch 1. v. zermalmen, zerquetschen. *ch-in-po'ch vuan* ich zermalme. 2. n. eine Art Tamal aus Maisbrei allein.

poch'-oc v. zermalmen.

po-ic r-u v. grün oder violett werden, zornig werden.

poj 1. v. nähen, 2. n. Eiter.

poj-e v. genäht werden.

poj'c-oc v. abgleiten, sich loslösen. *x-poj'c-oc x-ba'c-b-al in-sa* mein Leibgurt ist herabgeglitten. *yo chi poj'c-oc* es löst sich ab.

poj-l-eb n. Naht, Nähterei.

poj-on-el (für *poj-b-al?*) n. Schneider, Nähterin.

poj-vuel n. Eiter.

pok ha n. Dampf *(x-pok li ha)*.

pok-s n. Staub, Mehl.

poks-o v. zerstauben, zu Staub oder Mehl werden. *ix-poks-o li vu-ix-im* mein Mais wurde zu Mehl.

po'k s. *pu'k*.

pom 1. n. Kopal. 2. v. braten, rösten. *ch-in- pom vuan li tib* ich will das Fleisch braten.

pom-b-il n. v. gebraten. *pom-b-il tul* gebratene Banane.

pom-ik v. Kopal verbrennen, mit Kopal räuchern. *t-in-pom-ik* ich räuchere.

poot n. Huipil, Weiberhemd.

pob n. Binsenmatte (Petate).

pop-ol cab. Gemeindehaus.

pospoy n. Lunge des Schlachtviehs (Bdt. *pospooi*).

pox n. grosse Anone.

puak n. Geld (Bdt. Ch.).

pub n. Schuss.

pub-ac v. schiessen.

pub che n. Blassrohr.

puc-b-al n. v. Quirl = *buc-b-al*.

pu'c s. *pu'k*.

pu'ch-e v. gewaschen werden. *ac x-pu'ch-e r-u* es ist schon gewaschen.

pu'ch-l-eb n. v. Wäscheplatz, Waschstein.

pu'ch-un-el und *pu'ch-on-el* n. v. Wäscherin.

pu'ch-uc v. waschen. *yo-qu-in chi pu'ch-uc* ich wasche gerade.

puj n. Bauch, Eingeweide.

pujuy n. Ziegenmelker (Caprimulgidae).

pu'k (Var. *pu'k, puc, pu'c*) v. aufschneiden, herausschneiden, ausweiden, zum Platzen bringen. *t-in-pu'k a-xul-ain* ich weide dieses Tier aus.

pu'k-b-il (puc-b-il) n. v. ausgeweidet.

pu'k-e v. platzen. *ac x-pu'k-e* es platzte schon.

pu'k-r-it v. kastrieren. *t-in-pu'k r-it li ak* ich kastriere das Schwein.

pu'k-ul-ul n. Schnitt, Schnittwunde.

pumuy n. wilde Taubenart, s. *ch'in-a pumuy*.

punit n. Strohhut.

pur n. Süsswasserschnecken der Gattung Melania, welche als Fastenspeise dienen.
purux-i v. Tortillas einweichen. *purux-i x-vua in caxlan* mache mir Posol für meine Hühner.
putz-uc v. zaubern (vgl. *pus* der Qu'iché-Sprachen).

Qu.

que n. kalt, Kälte, Eis, Schnee; als v. kalt sein. *que na-vu-ec'a* ich fühle kalt. *que li cut-an* der Tag ist frostig.
que v. mahlen. *t-in-que sa chak-i* ich mahle trocken.
que-b-il n. v. gemahlen.
que-e v. gemahlen werden.
que-ek v. mahlen.
que-el n. Kälte. *que-el-a* kaltes Wasser.
quej n. Reh.
quel 1. n. alt (von Dingen). 2. v. strecken, ausdehnen, ziehen.
quel-o v. ausdehnen, ziehen. *x-in-quel-o li c'am* ich strecke die Schnur. *x-in-quel-o chi x-poot* ich zog sie am Huipil.
quel-on-k v. ziehen.
quem n. Gewebe. *x-quem am* Spinngewebe.
quem-el-eb n. Webstuhl.
quem-on-el n. Weber, Weberin.
que-n-el n. Müllerin.
quen'k n. Bohnen (Frijol), Nieren.
que-re-si v. abkühlen, sich fächeln. *ch-in-que-re-si vuan v-u* ich fächle mein Gesicht.
que r-u feucht.
quet v. schlagen, stossen. *x-in-ix-quet* er stiess mich.
qui n. süss.
quim v. def. sich nähern. *quim ar-in* komm hierher.
qui-o (für *que-o*) v. erkalten. *x-qui-o li u'k-un* der Atole wurde kalt.
qui-oj-ic v. erkalten. *yo-x-qui-oj-ic li u'k-un* der Atole wird kalt, ist im Erkalten begriffen.
quir-ic v. sich öffnen, aufblühen. *yo x-quir-icli-k-u-tz'uuj* unsere Blumen sind am Aufblühen.
quir-qui-si v. schütteln. *ch-in-quir-qui-si vuan li vu a'k* ich schüttle meine Kleider.
quis n. Darmgase, Wind, giftiger Saft, den die Kröten ausspritzen.
quis-ic v. Winde entweichen lassen.

Qu'.

qu'e v. geben, legen, hinzufügen, übergeben. *qu'e r-e a-na* gieb es deiner Mutter. krank werden. *qu'e jun-ak im-po* ich werde für einen Monat unwohl sein (wörtlich: es giebt mir für einen Monat). *x-qu'e x-ban l-in-tz'i* ich bin von meinem Hund vergiftet worden.
qu'e atin v. sich verpflichten. *x-in-qu'e vu-atin-r-e* ich habe mein Wort dafür gegeben, mich dazu verpflichtet.

que'-al (ix) die Übrigen (A. C.).
qu'e ch'o'ch v. die Pflanzentriebe mit Erde versehen, Erde hinzugeben.
qu'e et-al v. bezeichnen. *qu'e r-et-al ar-an* bezeichne es dort.
qu'e-m-an v. hinzufügen. *ac x-qu'e-m-anch'o'ch chi x-ton li-vuaj* man hat die Maisstauden mit Erde versehen.
qu'en und *qu'een* n. Kraut, Blatt.
qu'es n. rauh = *k'es.*
qu'e tzimaj v. schiessen, abschiessen. *ch-in-qu'e vuan l-in-tzimaj* ich will meinen Pfeil abschiessen.
qu'e xam-l-el v. Feuer anlegen.
qu'e x-ben v. hinzufügen, vermehren.
qu'i 1. n. viel, sehr. *qu'i x-tik* sehr heiss. *qu'i heb li tinamit* viele Leute. 2. v. wachsen. *x-in-qu'i* ich bin gewachsen.
qu'ib n. Tacaya-Palme.
qu'i-c v. wachsen. *yo x-qu'i-c* es ist gewachsen. *ac x-c'am ix-qu'ic* sie ist schon mannbar, hat schon ihr Alter.
qu'i'c und *qu'ic* n. Blut.
qu'i'c che n. 1. Pitahaya, eine Art Feigenkaktus mit rotsaftigen Früchten. 2. Kautschukbaum.
qu'iqu-el n. Blut.
qu'i'c sa n. blutiger Stuhl, rote Ruhr.
qu'i-che n. Wald.
qu'i-che ak n. Wildschwein, Jabali.
qu'i-che tzul n. Wald (Bdt.)
qu'il n. Comal, thönerner Röstteller für die Maiskuchen.
qu'i-l-a adj. viel, zahlreich, stark. *qui-l-a tenamit* viele Leute. *qu'i-l-a vua* oftmals. *qu'i-l-a sib* starker Rauch.
qu'il-i v. rösten. *qu'il-i chak* röste mir. *ch-in-qu'il-i vuan li ix-im* ich will den Mais rösten.
qu'il-in-b-il n. v. geröstet. *qu'il-in-b-il tul* geröstete Banane.
qu'il quej n. Zenzonte, ein Singvogel.
qu'im n. Stroh.
qu'im-il n. Stroh. *qu'imil cab* Haus mit Strohdach, Rancho.
qu'i-ok (für *qu'e-ok*) v. geben. *la-in t-in-qu'i-ok ch-e-yuk-m-i* ich lasse von Hand zu Hand gehen.
qu'ipc-o partic. gebückt, mit erhöhtem Hintern. *qu'ipc-o r-it.*
qu'ir-a v. gesund werden. *toj x-in-qu'ir-a sa yaj-el* erst jetzt erholte ich mich von meiner Krankheit.
qu'ir-am v. gesund sein. *x-qu'ir-am* er ist gesund.
qu'i-re-sin-k v. wachsen machen, züchten, erziehen.
qu'ix 1. n. Dorn. 2. v. losbinden. *x-qu'ix r-ib in-xul* mein Reittier hat sich losgemacht.
qu'ix aj-u'ch n. Stachelschwein.
qu'ix-b-il n. v. losgebunden.
qu'ix-ok r-e v. losbinden.

R.

r pr. poss. 3 pers. sing. v. Vokalen. *r-och-och* sein Haus.

ra 1. n. und v. Schmerz, es schmerzt. *ra x-cho'l* traurig (wörtl. sein Herz schmerzt ihn). *ra na-x-ban-u vu-e l-in-bel-om* mein Mann macht mir das Leben sauer (vgl. *ra-ra* und *ra-il*). 2. n. def. begehren, wollen, lieben. *n-in-ra a-xk-al-ain* ich liebe dieses Mädchen.

ra-al n. Falle. *in-ra-al* mein Fangapparat.

ra-b-al n. v. Liebe. *t-in-c'am ra-b-al jun-ak ixk* ich habe ein Liebesverhältnis mit einer Frau.

rab-in n. Tochter des Mannes. *in-rab-in* meine Tochter.

raj v. def. dient als Partikel zur Herstellung präteritaler Zeitformen des Verbs. *la-in raj neba-in vuit-in-c'a x-in-c'an x-in-c'an-j-el-ak* ich wäre arm, wenn ich nicht gearbeitet hätte.

raj-l-al cut-an adv. täglich.

rak v. versteigern, gegen bar verkaufen. *ac x-in-rak* ich habe es schon versteigert.

rak-al n. Summe, Quantität. *jun-rak-al chic* noch ein Quantum. *li-jun-rak-al chic* die andere Welt.

rak-ol n. Händler. *rak-ol xab* Sandalenhändler.

ra-il n. Schmerz. *ra-il u* Augenkrankheit.

ra-il ch'ol-ej n. Traurigkeit.

ra-il-al n. Schmerz.

ra-l-el n. Falle, Fangapparat. *ra-l-el xul* Tierfalle.

ram-l-eb n. v. Schild.

ram-ok v. den Weg versperren, den Lauf unterbrechen.

rantin n. Schleuder. *l-in-rantin t-in-cut-uc vui* mit meiner Schleuder werfe ich (Bdt: Lanze).

ra-o v. schmerzhaft, traurig werden. *na-ra-o sa in-ch'ol* ich werde traurig.

ra-ok v. lieben (Bdt: Liebe).

ra-om v. geliebt, Geliebter, Geliebte.

rap v. schlagen.

rap-b-il geschlagen.

ra-ra n. und v. schmerzhaft, beissend, es schmerzt, beisst. *ra-ra l-in-sa* ich habe starke Leibschmerzen. *ra-ra r-iqu-il x-a-ban-u* du hast es mit Chile stark gewürzt. *ra-ra na-ti-u xak li la* die Blätter des Chichicaste brennen stark.

ra re- (ra-ra? ra-r-e?) n. beissend, bitter (Bdt). *ra-re ch'o'ch* Bittererde, Alaun.

ra-r-o partic. geliebt. *ra-r-o in-yu-vua* mein geliebter Vater.

ra-r-ok n. synth. hinkend (wörtl. das Bein schmerzt). *a-vu-le ra-r-ok* er hinkt.

rax n. grün, blau, frisch, unreif, zart, heftig. *rax car* frischer, ungesalzener Fisch. *rax ch'i'ch* Kupfer. *rax qu'iche* Wald. *rax ic* grüner Chile. *rax-i'k* starker, rauher Wind. *rax que* Wirbelsturm. *rax quen'k* zarte, halbreife Bohnen. *rax tul* n. Ingerto-Frucht. *rax u'k-un buch* posole (Bdt). *rax vuolay* Klapperschlange (Bdt). *rax yac* Fliege.

rax rax sehr grün. *rax-rax r-u li ha-vuaj* unsere Maisstauden sind noch ganz grün.

r-e pr. synth. dem. es, ihm. *r-e-an* und *r-e a-vu-le* für ihn.

r ..... eb pr. poss. der 3. p. plur. vor Vokalen. *r-u-eb* ihr Auge.

rebe n. Querbalken zum Thürverschluss.

r-ech pr. synth. für ihn, für es. *r-ech c'an-j-el-ac* um zu arbeiten. *r-ech-eb an* und *r-ch-eb a-vu-le* für sie.

repex n. Flecken, Rötung, Ausschlag. *repex x-na'k av-u* du hast Flecken im Gesicht.

repex-al n. Flecken. *repex-al v-u* mein Gesichtsausschlag.

r-iqu'-in mit ihm, vermittelst. *r-iqu'-in-eb* mit ihnen.

ri'ch-mul n. Sehnen, Nerven. *li ri'ch-mul in tzejvual* meine Nerven.

rob-te-si v. züchtigen, strafen. *ac x-rob-te-si* er ist schon bestraft.

rob-te-si-n-k v. strafen. *t-in-rob-te-si-n-k r-e* ich züchtige ihn.

rop-r-ot v. glänzen. *na-rop-r-ot r-u* es glänzt.

r-u pr. dem. synth. dient als allgemeines Objekt, „er, sie, es" bei transitiven Verben.

ru v. bereit sein, können. *ac x-in-ru* ich bin schon bereit. *ma-x-at-r-u* bist du bereit. *in-c'a x-ru x-in-vua-ak la-in* ich konnte nicht essen. *in-c'a na-ru n-in-il-oc* ich kann nicht sehen.

r-ub-el unter ihm. *r-ub-el-eb* unter ihnen. *r-ub-el ch'at* unter dem Bett. *r-ub-el ch-a-qu'e* lege es darunter.

rub-rub n. sauer.

r-uch-b-en mit, in Begleitung.

r-uch r-e n. synth. die Zähne. *ma c'a r-uch r-e* er hat keine Zähne.

ru-k v. passen, konvenieren. *in-c'a vui-ta-ru-k* das passt mir nicht.

rum n. Jocote-Baum und Jocote-Frucht (Spondias sp.).

rum max n. Jobo-Baum.

ru-x-c'ul genügen. *ru-x-c'ul a-ca-eb-an* diese beiden genügen.

S.

sa 1. n. Bauch, Eingeweide, Höhlung, Inneres einer Sache. 2. präp. in, auf, zwischen. *sa be* auf dem Wege. *sa a-ben* auf dir (auf deinem Kopf). *sa eb-li-cab* zwischen den

Häusern. 3. n. gut, schmackhaft, gesund, heiter. *sa in-ch'ol* ich bin gesund.

sa an-il rennend. *s-a vu-an-il t-at-xic* im Laufschritt gehst du.

sa ben auf. *sa in-ben* auf mir.

sab ha und *sab-a* n. kotige Stelle, Sumpf, Pfütze.

sa'c v. schlagen. *b-at-in-sa'c* dass ich dich nicht schlage. *na-sa'c co'c-i'k ar-in* es zieht hier (Windzug).

sa'c-l-eb i'k n. Süden.

sa'c-ok v. schlagen.

sach v. vergessen, verzeihen, ausgeben, sich täuschen, nicht aufpassen. *x-sach sa in-ch'ol* ich vergass, ich täuschte mich.

sach-e v. ausgegeben werden.

sach-l-eb n. v. Ausgabe, Unkosten.

sach-oj v. ausgeben, verschwenden. *tzac sach-oj tumin chi-r-u* er ist verschwenderisch (er giebt gerne Geld aus).

sach-r-aj v. sich verlieren, verirren. *x-in-sach-r-aj sa-be* ich habe mich unterwegs verirrt.

sach'-o guten Tag (A. C.).

saj-al n. kleiner Knabe (Bdt.).

saj-cab n. Gips, Kreide (Bdt.) = *sak-cab*.

sa-jun-pat n. synth. in einem Augenblick, plötzlich.

saj-xka-al n. kleines Mädchen (Bdt.).

sa-il n. der gute Zustand. *sa-il ch'ol-ej* Gesundheit, Freude, gute Stimmung, Gruss.

sa ixk n. Gebärmutter. *ix-sa li ixk.*

sak n. weiss, hell, klar.

sak-al n. Weisse. *x-sak-a-li-mol* das Eiweiss.

sak-bach n. Hagel.

sak-cab n. Honig, Süssigkeit, weisse, essbare Erde.

sak'e (von *sak-k'e*) n. Sonne, Hitze.

sak'e-il n. Trockenzeit.

sak'e-u v. Tag werden, hell werden. *sak'e-u r-e* es wird Tag.

saki-bak n. Messer (A. C.).

sakiquil n. weisser Reiher.

sak-lum n. Töpferthon (Bdt.).

sak-oj-ic v. weiss werden.

sak-ob-re-si r-u v. weiss machen.

sak-ob-re-si-n-k r-e v. weiss färben.

sak-o r-u v. weiss gefärbt werden.

sak r-u n. weiss, klar, durchsichtig, sauber.

sak sak n. ganz weiss. *sak sak x-na'k av-u* du hast ganz weisse Augen.

sal n. 1. Rückseite, das Umgewendete. *ch-in-suk'-is vuan ch-ix-sal li vu-a'k* ich wende mein Kleid um. 2. schuppiger Ausschlag, Schuppengrind.

sal-ab n. umwenden, nach der Seite hin drehen. *ac sal-ab r-ib* es hat sich nach der Seite gedreht.

sal-b-a v. schuppengrindig.

sal r-ix n. jiote (eine mit Schuppenbildung verbundene Hautkrankheit).

sal mich n. der Fisch „robalo“.

sal-s-o partic. von der Seite, auf die Seite gewendet. *sal-s-o r-ix* den Kopf auf die Seite gezogen, Torticollis.

sal-tul n. Sapote (Lucuma spec.).

sam n. Nase, Nasenschleim. *x-el in-sam* mein Nasenschleim kommt heraus. *x-sam ac'ach* fleischige Anhänge des Truthahnkopfes.

samaib und *samahib* n. Sand.

sanc n. Ameise.

sa nim rechts. *sa-i nim* zu meiner Rechten.

sa ok n. Fusssohle.

sapitan die Landschnecke Glandina fusiformis Pfr. (Morelet).

sa r-ama'k-il tenamit vor dem ganzen Volk, öffentlich.

sa rebol n. Querbalken des Hausdaches.

sa r-el-eb sak'e Osten, bei Sonnenaufgang.

sa roqu-eb sak'e Westen, bei Sonnenuntergang.

sas n. dickflüssig. *sas li u'kun* der Atole ist dick.

sa-sa n. 1. Leber. *sa in-sa* meine Leber. 2. sehr gut, sehr schmackhaft. *sa-sa li x-tz'un-un-qu-il* es riecht sehr gut.

sa-s-eb n. Leber (Bdt.).

sas-o v. dickflüssig werden.

sa tak-a in der Tiefe.

sa tz'e links. *sa in-tz'e* zu meiner Linken.

sa tel n. synth. Achsel. *sa in-tel.*

sa u'k n. synth. Handfläche. *sa v-u'k.*

sa us-il-al sanft.

sa-x-ben auf, hinauf. *sa-x-ben ch-a-qu'e* lege es hinauf.

sa x-cab zum zweitenmal. *x-at-sum-l-a sa x-cab* du hast zum zweitenmal geheiratet.

sa-x-cotz cab im Winkel.

sa xuc an der Ecke.

sa x-yank zwischen. *sa x-yank-eb-an* zwischen ihnen.

sa x-yi in der Mitte. *sa x-yi t-a-qu'e avu-ib* stelle dich in die Mitte.

sa yi-jach halbvoll, vom Mond (wörtlich: halbiert).

say n. Binse „tul“, aus welcher die Binsenmatten geflochten werden.

se = *sa* sub 2. (Hervas *ze chossa* im Himmel = *se choxa*).

seb n. leicht.

seb-a v. sich beeilen. *s. vui avu-ib* beeile dich (A. C.).

seb-ok v. leichter machen. *ch-in seb-ok vuan v-ik* ich will meine Last erleichtern.

seb-s-ot v. leichter, ruhig werden. *na-seb-s-ot sa in-ch'ol* es wird mir leichter ums Herz.

se'c n. Geschirr, Topf.

se-ec v. lachen. *x-in-se-ec la-in* ich lachte.

sel n. Kalebasse (Bdt.).

selepan n. Pfefferfresser (A. C.).

serak-ic v. schwatzen, plaudern. *yo-qu-in chi serak-ic* ich plaudere.

set n. zernagen, zerfressen, sägen. *ix-set in xab li ch'o* die Maus hat meine Schuhe zerfressen.

set-b-al n. v. Säge. *set-b-al che* Baumsäge.

si 1. n. Brennholz. 2. v. schenken. *si chi oc vu-e* schenke es mir.

sian n. Verwandter (Bdt.).

sib n. Rauch.

sib-el n. Rauch.

sib-te-e v. angeraucht werden.

sic-s-ot v. zittern.

si'c v. 1. suchen, in Nachfrage stehen (auf dem Markte). *ch-in-si'c vuan r-u'k l-in-xul* ich suche mein Tier auf Ungeziefer ab. 2. sich verdingen. *n-in-si'c vu-ib* ich bin Tagelöhner. 3. Stamm: rauchen (fast wie *sig* lautend).

si'c-b-al n. v. Nachfrage (auf dem Markte). *cau ix-si'c-b-al sa c'ay-il* es ist sehr begehrt auf dem Markte.

si'c-oc v. suchen.

si'c-l-eb n. v. Tabakspfeife (fast wie *sigleb* lautend).

si'c-l-in-el n. Raucher (fast wie *sig-l-in-el* lautend).

siij n. Kohle (Bdt.).

sihk n. böse (Hervas: *ze sihk: da cose cattive*).

si'k v. sich verdrehen, verletzen. *x-in-si'k in-jol-om* ich fiel auf den Kopf (und verletzte ihn). *x-in-si'k vu-ok* ich verrenkte mir den Fuss.

si'k-ir v. lahm werden, verletzt werden. *ix-si'k-ir v-u'k* meine Hand ist (infolge einer Verletzung oder Quetschung) lahm geworden.

sip n. 1. Schwellung. 2. Zecke (weil sie durch das ausgesogene Blut anschwillt). *sip li vu-ok* Elephantiasis.

sip-il-al n. Schwellung (A. C.).

sip-o v. anschwellen.

sip-k n. Zecke (Bdt.).

si-r-e v. schenken = *si* sub 2.

sir-s-o partic. rund, scheibenförmig.

sis n. Rüsselbär.

sison n. Schmarotzerinsekt (piojillo) (A. C.).

sob-e v. einsinken. *ix-sob-e vu-o'k sa sul-ul* mein Fuss sank im Kote ein.

soc n. Nest, Lager, Unterlage. *x-sok tz'ic* Vogelnest. *ix-soc vu-ix* das Kissen auf dem Rücken unter der Last. *x-soc in-jol-om* Kopfkissen.

so'k und *sok* n. Netz, Lastnetz.

sosol n. Sopilote (Cathartes atrata).

sot-la-a v. sich niederlegen. *ac x-in-sot-l-a* ich bin schon zu Bette.

so'tz n. Fledermaus.

su n. 1. Kalebasse. 2. Kropf.

sub v. sich in etwas hinein begeben, sich abmühen. *yal x-a-sub avu-ib* du hast dich umsonst angestrengt.

sub-e v. untertauchen. *x-in-sub-e sa ha* ich tauchte im Wasser unter.

su'k-i v. zurückkehren, umdrehen. *ac su'k-i li-xul* mein Pferd ist gewendet.

su'k-ik und *suk-ik* v. zurückkehren. *t-in-su'k-ik* ich kehre zurück.

su'k-is v. 1. sich unterwerfen, wälzen, umdrehen. *t-in-su'k-i-s vu-ib t-r-u ch'at* ich wälze mich im Bett. 2. sich verwandeln. *ha-li putz-un-el na-su'k-is r-ib chi ma-us* der Zauberer verwandelt sich in ein böses Tier. 3. wenden, umdrehen. *ch-in-su'k-is vuan chi x-sal li vu-a'k* ich wende mein Kleid.

su'k-u-si v. verwandelt werden. *x-su'k-us-i r-ib l-ix-vua* das Mehl veränderte sich.

su'k-u-si-n-k v. wenden, zurückstreichen, eine andere Richtung geben.

sul-ul n. Kot.

sum-al n. Paar. *ca-sum-al* zwei Paare.

sum-e v. gegeneinander stossen, aufeinander treffen. *na-x-sum-e r-ib r-uch r-e* die Zähne klappern ihm (stossen aufeinander).

sum-l-ac v. sich verheiraten. *ha-li-sum-l-ac* die Verheirateten.

sum-s-u partic. verheiratet. *sum-s-u-qu-in* ich bin verheiratet.

sum-su-qu-il n. v. der verheiratete Zustand. *sum-s-u-qu-il ixk* verheiratete Frau, Gattin. *sum-s-u-qu-il vuink* verheirateter Mann, Gatte. *sum-un-k* = *tz'un-un-k* v. riechen, Geruch ausströmen, Geruch.

sur-s-u partic. rund (rad- oder scheibenförmig); voll (vom Mond).

sur-ub v. sich abrunden. *x-sur-ub r-ib* es ist rund geworden.

sur-ub-an-qu-il n. v. Rundung. *yo x-sur-ub-an-qu-il* es rundet sich ab.

sur-ul n. Rad.

sut 1. n. Tuch. 2. v. sich schneuzen. *ch-in-sut in-sam* ich schneuze meine Nase.

su'tz-ul n. Ceder (Bdt.).

T.

t Verbalpräfix der Gegenwart vor Vokalen. *t-at-chal-k* du kehrst zurück, vgl. *ta*.

ta Verbalpräfix der Gegenwart vor Konsonanten. *la-in ta-vu-il-vu-ib* ich betrachte mich. *ha an ta-vuar-k* er schläft.

tab n. Stirnband des Tragriemens für die Lasten (Mecapal).

ta'ch-ab r-u v. sich abflachen, gleich, eben werden.

ta'ch-t-o und *ta'ch-t-o-r-u* partic. abgeflacht, der flach auslaufende Hang eines Berges.

tak 1. Stamm: absenden, eine Botschaft schicken, vergl.

aj-tak. 2. Stamm: hinaufsteigen, voll werden von etwas, vgl. *tak-e.* 3. Stamm: nass, vgl. *tak-re-si* und *tak tak.*

taka n. Ebene, Plano, Thal.

tak-e v. hinaufsteigen, heraufkommen, wachsen. *x-tak-e chak* er kam herauf. *ac x-tak-e li pim* das Gestrüpp ist gewachsen. *x-tak-e r-u in-tzej vual* mein Körper ist Flecken.

tak-ec v. hinaufsteigen. *ch-in-tak-ec vuan chi-x-ben a-che* ich will auf diesen Baum steigen.

tak-ek adv. oben hinauf, aufwärts. *yo-qu-in chi cay-an-qu'il tak-ek* ich blicke aufwärts.

tak-e-nak n. v. geneigt, überlehnend. *tak-e-nak jun pa'c-al* er neigt auf eine Seite.

tak-en-k r-e v. folgen, verfolgen.

tak-ic v. sich neigen. *yo x-tak-ic jun pac'al* er neigt auf die Seite.

tak-l-a v. einen Befehl erhalten, gesandt werden. *x-in-ix-tak-l-a li ka-vua* unser Herr schickt mich.

tak-l-an-el derjenige, der befiehlt, oder sendet.

tak-l'-an-k v. senden.

tak-l-an-qu-il n. Auftrag, Botschaft.

tak-l-an-qu-il n. v. Auftrag, Sendung, Botschaft.

tak-re-si v. nass machen, begiessen. *chi-in-tak-re-si vuan sa vu-ochoch* ich begiesse das Innere meines Hauses.

tak-re-si-n-k r-e v. nass machen.

tak-si v. erheben, hinaufheben, steigen machen. *x-tak-si x-jol-om li c'an-ti* die Schlange erhebt ihren Kopf. *ch-in-tak-si l-avu-ik* ich will dir deine Last heben.

tak-si-c v. heben = *tak-si.*

tak-tak ganz nass.

ta-l-i v. eingeholt werden. *ac x-ta-l-i* er ist schon eingeholt.

tan-a part. vielleicht (A. C.).

tan-ab v. fallen machen. *t-in-tan-ab sa xic in-jol-om* ich lasse mein Haar auf's Ohr fallen.

tan-e v. fallen. *x-tan-e li r-u* die Früchte fallen (von den Bäumen).

tan-e-k v. fallen. *ta-tan-e-k li cab* das Haus stürzt ein.

tan-e-nak n. v. gefallen, gesenkt. *tan-e-nak x-jol-om* gesenkten Hauptes.

tan-t-o partic. gefällt. *tan-t-o a-che-vu-le* jener Baum ist gefällt.

ta-oc v. finden, antreffen, verstehen.

tap n. Krebs.

tas-al n. Faltung, die Lage (Tuch, Papier etc.), Flügel (der Thür).

tatz r-e taubstumm.

ta-u und *ta-uh* v. finden, antreffen, verstehen, holen, zustossen. *sa jun-pat ix-ta-u x-cam-ic* er starb plötzlich (in einem Augenblick fand er seinen Tod). *ta-u chak* hole mir es. *nab-al li-mul x-ta-u r-ib* viel Unrat hat sich aufgehäuft.

ta-uh· x-yal-al verstehen.

tavu-a v. verletzt werden, abgenützt werden. *x-in-tavu-a* ich wurde verletzt. *ix-tavu-a r-in l-in-c'am* das Seil nützte sich ab. *x-tavu-a x-ben vu-ak* meine Kniee sind wund.

tavu-aj-e-nak n. v. Verletzung.

tavu-aj es ist notwendig. *tavuaj tavuaj naj xul at elk* (p. 93) gerade zur rechten Zeit bist du noch gekommen (es war sehr notwendig, dass du kamst. *vuan tavu-aj raj ru lain* ich bedarf.

tavua-si v. misshandeln. *x-in-ix-tavu-a-si* er hat mich gemisshandelt. *ix-tavu-a-si l-in-c'am* mein Seil hat sich durchgerieben. *x-in-tavu-a-si vu-ib* ich habe mich verletzt.

tavu-a-si-om n. v. Verletzung. *ix-tavu-a-si-om xab* Druckverletzung durch den Schuh, Hühnerauge.

te v. öffnen, auflösen. *x-te x-bac-b-al in-sa* mein Leibgurt löste sich auf.

te-b-al n. v. um zu öffnen.

tel n. Schulter, Arm (Bdt. und A. C.: *tel-b*).

tel ch'ol verwitwet, vgl. *aj-tel ch'ol.*

tel-om n. Mann, Knabe, männlich (im Gegensatz zu weiblich) *ma ixk ma tel-om* ist es ein Mädchen oder ein Knabe.

tem n. Bank.

tem-b-al n. Keule. *x-tem-b-al ch'o'ch* Erdstampfer, Handramme zum Feststampfen der Erde.

tenamit und *tinamit* n. Dorf (vom mexik. tenamitl).

tenka v. helfen, unterstützen. *t-in-tenka li v-uch-b-en chi ik-an-k* ich helfe meinem Gefährten beim Laden.

tenka-n-k v. helfen. *t-o-tenka-n-k r-e* wir helfen ihm.

ten-t-o partic. kleiner Hügel (für *tem-t-o*).

tequen n. Blattschneiderameise (Sompopo, Atta fervens (Bdt.).

ter Stamm: hinaufsteigen.

ter-am adv. oben, hinauf. *naj x-ter-am* es ist hoch oben.

ter-t-o partic. gestiegen, hoch. *ter-t-o x-tzak* der Preis ist gestiegen, es kostet viel.

te-t-o partic. offen.

tib 1. v. Fleisch, Essen, Nahrung. 2. v. beissen, schmerzen. *tib in-jol-om* der Kopf schmerzt mich.

ti-b-al n. v. um zu beissen. *ch-in-ti-b-al.*

tic n. gerade, geradlinig.

tic-o v. gerade werden. *x-tic-o.*

tic-ob-re-si v. gerade machen.

ticx n. Kleid, Tuch.

tich v. stossen. *ch-at-in-tich chi vu-ok* ich stosse dich mit der Fussspitze.

ti-e v. gebissen werden.

tik n. Hitze. *tik li sak'e* die Sonne brennt heiss. *que tik* Frost und Hitze, Wechselfieber.

tikak hinauf (Bdt.) = *taka.*

tikek hinauf (Bdt.) = *takek.*

tik-ib v. ankleiden. *n-in-tik-ib vu-ib* ich kleide mich an.

tik-ib-an-qu-il n. v. Kleidung.

tik-il tuj ixk Jungfrau (Bdt.).

tik-ob n. Schweiss.

tik-ob-ac v. schwitzen.

tik-vual x-cux ha heisse Quelle.

til v. sich fangen, hängen bleiben. *ix-til.*

tim-il adv. langsam. *tim-il yo-qu-ex* ihr seid langsam.

tim-il tim-il nach und nach, langsam, im Schritt. *tim-il tim-il n-iqu-ex-be-c* ihr gehet im Schritt.

tinamit = *tenamit* n. Dorf.

tin-t-ot v. pulsieren, schlagen. *na-tin-t-ot sa in-ch'ol* mein Herz schlägt.

ti-oc v. beissen.

ti-om n. v. Biss. *x-ti-om tz'i* Hundebiss.

tiqu-ib v. beginnen. *x-tiqu-ib xi'c-an-k in-ch'in-a xul* meine jungen Vögel beginnen zu fliegen.

tiqu-ib-ak v. beginnen.

tiqu-ib-an-qu-il n. abstr. Anfang. *oc vu-e chi x-tiqu-ib-an-qu-il* ich will damit anfangen.

tiqu-i-si v. rollen. *ch-in-tiqu-i-si vuan* ich rolle.

ti'tz v. überdrüssig sein. *x-in-ti'tz* ich wurde überdrüssig.

ti-u v. beissen, essen.

tix 1. n. Danta, Tapir (Tapirus Bairdi). 2. v. alt, alt sein. *ac x-in-tix* ich bin schon alt.

tixc-o-si und *tix'c-o-si* v. anschlagen, stolpern. *x-in-tixc-o-si vu-ok t-r-u pec* ich stiess gegen einen Stein. *x-in-tixc o-si vu-ib* ich stolperte.

tix-ic v. alt werden. *yo x-tix-ic* er wird alt.

tix-il n. alt. *tix-il vuink* ein alter Mann.

to v. mieten. *t-in-qu'e chi-to* ich gebe zur Miete.

to'ch-ol-al n. Knoten im Seil.

toj 1. part. noch, erst, bis, während. Vgl. Cakchiquel *tok*, *a-tok*. *tojal* noch zart, jung. *tojal ixk* das Mädchen ist noch sehr jung. *tojal r-u* es ist noch sehr zart. *toj ca-b-ej* bis übermorgen. *toj ca-b-ej t-in-vuan-k ar-in* bis übermorgen bleibe ich hier. *toj ca-ch'in* noch klein. *toj cul-aj* bis morgen. *toj in-c'a* noch nicht. *toj le* bis hierher, bis dorthin. *toj ma* noch nicht. *toj ma na-cut-uc sak'e* so lange die Sonne noch nicht herauf ist, vor Sonnenaufgang. *toj ma na-el sak'e* so lange die Sonne noch nicht heraus ist.

toj ma na-k'ix-n o sak'e bevor die Sonne heiss giebt. *toj ma na-chak-ic chi us* es ist noch nicht vollständig trocken. *toj naj* noch weit. *toj o-vuan* bis nachher. *toj sa x-ben vu-ak* bis an die Kniee. *toj taka* bis unten. *toj tu r-e* noch ein Säugling. 2. v. zahlen. *toj chak l-a-c'as* zahle deine Schuld.

toj-b-al n. Bezahlung, Gehalt, Tagelohn.

toj-e v. bezahlt werden.

toj-oc v. bezahlen.

toj-ok r-e v. bezahlen.

toj-ol r-e n. der Zahlmeister.

tok n. Feuerstein, Kiesel.

to'k-ob r-u n. geizig, schäbig. *to'k-ob r-u l-in-yu-vua* mein Patron ist geizig.

tolococ n. Eidechse, Scolopender.

ton und *toon* Baumstrunk. *x-ton che* Baumstumpf. *x-ton-k'umet* der faule Baum. *x-ton vu-a* Bein, Oberschenkel. *x-ton x-ye* der Schwanz, Schweif.

to-on v. mieten, leihen. *ch-in-to-on* ich miete.

to-on-ic v. leihen.

top v. picken, anstossen. *b-a-top avu-ib ar-an* stosse dort nicht an.

top-b-il n. v. Schnabel der Vögel.

top-oc v. picken.

tor-ol n. Kugel, Ball. *jun-tor-ol chi xabon* eine Kugel Seife.

torop n. Engerling, in der Erde lebende Käferlarve.

tor-t-o n. rund und prall gefüllt, kugelig.

tor-t-o-qu-il die Rundung, Kugelform. *x-tor-t-o-qu-il x-na'k v-u* mein Augapfel.

to'tz-oc r-e v. zuschlagen, klopfen. *x-in-to'tz-oc r-e* ich klopfte an.

to'tz-to'tz-i v. anklopfen.

tox-il v-u n. Augapfel (Bdt.)

t-r-e unter der Thür. *t-r-e li cab* unter der Hausthür.

t-r-ix hinter = *chi-r-ix*. *t-r-ix cab* draussen, hinter dem Hause.

t-r-uch in, auf. *t-r-uch ha* auf dem Wasser, Meer.

t-r-uch-ha-il vuink die Fremden (Meer-Leute).

t-r-u in auf, vor = *chi-r-u*. *t-r-u ch'at* im Bett. *t-in-qu'e t-ru sak'e* ich lege es an die Sonne.

tu und *tub* n. 1. Milch, Brust. *x-tu li ixk* Frauenbrust. 2. nackt. Vgl. *tu-r-u*.

tub n. und v. Haufe, aufhäufen. *jun-tub* ein Haufe. *ch-in-tub vuan* ich will es aufhäufen.

tub-an-k v. aufhäufen.

tub-l-a v. aufgehäuft sein. *x-tub-l-a*.

tub-t-u partic. aufgehäuft. *tub-t-u li ch'o'ch* die Erde ist aufgehäuft.

tuc n. die Zahl 40. in *o-tuc* (5×40) 200 etc., ursprüngl. 40 Kakaobohnen.

tu'c-ub v. ausstrecken. *ch-in-tu'c-ub vuan vu-ok* ich strecke meine Beine aus.

tuk-ixk n. Jungfrau, lediges Mädchen (Bdt.: *tuj ixk*).

tuk-t-u partic. 1. zur Hälfte, halbvoll (vom Mond), zu gleichen Teilen. *tuk-t-u-r u* es ist im gleichen Niveau. 2. ruhig, von Leidenschaften unberührt. *tuk-t-u ix-ch'ol* Jungfrau (wörtlich: ihr Herz ist noch ruhig).

tul n. Banane.

tul-an xul n. Haustier, zahm (Bdt.).

tun n. die grosse Trommel.

tup v. brechen.

tup-e v. zerbrechen, reissen. *x-tup-e li c'am* das Seil riss.

tup-us verstümmelt. *tup-us r-ok* einbeinig. *tup-us r-u'k* mit einer Hand.

tupuy n. rote Schnur, womit sich die Indianerinnen den Zopf umwickeln.

tupuy c'an-ti n. Korallenschlange.

tu-re-si-n-el n. Amme.

tu-r-u r-ix nackt, haarlos.

tur-t-u partic. vorspringend, hervorgequollen. *tur-t-u ix-ch'up* er hat einen Nabelbruch.

tus v. aushülsen, entkleiden. *tus chak li hal* hülse mir die Maiskolben aus.

tus-l-a v. sich entblössen. *x-in-tus-l-a* ich entkleidete mich.

tus-t-u partic. nackt. *tus-t-u-qu-in* ich bin ausgezogen.

tus-ub 1. v. sich entkleiden. *t-in-tus-ub vu-ib* ich entkleide mich. 2. Scheiterhaufen.

tu-uc v. saugen, an der Brust trinken. *n-in-tu-uc* ich sauge.

tutz n. Corozo-Palme (Bdt.).

tux n. 1. Schössling, Sämling. *yo r-el-ic x-tux* die Keimlinge kommen heraus. 2. Weibchen des Hokkohuhns (Pavo de monte, Crax Alector. *xtux* (Bdt.).

tux-il no'k n. Baumwolle.

tuy v. aufhängen.

tuy-l-a aufgehängt sein.

tuy-t-u partic. aufgehängt.

tuy-ub v. etwas aufhängen. *ac x-in-tuy-ub* ich habe es bereits aufgehängt.

Tz.

tzac n. Gefallen finden an etwas. *tzac utin-ac ixk chi-r-u* er scherzt gerne mit Weibern. *tzac vua-k chi-r-u* er ist ein Fresser. *x-tzac-l-oc x-cut-an* sie ist mannbar.

tzaj n. schmutzig. *tzaj r-u* es ist schmutzig.

tzaj-n-i-c v. schmutzig werden. *x-tzaj-n-i-c r-u* es ist beschmutzt worden.

tzaj-n-in-k r-u etwas schmutzig machen.

tzaj-n-o r-u v. schmutzig werden.

tzak n. Wert, Preis. *x-ter-t-o x-tzak li ix-im* der Preis des Mais ist gestiegen.

tzak-al n. ganz, vollständig unversehrt, gut. *tzak-al aj-vui* es ist noch unversehrt. *tzak-al n-in-il-oc* ich sehe ganz gut. *tz'ak-al r-ok* sie sind gleich. *tzak-al vuink* ein Mann von Wort. *tzak-al x-oc* es hat ganz gut Platz (geht ganz hinein). *tzak-al tuk ixk* sie ist noch unversehrt, ganz Jungfrau.

tzak-an n. v. wert sein.

tzak-ob-re-si v. vervollständigen, ausgleichen. *t-in-tzak-ob-re-si r-iqu'-in ain* ich will es damit vervollständigen.

tzan-tz-o partic. durch einander gemacht, gedreht. *tzan-tz-o sa in-xi'c* es (das Haar) ist auf mein Ohr gekämmt. Vgl. Qu'iché: *tzan-a-tz-oj* kahl.

tzej-vual n. Haut, Körper. *x-tzej-vual r-uch vu-e* Zahnfleisch. *ix-tzej-vual ix-ton vu-a* Weichteile des Oberschenkels. *x-tzej-vual x-c'ot vu-ok* Wade.

tzelec n. Schienbein. *x-che-el in tzelec* der Knochen meines Schienbeins.

tzima n. Kalebasse (Bdt.).

tzim-aj n. Bogen, Pfeil.

tzitzib n. essbare Landschnecke der Verapaz (Helix eximia Pfr.) (Morelet).

tzol 1. v. lehren, unterrichten. 2. n. Furche im Ackerland, Reihe.

tzol-b-al n. v. um zu lernen.

tzol-ok v. lehren.

tzol-om n. v. Schüler.

tzol-on-el n. Lehrer.

tzol vu-ib v. lernen (sich unterrichten).

tzol-tz-o partic. in einer Reihe. *tzol-tz-o naj cha-aqu'e* lege sie in eine Reihe, eines hinter dem andern.

tzub 1. n. Erhöhung, Haufe (Bdt.: Achsel.). 2. v. aufhäufen. *ch-in-tzub vuan in xam* ich will Feuer anmachen.

tzub-a v. aufgehäuft. *jun-tzub-a chi pec* ein Steinhaufe.

tzuc n. Jejen (eine kleine Stechfliege, Simulia sp.).

tzul n. Berg.

tzul qu'iché n. Bergwald (Bdt.).

tzum n. Begleiter. *li x-tzum sa-be* Reisegefährte. (Vgl. Stamm *sum*).

tzumuy n. Anone (A. C.).

tzum-l-ak v. sich verheiraten = *sum-l-ak*.

tzur-i vuan v. drehen.

Tz'.

tz'a v. eintauchen, nass machen. *tz'a a-vua sa quen'k* tunke deine Tortilla im Frijol. *x-in-tz'a vu-ib sa ha* ich habe mich triefend nass gemacht.

tz'ac n. Wand.

tz'al-am n. Brett, alles aus Brettern Verfertigte, Käfig, Gefängnis. *x-in-oc sa tz'al-am* ich ging ins Gefängnis.

tz'al-am che n. Brett.

tz'am-a v. bitten, eine Schuld einziehen, zurück verlangen. *in c'a n-in-tz'am-a er-e* ich ziehe meine Schuld bei euch nicht ein.
tz'am-an-qu-il n. das Verlangen, Bitten.
tz'amba n. Balken.
tz'ap v. schliessen, verstopfen, zudecken. *x-tz'ap in-cux* meine Kehle hat sich verstopft, ich bin heiser. *tz'ap avu-e* schliesse den Mund, schweige.
tz'ap-ab r-e v. decken, Deckel.
tz'ap-b-al r-e n. v. Deckel.
tz'ap-b-il n. v. zugedeckt.
tz'ap-l-i v. sich verstopfen, verschliessen. *ac x-tz'ap-l-i li be* der Weg hört auf, hat sich schon geschlossen (durch Gestrüpp).
tz'ap-tz'o partic. geschlossen. *tz'ap-tz'-o r-u* mit geschlossenen oder verbundenen Augen. *tz'ap-tz'-o sa ru-uj* mit engen Nasenlöchern.
tz'ap-xi'c taub.
tz'e links *sa in tz'e* zu meiner Linken (Bdt.: *tze*).
tz'ek v. wegwerfen, herumschleudern. *ch-in-tz'ek li v-uk* ich schlenkere die Arme. *tz'ek chak* wirf es weg. *tz'ek chi ch'o'ch* auf die Erde werfen. *ch-in-tz'ek vuan x-ma-us-il-al v-u'c-al* ich will den Schmutz aus meiner Fleischbrühe entfernen.
tz'ek-tana v. vergessen, geringschätzen. *la-in t-at-in-tz'ek tana* ich vergesse dich.
tz'ec-tan-an-k v. verabscheuen (A. C.).
tz'ek t-r-ix ch'ol v. verlassen, aufgeben, bereuen. *ac x-in-tz'ek t-r-ix in-ch'ol* ich habe es schon aufgegeben, bereut.
tz'ek-b-il n. v. weggeworfen.
tz'ek-um n. v. Abschaum, Bodensatz, Hefe.
tz'i n. Hund.
tz'i e n. Eckzahn (wörtl. Hundezahn).
tz'i ha n. Fischotter (wörtlich Wasserhund).
tz'ib-ak v. schreiben.
tz'ib-am-b-il n. v. geschrieben.
tz'ic n. Vogel.
tz'il v. durchseihen, filtrieren, durchträufeln. *t-in-tz'il.*
tz'il-eb n. v. Seiher, Filter.
tz'il-tz'-ot v. durchträufeln, durchfliessen, herauslaufen (von Flüssigkeiten). *na-tz'il-tz'-ot.*
tz'in n. Yuca (Jatropha Manihot).
tz'in-te n. Palo pito (Erythrodendron).
tz'oc-ak v. Hunger haben. *t-in-tz'oc-ak.*
tz'ub v. saugen.
tz'ub-al n. Zitze, Brustwarze. *ix-tz'ub-al in-tu* meine Brustwarze.
tz'ub-il n. v. gesaugt (für *tzub-b-il*).
tz'ub-il cab n. Biene.
tz'uc-tz'un n. Ameisenbär (Bdt.). Var.: *tzuktzun* (A. C.).

tz'uk v. träufeln. *na-tz'uk yan x-qu'iqu'-el l-in yoc-ol* das Blut träufelt aus meiner Wunde.

tz'uk-ul n. Tropfen. *ca-tz'uk-ul* zwei Tropfen.

tz'ul v. flechten, zurechtmachen, scheiteln, aufrichten. *ch-in-tz'ul vuan in-jol-om* ich will mein Haar flechten. *ch-in-tz'ul x-jol-om li-mes* ich sträube das Haar der Katze.

tz'ul-b-il n. v. geflochten, aufgerichtet, gesträubt. *tz'ul-b-il x-jol-om li mes* das Haar der Katze ist gesträubt.

tz'ul-ub v. weben, Webstuhl.

tz'ul-uc v. weben, flechten. *n-in-tz'ul-uc ab* ich flechte Hängematten.

tz'ul vuan v. scheiteln, flechten. *ch-in-tz'ul vuan in-jolom.*

tz'ul-ul n. der Flechter, Weber. *tz'ul-ul pop* Mattenflechter. *tz'ul-ul punit* Strohhutflechter. *tz'ul-ul chacach* Korbflechter.

tz'ul-un-el n. der Flechter.

tz'um n. Haut, Leder.

tz'um-al n. Haut, Leder, Peitsche, Peitschenhieb. *x-tz'um-al vu-e* Lippe. *x-tz'um-al x-na'k v-u* Augenlid.

tz'um-o v. ledrig, runzlig werden. *x-tz'um-o av-u* dein Gesicht ist runzlig geworden.

tz'um-um-n-ac v. Funken sprühen. *na-tz'um-um-nac in-xam* mein Feuer sprüht Funken.

tz'umuy n. Anone.

tz'un-un n. Kolibri.

tz'un-un-qui-l n. Geruch. *sa sa li x-tz'un-un-qu-il* es riecht gut.

tz'ur sis n. der in Gesellschaft lebende Rüsselbär.

U.

u n. 1. Gesicht, Antlitz, Oberfläche, Frucht. *r-u li che* Baumfrucht. *r-u hi* Eichel. *r-u quen'k* Bohnen (Frijol). *r-u taka* Llano (Bdt.). = *r-uch taka. r-u xam* glühende Kohle. 2. in Synthesen: die Person. *chi-v-u* vor mir, das allgemeine Objekt. *r-u* er sie es. 3. Amatebaum = *hu.*

ub v. vereinigen. *x-in-ub li vu-e* ich schliesse meine Lippen.

ub-el n. in Synthesen, der untere Teil. *r-ub-el vu-e* mein Kinn. *r-ub-el in-cux* mein Hals. *r-ub-el r-uj vu-a'k* das Zungenbändchen.

u'ca v. trinken. *ch-in-u'ca sa v-uk* ich will aus der Hand trinken.

u'ca-c und *u'ca-k* v. trinken.

u'ca-l n. Kochtopf, Suppe, Fleischbrühe.

uch n. 1. in Synthesen „Fläche" = *vuach* der Qu'iché-Sprachen und *u* des K'e'kchi, seltener = *u* für „Gesicht" gebraucht. *jal-am uch* Heiligenfigur. *r-uch li ch'o'ch'* die Welt (Oberfläche der Erde). *r-uch vu-e* Zähne. *r-uch ha* Meer

(Wasserfläche). *r-uch taka* Llano, Thalfläche. 2. Beutelratte, vgl. *aj-uch.*

uch-b-en n. Begleiter, mit, und. *aj-Pedro r-uch-b-en aj-Pablo* Peter und Paul.

uch-b-en-in-k v. begleiten. *t-in-uch-b-en-in-k r-e* ich begleite ihn.

uch-il n. Wesen, in Synthesen die Person. *v-uch-il* ich. *av-uch-il* du etc.

uib-en v. erwarten. *la-in-t-at-v-uib-en* ich erwarte dich. *t-in-av-uib-en* du erwartest mich.

uj n. Spitze, Finger, Zehe, Nase. *r-uj vu-ok* meine Zehen. *r-uj v-u'k* meine Finger. *r-uj si* das brennende Scheit, vgl. *u-uj.*

uk n. Weiberrock. *r-u-uk li ixk* der Rock der Frau.

u'k 1. n. Hand, Arm, Griff, Zweig (Bdt. auch: *u'km.*). *r-u'k vu-a'k* Ärmel. *r-u'k ca* Handwalze des Mahlsteins. *r-u'k che* Baumast. 2. n. Laus. *r-u'k li caxlan* Hühnerläuse. 3. v. trinken. *x-in-u'k.*

u'km n. local für Hand, = *u'k.*

u'km-i v. einhändigen, von Hand zu Hand gehen lassen. *u'k-mi nak vu-ech* reiche es mir her.

u'k-un n. Atole (dünnflüssiger Maisbrei).

ul 1. n. Schlucht (Bdt.) Loch. 2. v. kommen.

ul-el n. Öffnung. *x-ul-el in-xi'c* meine Ohrenlöcher. *ul-el-k* v. herauskommen, hervorquellen *x-ul-el-k li ha* das Wasser quillt hervor.

ul-ul n. Gehirn. *r-ul-ul bak* Knochenmark.

um-al n. Blatt des Maiskolbens (Bdt.).

um-nac v. summen, brennen. *na-um-nac li tzejvual* die Haut brennt (von den Hieben). *na um-nac sa in-xi'c* meine Ohren sausen.

um-ul n. Schluck. *ca-um-ul* zwei Schlucke.

up-l-a v. gelegt sein. *ac x-up-l-a li caxlan* die Henne ist schon (auf die Eier) gesetzt.

up-u v. auf das Gesicht gelegt, gesetzt.

up-ub und *hup-up* v. sich auf das Gesicht legen. *r-up-ub r-ib* er hat sich auf das Gesicht gelegt. *up-ub chak* lege es, setze sie (die Henne auf die Eier). *ch-in-up-ub vuan l-in-caxlan* ich will meine Henne auf die Eier setzen. *up-ub sa x-ben* stelle sie aufeinander mit den Mündungen gegeneinander gekehrt (z. B. zwei Krüge).

us n. und v. gut, es ist gut. *us ch-at-im-pab* gut, gehorche mir. *us-aj-vui an-ak vuan* jetzt ist es gut.

us-ej und *us-ij* gut. *ma us-ej xul* ein böses Tier. *us-ij xul* das Hokkohuhn (Crax alector).

us-il n. Gütė. *r-us-il a-ch'ol* du bist gut. *us-il at-in* gute Worte, Worte der Liebe.

us-il-al n. das Gute, guter Rat. *qu'e us-il-al r-ech* ich gebe ihm gute Räte.

us-ta wenn auch.

us-ta-bi-an möchte doch, es wäre gut, wenn. *us-ta-bi-an chi-chal-k* möchte er doch kommen. *us-ta-bi-an in-c'a ta na-chal* es wäre gut, wenn er nicht käme.

utan n. Gips.

u'tz n. und v. Kuss, küssen. *ch-iv-u'tz nak av-u* ich will dich küssen. *x-av-u'tz r-u l-av-ixak-il* du küssest deine Frau.

u'tz-al (für *u'tz hal?*) n. Zuckerrohr. Var.: *utzaal* (A. C.).

u'tz-hal n. junger, noch weicher und süsser Maiskolben (elote) (Ch.).

u'tz-uc v. schnüffeln, Witterung nehmen.

u'tz-uj und *u'tz-uuj* n. Blumen.

u-uj n. Nase, Spitze. *v-u-uj* meine Nase. *r-u-j vu-a'k* meine Zungenspitze. *r-u-uj si* Feuerbrand, brennendes Scheit.

ux n. Schleifstein.

uxak-il n. Braut, Geliebte = *ixak-il.*

uxaan n. alte Frau, Grossmutter, vgl. *xaan.*

V.

vu pr. poss. 1. p. Sing. vor Vokalen: *v-u* mein Auge.

vua n. 1. Vater, Anrede an alte Leute: *ma sa ch'ol, vua* bist du gesund, Vater. 2. Tortilla, Maiskuchen, Speise, Mehl. *vua cab* Wachs, Wabe. *ix-vua che* Sägespäne. 3. Mal. *ca-vua* zweimal.

vua-ak = *vua-k* v. essen.

vuaj n. 1. Maisstaude, Maisfeld. *x-ton li vuaj* die Maisstauden. *yo-qu-in-chi a'k-in-k li vuaj* ich reinige das Maisfeld.

vua hi hier (Bdt.).

vua-k v. essen. *t-in-vua-k* ich esse.

vuak-le-si v. aufheben, aufstehen machen. *x-in-ix-vuak-le-si* man hob mich auf.

vuak-l-i v. erwachen, aufstehen. *toj x-in-vuak-l-i* ich stand dann auf.

vuak-li-k v. sich erheben.

vual n. Feuerfächer.

vua-l-eb n. Mittag, Essenszeit.

vua-l-eb-al n. Löffel.

vuan v. da sein, vorhanden sein. *vuan ar-an* er ist dort. *vuan ix-ch'ol li che* der Baum hat viel Mark.

vuan r-ox zweieinhalb.

vuan x-cab anderthalb.

vuan-k v. vorhanden sein, da sein, haben, besitzen.

vuan-qu-il n. Wesen, Macht. *nim x-vuan-qu-il* die Allmacht Gottes.

vua quem der Schuss beim Gewebe. *x-vua in-quem.*

vuar v. schlafen. *x-in-vuar* ich schlief.

vuar-al n. das Schlafen. *jun vuar-al x-in-qu'e t-r-u li k'ojyin* ich schlief die ganze Nacht.

vuar-an n. v. Traum.

vuar-ib n. Bett.

vuar-ib-al n. Bett. (Bdt.: *vuar-ib-al isb* Bettzeug).

vuar-il n. Langschläfer.

vuar-k v. schlafen.

vuar-om n. Nachteule, Uhu.

vuax-ej ixk n. Hure (brünstige Frau).

vuax r-u wütend, brünstig.

vuej (vu-ej?) Hunger (Bdt.).

vuex n. Beinkleid.

vuei conj. disj. oder (Bdt.).

vui partic. vgl. Gramm. p. 97.

vuik Stamm: niederknieen, vgl. *vuik-vu-o.*

vuik-l-an n. v. als Imperativ „kniee nieder".

vuik-vu-o partic. knieend. *vuik-vu-o-qu'in* ich kniee, bin auf den Knieen.

vuilix n. Schwalbe.

vuin v. def. als Partikel gebraucht. *toj vuin chi chu-uc* ich will jetzt pissen gehen. *vuin-vuan x-yaj-el* irgend eine Krankheit.

vuink n. Mann, erwachsener Mensch.

vui-t-in-c'a wenn nicht. *la-o neba-o r-aj vui-t-in-c'a x-o-c'an j-el-ak* wir wären arm, wenn wir nicht gearbeitet hätten.

vul-ak vgl. *c'ul-ak.*

vuo n. kleine Kröte (Sapillo) (A. C.).

vuo'c-ob v. hohlmachen, zusammenfügen. *vuo'c-ob l-av-u'k* mache eine Höhlung mit deinen Händen.

vuoc'ox n. kraushaarig, lockig.

vuokx n. Dampf, Schaum. *nab-al ix-vuokx* es schäumt stark.

vuokx-in-k v. sieden, schäumen. *ta-vuokx-in-k li ha* das Wasser siedet. *ta-vuokx-in-k x-yal li che* der Saft der Bäume schäumt.

vuom-b-il n. v. gemalt, farbig.

vuo'tz-oc n. und v. Kitzel, Jucken, es kitzelt, juckt. *vuo'tz-oc vu-ix* es juckt mich. *vuo'tz-oc vu-ok* es juckt mich am Bein.

vuo'tz-oc vuo'tz-oc stark kitzeln, prickeln. *vuo'tz-oc vuo'tz-oc li qu'ix sa v-u'k* die Dornen prickeln mich stark in der Hand.

vuo'tz-oqu-il n. abstr. Beissen, Jucken, Kitzel. *ix-chal ix-vuo'tz-oqu-il vu-ix* es ist mich ein Jucken angekommen, es beginnt mich zu jucken.

vuo'tz-o'tz-i v. kitzeln. *t-at-in-vuo'tz-o'tz-i* ich kitzle dich.

vuch-v-u partic. hervorgequollen, vortretend. *vuch-v-u x-na'k a-vu* deine Augen springen vor.

vuk-ub chi cha-in die 7 Zicklein (wörtl. die 7 Sterne (das Sternbild der Plejaden).

vul-ul n. Gehirn.

vup-u = *up-u*.

vu'tz v. riechen, schnüffeln. *ch-in-vu'tz vuan* ich rieche.

vu'tz-uc v. riechen.

X.

x 1. pron. poss. 3. pers. sing. vor Cons. sein. *x-tz'i* sein Hund. 2. Verbalpräfix des Aorist.

xa-an n. und v. alte Frau, Grossmutter, alt sein. *a-xa-an-ain* diese Alte. *ac xa-an* sie ist schon alt.

xa-au v. erbrechen. *a-li-xa-au* das Erbrechen.

xab n. Sandale. *xab vu-ok* Fusssohle.

xaj-l-eb n. v. Tanz, Tanzplatz.

xaj-oc v. tanzen.

xaj-on-el n. Tänzer, Tanz.

xak n. Blatt (der Pflanzen). *xak chaj* Fichtennadel.

xak no'k Baumwollhaspel.

xak-ab v. zum Stehen bringen, anhalten. *t-in-xak-ab r-u li x-in-ye* ich bleibe bei dem, was ich sagte, ich halte mein Versprechen. *ka-xak-ab-ak k-ib ar-in* halten wir hier an!

xak-ab-an-qu-il das Aufrechtstellen, Aufrichten, Stehenbleiben. *yo chi xak-ab-an-qu-il li xi'c xul* das Maultier spitzt die Ohren.

xak-ab-on n. v. Hirte. *xak-ab-on r-e li xul* Viehhirte.

xak-l-i (Var. *xac-l-i*) v. zum Stehen gebracht, aufgerichtet. *in-c'a us xak-l-i li mexa* der Tisch steht nicht gut. *x-in-xak-l-i* ich richtete mich auf. An Stelle eines andern sein. *a-xak-l-i chi oc v-uch-il* er vertritt mich.

xak-l-in-k v. anhalten, sich aufrichten. *xak-l-in-k-ex ar-in la-ex* haltet dort still.

xak-x-o (Var. *xac-x-o*) partic. steil aufgerichtet, gestellt. *xak-x-o-qu-in* ich stehe. *xak-x-o a-che-ain* dieser Baum steht sehr gerade. *xak-x-o xi'c in-tz'i* mein Hund hat die Ohren gespitzt.

xak-x-o r-u offenkundig. *l-a-mac xak-x-o r-u* deine Schuld ist offenbar.

xalabte n. Micoleon (Cercoleptes caudivolvulus) (Bdt.).

xala taka n. Thal (Bdt.).

xal-am und *xal-an* v. sich trennen, auseinander gehen. *xal-am li be* die Wege trennen sich.

xal-an n. die Wöchnerin (Bdt.).

xal-x-o partic. gespreizt, auseinander stehend, rittlings. *xal-x-o sa x-yan-k vu-it* meine Beine sind gespreizt. *xal-x-o-qu-in t-r-ix caballo* ich sitze rittlings zu Pferde.

xam n. Feuer, Kohle.

xam-e v. sich auflösen. *xam-e li cab sa ha* der Zucker löste sich im Wasser.

xam-ic v. zersausen, sich mausern. *yo xam-ic r-ix li tz'ic* die Vögel mausern sich.

xam-l-el n. Feuer. *tin-qu'e i-xam-l-el li-cab* ich zünde das Haus an.

xam xul n. Leuchtkäfer (Feuertier) (Bdt.).

xan n. Ziegel, Backstein.

xat-am n. v. auseinander spreizen. *nim xat-am sa vu-it* meine Beine sind stark gespreizt.

xat-x-o partic. gespreizt. *ca-ib li vu-ok xat-x-o* meine beiden Beine sind gespreizt.

xavu-ac v. erbrechen. *yo-qu-in chi xavu-ac* ich muss mich erbrechen.

xayau n. Achiote, roter Farbstoff der Bixa Orellana.

x-balba n. Hölle (für *xibalba*).

x-ban präp. synth. durch, vermittelst, wegen. *tz'ap-tz'-o li-be x-ban li pim* der Weg ist durch Gestrüpp versperrt.

xe n. Wurzel. *xe che* Baumwurzel.

xeb-e-si v. erschrecken. *o-n-ic-at-i-xeb-e-si* ich erschrecke dich.

xeb-e-si-n-k v. erschrecken. *t-at-xeb-e-si-n-k vu-e* du erschreckst mich.

xe-en v. Wurzel fassen. *ac xe-en* es wurzelt schon.

xequ'el-al n. Wunde (A. C.).

xey-an v. Atem holen.

xey-an-k v. Atem holen. *chi xey-an-k.*

xel-a-an v. übrig bleiben. *xela-an ix-vua ka-vua* es blieb unserm Vater Speise übrig.

xic 1. n. Ellbogen. 2. v. gehen. *t-in-xic* ich gehe. *xic vu-aj-pub* ich gehe auf die Jagd.

xi'c n. Flügel, flügelförmiger Anhang, Ohr (Bdt. auch *xi'cn*, vgl. *xiqu'in* der Qu'iché-Sprachen).

xi'c-an v. fliegen.

xi'c-an-k v. fliegen.

xi'c c'ak n. Sandfloh (Bdt.).

xil n. zuerst. *al-avu-as qui-yo-la jun-xil* deine älteste Schwester (deine Schwester, welche zuerst geboren wurde).

xil-aj n. Anfang. *jun-xil-aj x-in-ye r-e* ich sagte es ihm im Anfang.

xi'qu-in-quil n. abstr. das Flügelschlagen. *yo chi xi'qu-in-quil r-ib* sie (die Vögel) schlagen sich mit den Flügeln.

xit-i v. ausbessern. *x-in-xit-i* ich besserte aus.

xiy-ab n. Kamm (Bdt. auch: *xityab*).

xka-al n. Mädchen.

x-mac präp. wegen, infolge, durch. *x-mac in-yaj-el in-c'a x-in-c'ul-un* wegen meiner Krankheit kam ich nicht. *x-maqu-eb* ihretwegen (plur.).

xoc n. 1. Haken. 2. vgl. *aj-xoc* Tausendfuss.

xoch n. grosse essbare Landschnecke der Alta Verapaz, (chotch. Morelet) Helix Ghiesbreghti Nyl.

xol n. Fusssohle (Ch.).

xol-aj vuaj v. Rohrflöte.

xol-ol n. Hals, Kehle (Bdt.).

xolp n. Trommel (Bdt.).

xoqu-i-cab Regenbogen (von *xoc*).

xor v. in den Händen drehen; Händeklatschen, mit den Händen formen. *ch-in-xor vuan li v-u'k* ich klatschte mit den Händen.

xor-l-eb n. das Innere der Hand, Handfläche.

xor-ok und *xor-oc* v. kneten, mit den Händen formen. *oc vu-e chi xor-oc* ich will die Tortillas machen.

xotc-oc v. ersticken. *x-in-xot c-oc sa v-uc'a* ich erstickte fast beim Trinken.

xox n. Hautblase, Pockenblase, Brandblase. *xox r-it* Hämorrhoide, wörtlich Blase am Hintern. *xox sa vu-e* Blasen im Mund.

x-tun tz'oc männlicher Sanate (clarinero, Quiscalus major).

x-tux tz'oc weiblicher Sanate.

x-tux vgl. *tux* sub 2.

xuc vu-e n. Unterkiefer, Wanze.

xuc-ub n. Horn.

xuc-ut n. Kante, Ecke. *ca-xuc-ut* viereckig, quadratisch.

xuc-uy n. Rippe.

xuk und *xu'k* n. Stock.

xul n. Tier im allgemeinsten Sinn, also Haustiere, wie Maultier, Pferde, Schafe, dann Insekt, Ungeziefer.

xul-el n. Tier.

xul-el li che Termiten.

xul-u-pic n. Schnecke, schneckenförmig, Spirale. (Nach Morelet speziell: Cylindrella decollata Nyst, eine Landschnecke der Alta Verapaz).

xul-x-u partic. mit dem Kopfe voran. *xul-x-u naj x-yo-l-a l-in-c'ul-al* in Kopflage wurde mein Kind geboren. *xul-x-u naj ix-cu-in* ich fiel auf den Kopf.

xut n. Tamal aus Bohnenmus.

xut-an-ac v. sich schämen. *n-in-xut-an-ac* ich schäme mich.

xuvu-ac v. sich fürchten. *x-in-xuvu-ac.*

xuxb v. pfeifen.

xuxb-ak v. pfeifen.

xuxb-al n. v. Pfeife.

x-yi die Mitte. *sa x-yi* in der Mitte, vgl. *yi*. *x-yi tok k'ojyin* Mitternacht.

Y.

ya n. Stamm: Flüssigkeit, vgl. *ya-al.*

ya-ab-ac = *yab-ac.*

ya-al n. Flüssigkeit, Wasser, vgl. *ya-l. x-ya-al v-u* Thräne (Wasser meines Auges). *x-ya-al tub* Milch (Flüssigkeit der Brust). *x-ya-al li coc* Kokosmilch.

yab n. und v. ein Geräusch machen. *ma-yal-oc x-yab i-xi'c li-sosol* die Aasgeier machen viel Lärm mit den Flügeln.

yab-ab-al n. v. Rauschen, Tosen. *x-yab-ab-al ha* das Rauschen des Wassers.

yab-ac v. ein Geräusch machen, schreien, krachen, rascheln, schwirren, weinen, singen (von Vögeln). *naj x-yab-ac li cak* ferne rollt der Donner. *x-yab-ac in-bak-el* meine Knochen knacken. *yo chi yab-ac li ix-im* der Mais raschelt. *x-e-yab-ac li co'c tz'ic* die Vögel singen. *ta-yab-ac in-c'ul-al* mein Kind schluchzt.

yab tz'ic n. Rebhuhn.

yac n. Wildkatze (gato de monte) (A. C.).

yach n. Lendengurt der Indianer.

yaj n. krank. *yaj-in* ich bin krank. *yaj li ixk* die schwangere Frau.

yaj-el n. Krankheit, Wochenbett, Menstruation.

yaj-ex v. krank werden. *la-in x-in-yaj-ex* ich wurde krank.

yal 1. n. (ursprünglich: Wort) in Synthesen gewiss, sicherlich, fürwahr. *yal chi-ma-tan* umsonst. *yal na-ch'it yan x-c'oj-ar-ib* es steht sicher nicht fest. *yal na-el x-ya-al in-tub* meine Milch läuft von selbst heraus. *yal na-ye li vuink* er sagt die Wahrheit, ist ein zuverlässiger Mann. *yal t-a-ye* sagst du die Wahrheit? 2. v. versuchen, untersuchen, probieren, prüfen. *ch-in-y-al vuan chak cham-al a-ha-ain* ich will die Tiefe des Wassers prüfen. *ch-in-yal vuan in-metz'eu r-iqu'-in avu-e* ich will meine Kraft mit dir messen. *ch-in-yal vuan x-be-re-si-n-quil li vu-al-al* ich will probieren, wie mein Kind gehen kann. *t-in-yal r-atz'am-il* ich versuche, ob es gesalzen ist. 3. *(ya-l)* = *ya-al* n. Flüssigkeit, Saft. *x-ya-l cab* Honig. *x-ya-l li che* Baumsaft. *x-ya-l r-e* Mundschleim.

yal aj-vui sicher, wahr. *yal aj-vui naj c-a-ye* sicherlich hast du es gesagt.

yal-ac bar irgendwo.

yal-al n. Sprache, Idiom, Versprechen, Erklärung, das gegebene Wort. *ac x-in-ye x-yal-al* ich habe es bereits erklärt (sein Wort gesagt). *t-in-ye x-yal-al* ich verspreche es.

yam-y-o partic. unbeschäftigt. *yam-yo-v-u.*

yan hypoth. Stamm, vgl. p. 33.

yan-k n. Zwischenraum. *sa x-yan-k vu-it* zwischen meinen Beinen. *sa-yan-k-eb-an* zwischen ihnen. *sa x-yan-k cut-an* bei Tage.

ya'tz v. quetschen, pressen. *ch-in-ya'tz vuan sa v-u'k* ich drücke es in der Hand zusammen.

ya'tz-oc v. mahlen, zerquetschen. *t-in-ya'tz-oc utz'-al* ich presse das Zuckerrohr aus.

ye 1. n. Schweif. *x-ye li tz'i* der Schwanz des Hundes. 2. v. sagen. *ye nak vu-e* sage mir, gieb mir Auskunft.

ye-chi-i v. anbieten. *ye-chi-i chi-oc vu-e* biete es mir an. *t-in-ye-chi-i avu-e* ich biete es dir an.

ye-chi-in v. anbieten. *t-at-ye chi-in vu-e* du bietest es mir an.

ye'k 1. mit dem Fusse treten. *x-in-ye'k chi vu-ok* ich trat mit dem Fusse darauf. 2. (Bdt.) hinkend.

ye x-yal-al v. versprechen.

yi n. Zwischenraum *x-yi k'ojyi* Mitternacht. *sa x-yi* in der Mitte. *x-yi r-uj v-u'k* Mittelfinger.

yib n. schlecht, ekelhaft. *yib in-ch'ol* mir ekelt. *yib-r-u* hässlich.

yib-o r-u v. hässlich sein. *x-yib-o v-u* ich bin hässlich. *ix-yib-o r-u a-ixk-ain* diese Frau ist hässlich geworden.

yib-yib sehr ekelhaft. *yib-yib ix-ch'ol* es ist sehr ekelhaft.

yicti Lüge. *yicti n-ic-a-ye* du lügst.

yic-ti-i v. lügen.

yi-jach n. Hälfte. *sa yi-jach* halbvoll (vom Mond).

yik-o v. tragen, aufgeladen haben. *la-at yik-o a-xul* du hast dein Tier beladen.

yi-tok n. Mitte. *x-yi-tok k'ojyin* Mitternacht.

yo v. Stamm: lebend, vorhanden, beschäftigt sein, vergl. *yo-yo, yo-am* etc. *yo-qu-in* ich bin mit etwas beschäftigt. *yo-qu-in sa in-po* ich bin in meiner Menstruationszeit. *yo ma-us chi-r-u* der Teufel ist in ihm.

yo-am und *yo-an* n. v. 1. Leben. 2. Gebärmutter. *toj vuan sa yo-an* es (das Kind) ist noch im Mutterleib.

yoc n. Schritt.

yo'c und *yoc* v. schneiden, abschneiden, fällen, verletzen. *t-in-yo'c ix-che-el in-c'al* ich fälle die Bäume auf meinem Maisfeld. *ch-in-yo'c vuan* ich will es abschneiden.

yo'c-b-al che n. Säge.

yo'c-ok v. schneiden.

yo'c-ol-al (Var. *yoc-ol-al*) n. Wunde.

yo'c-os v. verletzt, verdreht. *yo'c-os vu-ok la-in* ich habe meinen Fuss verletzt.

yo chak wir wollen gehen. *yo chak sa mu* gehen wir in den Schatten.

yoch ok n. Warze (A. C.).

yo-ic n. unterirdischer Lärm beim Erdbeben.

yo-l-a v. geboren werden, auskriechen. *x-yo-la r-al incaxlan* meine Küchlein sind ausgekrochen.

yol-aj-ic v. geboren werden, Geburt. *sa x-yo-l-aj-ic* von Geburt an.

yo-l-a-k v. leben (A. C.).

yo-l-eb-al n. Aufenthaltsort. *ka-yo-l-eb-al* wo wir leben.

yole-si-n-qu-il n. das Herumtreiben, Herumschicken (A. C.).

yol-yol n. glatt, schlüpfrig (wohl für *yo-l* = *yo-ol* lebendig), *yol-yol r-u li be* der Weg ist schlüpfrig.

yo-o n. def. gehen wir. *yo-o sa-mu* gehen wir in den Schatten.

yo'qu-e und *yoqu-e* v. verwundet werden. *x-in-yo'qu-e* ich bin verletzt.

yom-ech (x-yom vu-ech) n. Schwiegermutter.

yot-e-si v. wieder anfangen. *toj t-in-yote-si* ich fange wieder an.

yo-yo partic. lebendig. *yo-y-o-qu-in* ich lebe.

yo-y-o-qu-il n. Zustand des Lebens. *yo-y-o-qu-il che* lebender Baum.

yu (Var.: *tyu*) n. und v. grösser werden, wachsen, gross, grossmachen, strecken, verlängern. *ch-in-yu-vuan v-u'k* ich strecke die Arme.

yu-ic v. (Var.: *tyu-ic*) gross werden. *yo x-yu-ic* er wird gross, wächst.

yu'k (Var.: *yuc*) n. Hügel, Berg.

yu'qu-in-k r-e v. umdrehen, wenden.

yu'qu-i r-u v. umdrehen.

yu'km-a v. erhöhen, sich erheben, auf die Zehen stellen. *la-at t-a-yu'km-a chak* du stellst dich auf die Zehen, um es zu erreichen.

yu-vua (Var.: *tyu-vua*) n. (wörtlich: grosser Herr) Vater, Herr, Gebieter. *in-yu-vua* mein Vater, mein Gebieter. *ix-yu-vua vu-ixak-il* mein Schwiegervater (Vater meiner Frau, modern). *x-yo-vua sosol* Wald-Zopilote (Cathartes aura) wahrscheinlicher ist damit der „Rey Sope“, Sarcorrhamphus papa, gemeint.

x-yu-vua tenamit Richter (wörtlich: Dorfältester).

yu-y-u partic. gemischt, vermischt. *yu-y-u r-u li-chicha* die Chicha ist gemischt.

Die Uspanteca.

In meiner vorläufigen Übersicht der linguistischen Gruppen von Guatemala[1]) hatte ich die Uspanteca, d. h. die Sprache von San Miguel Uspantan, der Qu'iché-Gruppe zugezählt. Eine genauere Durchprüfung meines Materiales hat mir indessen gezeigt, dass dieses Idiom den Pokom-Sprachen näher steht, als den Qu'iché-Sprachen und gewissermassen das Verbindungsglied beider Gruppen bildet.

Der enge Anschluss der Uspanteca an die Pokom-Sprachen, speziell an das Pokonchí, dokumentiert sich hauptsächlich in folgendem:

1) In der Übereinstimmung der Pron. pers. 2 p. plur: Pokonchí: *jatak;* Uspanteca: *atak atak*

2) In der verbalen Verwendung des Stammes *vui,* der in den Qu'iché-Sprachen bereits zur Partikel herabgesunken ist und in seiner verbalen Funktion durch einen fremden Stamm, *c'oj*, vertreten wird.

Dagegen ergiebt sich aus dem Wortschatz eine recht nahe Beziehung zu den Sprachen der Qu'iché-Gruppe.

Das Gebiet der Uspanteca erscheint heute auf das Dorf San Miguel Uspantan beschränkt.

Dieses, durch das tiefeingeschnittene Thal des Rio Chixoy von der Landschaft der Pokonchí-Indianer getrennt und ursprünglich ein befestigter Platz, scheint ein Vorposten der Pokonchíes auf dem Boden der Qu'ichés gewesen zu sein, dessen Idiom infolge der Isolierung von den nächsten Stammverwandten und durch die Berührung mit den Qu'iché-Sprachen sich vom Pokonchí entfernte.

---

[1]) Stoll, zur Ethnographie der Republik Guatemala 1883, p. 123.

Die einzige Gelegenheit, bei welcher die Indianer von Uspantan in der Geschichte von Guatemala auftreten, bildet die Eroberung ihrer festen Stadt, welche Juarros[1]) folgendermassen schildert:

„San Miguel Uspantan ist heutzutage ein kleines unbedeutendes Dorf mit geringer Einwohnerzahl auf dem Grenzgebiet zwischen den Provinzen von Totonicapan und Tezulutlan. Aber zur Zeit der Eroberung war es ohne Zweifel eine sehr grosse Ortschaft, Sitz eines mächtigen Häuptlings und Hauptort oder Festung der Herrschaft Sacapulas."

„Schon waren fünf Jahre seit dem Einfall der Spanier in Guatemala verflossen, ohne dass man an die Unterwerfung der Indianer von Uspantan dachte: es waren diese ein rohes Bergvolk (agrestes: rústicos und montaraces), welche beständig unsere Expeditionen belästigten".

„Und so beschloss der Gemeinderat (Cabildo) i. J. 1529, diese Eroberung zu unternehmen und bestellte als obersten Heerführer den Gaspar Arias, dem man zu diesem Zwecke 60 Fusssoldaten und 300 kriegsgeübte befreundete Indianer mitgab. Die Absicht des Rates war, jene Gebirge nicht in den Händen so zahlreicher unabhängiger Dorfschaften zu belassen, da diese wilden und kriegerischen Indianer die schon unterjochten Bewohner von Qu'iché beunruhigten und reizten"......

Nach sechsmonatlichem Kriegszug war Arias endlich bis vor die Mauern von Uspantan gelangt, unterbrach dann aber plötzlich seinen Kriegszug, dessen Weiterführung er dem Pedro de Olmos übertrug, und kehrte selbst nach der Hauptstadt zurück, um einer dort gegen ihn angehobenen politischen Intrigue entgegenzutreten.

„Pedro de Olmos wollte, sei es aus Tollkühnheit oder Unbedachtheit, entgegen der Meinung der übrigen kriegserfahrenen Offiziere, die Festung Uspantan stürmen, welche nicht nur gut mit Wall und Graben geschützt war, sondern eine Besatzung von 2000 Mann im Hinterhalte hatte. Als die Unsrigen den Festungsgraben passieren wollten, schnitten die Indianer sie von der Nachhut ab und nicht nur erlitten unsere befreundeten

---

[1]) Juarros, Compendio de la historia de la Ciudad de Guatemala. t. III c. 13 (p. 307 sqq. 1857).

indianischen Truppen grosse Verluste, sondern auch viele Spanier, unter ihnen der Hauptmann Olmos selbst, wurden im Kampfe verwundet."

„Das Schmerzlichste aber bei diesem Unglück war, dass die vielen Indianer, welche der Feind zu Gefangenen gemacht hatte, dem Gotte Exbalanquen geopfert wurden, indem man ihnen, während sie noch lebten, das Herz ausschnitt, um es dem Götzen zu opfern. Dadurch wurden unsere Indianer so erschreckt, dass sie das Lager im Stiche liessen und nach Guatemala flohen. Und obwohl der Stellvertreter des Gouverneurs der Landschaft von Qu'iché, Juan de Leon Cardona, ihnen entgegen zog, um sie aufzuhalten, konnte dies doch unsern Leuten nichts helfen, als sie mit ihrem Gepäck und geringem Mundvorrat beladen, durch viele Hinterhalte der Indianer den Rückzug nach Guatemala bewerkstelligten. Während die Spanier nach Chichicastenango zogen, verlegten ihnen 3000 Krieger von Uspantan den Weg und im Kampfe mit diesen überliessen die Spanier dem Feinde das Gepäck und die Lebensmittel als Beute, um wenigstens das nackte Leben zu retten und hungrig und krank an Dysenterie und schweren Fiebern gelangten sie unter vieler Beschwer nach Utatlan."

Es wurde nun eine dritte Expedition unter Francisco de Orduña ausgerüstet, bestehend aus acht Offizieren mit 40 Fusssoldaten und 32 Reitern mit 400 Indianern von Tlaxcala und Mexiko. Von Chichicastenango aus, wo er sein Standquartier aufschlug, schickte Orduña zunächst eine Gesandtschaft an die Bewohner von Uspantan: „mit grosser Mühsal und Gefahr gelangten die Boten nach Uspantan. Aber nachdem sie den Häuptlingen jenes Stammes den Zweck ihrer Reise dargelegt hatten, schlugen diese nicht nur die gemachten Friedensvorschläge aus, sondern töteten gegen das Völkerrecht die Gesandten."

Die Spanier beschlossen nun, die Eroberung von Uspantan um jeden Preis durchzuführen und rückten über die Gebirge der Ixiles, deren festen Platz Nebaj sie mit Waffengewalt einnahmen[1]), gegen Uspantan vor. Infolge des Falles von Nebaj hatten sich auch die ebenfalls zum Stamme der Ixiles gehörigen Bewohner von Chajul den Spaniern unterworfen.

„Aber nicht so die Bewohner von Uspantan, welche zu

[1]) Vgl. Stoll, die Sprache der Ixil-Indianer, p. 2, 1887.

ihrer Verteidigung über 10000 Krieger verfügten, ausser den Hülfstruppen aus der Verapaz, von Cunen und Cotzal und aus der Landschaft Sacapulas, welche ungefähr ebensoviel betragen mochten. Die Indianer rückten bald in's Feld vor, bald verschanzten sie sich in ihren Wällen und versuchten die Spanier durch Hinhalten zu ermüden, bis sie endlich ihre Feinde durch diesen Guerilla-Krieg hinlänglich erschöpft glaubten, um ihnen die offene Schlacht anzubieten.“ — Durch geschickte Verwendung seiner Streitmacht gelang es dem spanischen Führer, den indianischen Gewalthaufen zu umzingeln, worauf die spanischen Waffen, Degen, Büchsen und die Reiterei das übliche Blutbad anrichteten. Die zahlreichen Gefangenen dienten zunächst als Geiseln für die Unterwerfung ihrer Heimatdörfer: „es wurde dieser denkwürdige Sieg in den letzten Dezembertagen 1830 errungen und alle Gefangenen wurden zu Sklaven gestempelt und verkauft“.[1])

Seit jener Zeit sind die Indianer von Uspantan, deren Zahl der Census von 1880 auf etwa 3300 berechnete, nie mehr hervorgetreten, was bei der Abgelegenheit, Unzugänglichkeit und Armut ihrer Landschaft nicht befremden kann.

Uspantan ist ein Nahuatl-Wort, welches Buschmann[2]) als „Ort der grossen Heerstrasse“, von *otli* Weg, *chpana* reinigen, fegen, und dem Ortssuffix *tlan* (*ochpantlan*) deuten will, eine Erklärung, die der Kritik aus sprachlichen und sachlichen Gründen noch offen ist, da die vorspanischen Indianer Guatemalas keine „grossen Heerstrassen“ anlegten, sondern sich, namentlich im Waldgebirge, auf schmalen Fusspfaden im „Indian file“ bewegten. Der Maya-Name für Uspantan ist nicht mehr bekannt.

Von der alten befestigten Niederlassung sind jetzt noch Ruinen in der Nähe des heutigen Dorfes vorhanden, die kürzlich von Dr. Sapper besucht worden sind.

Über meinen eigenen Besuch in Uspantan habe ich bei einer früheren Gelegenheit berichtet.[3])

---

[1]) Juarros zitiert als Quelle den leider noch nicht publizierten 2. Band von Fuentes' Recopilacion florida, tomo 2º, capp. 6º y 7º lib. 8º.

[2]) Buschmann, H. Über aztekische Ortsnamen p. 719, 1852.

[3]) Stoll, Guatemala, p. 369, sqq. 1886.

Die Sprache von Uspantan.

Es scheint nicht notwendig, in allem Detail auf den Bau der Uspanteca einzutreten, da sie sich völlig im Rahmen der früher von mir behandelten Idiome hält. Es mögen also hier nur diejenigen Bildungen kurz berührt werden, in denen sich die individuellen Besonderheiten der Sprachen vom Maya-Typus am deutlichsten offenbaren.

Phonologie.

Der Lautbestand der Uspanteca stimmt mit demjenigen der Nachbarsprachen, vor allem des Pokonchí und Cakchiquel, überein. Erwähnenswert ist bloss, dass auch hier der Vorschlag eines *g* (oder selbst *ng*) vor *v* gelegentlich vorkommt, der im K'e'kchi so stark und so regelmässig hervortritt, z. B. *ingvuich* mein Gesicht, *ngvua* die Tortilla, *gvualquinin* ich stehe.

Ferner ist zu bemerken, dass der ʋ-Laut, der im Cakchiquel von Sacatepequez in gewissen Fällen den regelmässigen Umlaut von *a* bildet, und der auch im Pokonchí zuweilen gehört wird, in der Uspanteca ebenfalls vorkommt, aber hier fast ausschliesslich in der Fragepartikel *kʋx* und zuweilen im Suffix *ak*.

Wie in anderen Maya-Sprachen Guatemalas hat auch das *r* der Uspanteca zuweilen den Klang des böhmischen *ř*.

1. **Pronomen possessivum.**

a) Vor vokalischem Anlaut; Stamm *ichochin* Haus.

Sing.	1.	Pers.	*vu-ichochin* mein Haus
„	2.	„	*avu-ichochin* u. s. w.
„	3.	„	*r-ichochin*
Plur.	1.	„	*k-ichochin*
„	2.	„	*avu-ichochin at-ak*
„	3.	„	*r-ichochin r-ech-uk.*

b) Vor konsonantischem Anlaut; Stamm *tz'i* Hund.

Sing.	1.	Pers.	*in-tz'i* mein Hund.
„	2.	„	*a-tz'i* u. s. w.
„	3.	„	*x-tz'i*[1]) *i-jun-li*
Plur.	1.	„	*ka-tz'i*
„	2.	„	*a-tz'i-atak*
„	3.	„	*r-ech-i-tz'i.*

Bemerkung. Eine Besonderheit der Uspanteca besteht darin, dass sie sehr oft dem einfachen Stamm ein *-in* anhängt, z. B. *ichoch* und *ichochin* Haus, *tz'i* und *tz'iin* Hund, *etam* und *etamin* wissen, *tzak* und *tzakin* umgefallen.

Die Präfix-Derivate, die Geschlechtsbezeichnung und die adjektivischen Bildungen auf *l-aj* stimmen mit den entsprechenden Vorkommnissen beim Pokonchi und den verwandten Sprachen überein, ebenso die Verwendung der Nominalstämme *chi* „Mund", *xol* „Zwischenraum", *pam* „Inneres" als Präpositionen, z. B. *xol-ak ja* zwischen den Häusern, *xol che* zwischen zwei Bäumen. Mit *chi* und *ij* „Rücken" wird wie im Cakchiquel gebildet: *chi-vu-ij* auf mir, *chi-r-ij* auf ihm etc.

Die Pluralbezeichnung des Nomens geschieht bei Personen durch präfigiertes *i*: *aj-itz* Zauberer, *i-aj-itz* die Zauberer, *aj-su* Flötenspieler, plur.: *i-aj-su.*

Besondere Erwähnung verdient die Pluralbildung auf *-ak*, die in der Uspanteca viel ausgiebiger verwendet wird, als in den Nachbarsprachen, z. B.:

Sing.	*nim* gross	Plur.	*nim-ak* grosse
„	*r-ech* sein Eigentum	„	*r-ech-ak* ihr Eigentum
„	*ichoch* Haus	„	*ichoch-ak* Häuser
„	*at* du	„	*at-ak* ihr

Das **Pronomen personale** lautet:

Sing.	1.	Pers.	*yin* ich
„	2.	„	*at* du
„	3.	„	*r-i* er

[1]) Sehr oft wird das Possessivpräfix der 3. p. vor Konsonanten durch *j* gebildet, z. B. *j-mam* sein Grossvater, *j-caj* sein Viertel. Vor *ch* dagegen scheint regelmässig *x* zu stehen: *x-chuch* seine Grossmutter, *x-chac* seine Arbeit etc.

Plur. 1. Pers. *oj-oj* wir
„ 2. „ *at-ak at-ak* ihr
„ 3. „ *r-i .... tak*

Bemerkenswert ist dabei die Reduplikation in der 1. und 2. Pers. Plur.

Die **Dativform des Pronomen personale** wird je nach Bedarf entweder durch Synthese des Stammes *e* mit dem Pron. poss. und der Präposition *chi* (*chi-vu-e* mir etc.) oder mit dem Stamme *ech* (*vu-ech* mir, mir gehörig, mein Eigentum) gebildet.

Als Pronomen reflexivum dient auch hier der Stamm *ib* (*vu-ib* mich selbst, *avu-ib-ak* euch selbst, *r-ib-ak l-i* sie selbst).

Als synthetischer Ausdruck der Nähe dient das Nomen *c'ul-el: ch-in-c'ul-el* bei mir, in meiner Nähe, *ch-a-c'ul-el* bei dir.

Der Begriff vor etwas befindlich wird mit dem Nomen *vuich* Antlitz ausgedrückt: *ch-in-vuich* vor mir, *ch-a-vuich-ak* vor euch, *ch-a-vuich-r-ech-ak* vor ihnen.

Zur Bezeichnung von „unter etwas befindlich" dient das Derivat *al-aj: chi-vu-al-aj* unter mir; *chi-k-al-aj* unter uns, *ch-avu-al-aj at-ak* unter euch. *chi-r-al-aj r-ech-ak* unter ihnen. Z. B. *chi-r-al-aj ch'at* unter dem Bette.

Die „Begleitung" wird ausgedrückt durch das Derivat *iqu'-il:*

vu-iqu'-il mit mir
a-qu'-il (für *avu-iqu'-il*)
r-iqu'-il
k-iqu'-il
a-qu'-il-ak
r-iqu'-il-ak.

iqu'-il ist ein nominales Derivat und entspricht vollständig dem verbalen Derivat *iqu'in* der Qu'iché-Sprachen.

Die Ursache wird angegeben, durch das Nomen *mac;* z. B.: *mac in-yaj quita x-in-pet-ic* wegen meiner Krankheit kam ich nicht.

Besonderes Interesse verdient das archaische Derivat *ib-aj,* welches neben dem Stamme *ij* für den Begriff „auf etwas befindlich" dient; z. B. *chi-k-ij oj* oder *chi-k-ib-aj oj* „auf uns".

Der Begriff „allein" wird ausgedrückt durch das Nomen *ic'an,* welches für gewöhnlich „Oheim" bedeutet. *vu-ic'an k-in-bec* ich gehe allein.

Die „Gesamtheit“ wird durch den derivierten Stamm *on-oj-el* (mit der Aussprachsvariante *un-oj-el*) bezeichnet: *k-on-oj-el oj* „wir alle“. *chi-n-oj-el-ak* sie alle. Wie später beim Cakchiquel gezeigt werden soll, weist auch *on-oj-el* auf den Stamm *k'ij* zurück und steht für *jun-k'ij-el.*

Als **Pronomina demonstrativa** dienen die Synthesen *l-i* und *r-e.*

Als **Pronomen interrogativum** fungiert die Partikel *ni,* welche, wie später beim Cakchiquel bewiesen werden soll, ein Rudiment der Verbalform *jan-ic* darstellt.[1]) *Ni at,* wer bist du? *ni x-c'am-ovu-ic* wer hat es genommen?

Das **Zahlwort** lautet für die Cardinalia folgendermassen:

1	*jun*	16	*vuak-lajuj*
2	*quib*	17	*vuk-lajuj*
3	*oxib*	18	*vuajxak-lajuj*
4	*quejeb*	19	*belej-lajuj*
5	*joob*	20	*jun-vuinak*
6	*vuakakib*	30	*jun-vuinak-lajuj*
7	*vukub*	40	*ca-vuinak*
8	*vuajxakib*	50	*lajuj-r-ox-c'al*
9	*belejeb*	60	*ox-c'al*
10	*lajuj*	70	*lajuj-u-mu'ch*
11	*jun-lajuj*	80	*ju-mu'ch*
12	*cab-lajuj*	90	*lajuj-o-c'al*
13	*ox-lajuj*	100	*jun-ciento* (statt *o-c'al*)
14	*caj-lajuj*	200	*quib-ciento* (statt *lajuj-c'al*).
15	*jo-lajuj*		

Die übrigen vom Numerale abgeleiteten Wortbildungen stimmen zu nahe mit den Nachbarsprachen überein, um besonderer Erwähnung zu bedürfen.

Das **Verbum** der Uspanteca scheint sich, wenigstens im heutigen Sprachgebrauch und so weit meine Aufnahmen einen allgemeinen Schluss erlauben, in viel bescheidenerem Reichtum der Formen zu halten, als die bereits behandelten Pokom-Sprachen

---

[1]) Vergl. vorläufig diese Arbeit p. 41.

und die Idiome der Qu'iché-Gruppe. Immerhin lassen sich auch hier die wesentlichen Elemente der für die Maya-Sprachen Guatemalas charakteristischen Verbalbildungen leicht nachweisen. Eine besondere Eigentümlichkeit der Uspanteca besteht darin, dass nur für die 3. Pers. Sing. (und Plur.) besondere Verbalpräfixe im Gebrauch sind, während die 1. und 2. Pers. Sing. und Plur., sowie die 1. Pers. Plur. einfach durch Voranstellung des reduplizierten Pron. person. vor den Verbalstamm gebildet wird; z. B.:

Stamm: *tij-ivu-ic* essen.

Präsens subfuturum.

Sing.	1.	Pers.	*yin in tij-ivu-ic*	ich esse
„	2.	„	*at at tij-ivu-ic*	du issest
„	3.	„	*r-i ti-tij-ivu-ic*	er isst
Plur.	1.	„	*oj oj tij-ivu-ic*	
„	2.	„	*at-ak at-ak tij-ivu-ic*	
„	3.	„	*r-i ti-tij-ivu-ic tak.*	

Häufig wird indessen auch die 1. Pers. Sing. ohne Reduplikation bloss mit dem Pron. pers. verbunden gebraucht, z. B. *in bix-on-ic* ich singe, *in ok'-ic* ich weine, *in xab-ic* ich erbreche mich.

Als Präfix der Vergangenheit dient in der Uspanteca, wie in den Pokom- und Qu'iché-Sprachen *x*, z. B. *x-in-vui-n-ic* ich ass, *x-at-vui-n-ic* du assest.

Das Futurum wird entweder durch besondere Präfixe, nämlich *tan* und *x-t* (letzteres in Übereinstimmung mit den Qu'iché-Sprachen) bezeichnet, oder es wird der ganze Satz umschrieben durch Zuhilfenahme von Hilfszeitwörtern, wie *aj* „wollen", *be* „gehen" etc.

Beispiele: *tan-tij-a ja* ich werde Wasser trinken
oder *x-t-in-tij-a*
oder *chi-vu-aj-in tan-tij-a*
chi-vu-aj in-vuic ich will essen
in-be vuor-ok ich gehe schlafen.

Die Konjugation mit suffigiertem Pron. pers. ist in der Uspanteca in ganz analoger Weise wie in den Nachbarsprachen in Gebrauch; z. B.:

Stamm *soc* verletzen: *soc-ol--qu-in* ich verletzte mich
„ *yo* lebendig: *yo-l-qu-in-in* ich erwache, lebe
„ *tac* sich bücken: *tac-al-qu-in-in* ich bin gebückt
„ *cub* setzen *cub-ul-qu-in-in* ich sitze.

Die Flexion ist wie folgt:

cos-ol-qu-in ich bin müde
cos-ol-c-at du bist müde
(r-i) cos-ol u. s. w.
cos-ol-c-oj
cos-ol-c-at-ak
(r-ech-ak) cos-ol.

Zur Imperativ-Bildung wird auch hier mit Vorliebe das nominale Derivat auf *n* verwendet; z. B.:

oqu-en komm herein
c'an-en bleibe da
ux-l-an ruhe aus
ak-an-en gehe hinauf
kej-en steige herunter.

Häufig wird der Imperativ durch suffigiertes *-bic* ausgedrückt, z. B.: *culelaj bic* antworte, *chumursaj bic* denke nach, *kej bic* leihe, *quinak'aluj bic* umarme mich, *c'am bic* bringe.

Ein synthetisches Imperativsuffix bildet ferner *chi cojoc*, häufig zu *chi cojo* synkopiert, z. B.: *sakabsaj chi cojo chivue* male es mir weiss, *juraj chi cojo* ziehe, *tuc chi cojo* stosse. Die Bedeutung von *chi cojoc* (oft blos *cojo*) scheint die von „ein wenig“ zu sein, die Analyse ist mir noch nicht klar.

Eine Eigentümlichkeit der Uspanteca bildet ferner die Nachsetzung der Partikel *cheke* (mit den Aussprachsvarianten *chake, chak* und *chek*) hinter die Verbalformen, denen ein Begriff der Vergangenheit oder des Abschlusses eines Vorganges innewohnt; z. B.:

tzaj-al cheke es ist schon gemalt
bus-ul cheke es ist schon zusammengefaltet
cos-ol-qu-in cheke ich bin schon müde
cos-ol-c-at-ak chak at-ak ihr seid schon müde (geworden)
tz'ap-il cheke es ist schon geschlossen
k'at-al cheke es ist schon abgeschnitten
mol-an cheke es ist schon aufgehäuft.

Die Konjugation mit persönlichem Objekt stimmt mit derjenigen der Nachbarsprachen überein; z. B.:

Stamm: *tou* helfen, *at-in-tou* ich helfe dir (du bist Objekt meines Helfens)
qu-in-a-tou vue hilf mir

Stamm: *k'al* umarmen, *at-in-k'al-uj* ich umarme dich
qu-in-a-k'al-uj bic umarme mich

Stamm: *pach* begleiten.
at-at-im-pach-ij ich begleite dich
qu-in-a-pach-ij bic begleite mich

Stamm: *el-b* erwarten
qu-in-a-vu-elb-ej bic erwarte mich.

Dass der Unterschied des transitiv aufgefassten Verbalbegriffes vom Intransitivum durch den Wechsel des Pronominalpräfixes — transitiv: Pron. poss.; intransitiv: Pron. person. — ausgedrückt wird, steht nach dem für die Maya-Sprachen überhaupt Gültigen zu erwarten; z. B.:

Transitivum.

Sing. 1. Pers. *vu-et-am-in ba'tz* ich kann spinnen (das Spinnen ist mein Wissen)
„ 2. „ *avu-et-am-in ba'tz* du kannst spinnen
„ 3. „ *r-et-am-in ba'tz* u. s. w.
Plur. 1. „ *k-et-am-in ba'tz*
„ 2. „ *avu-et-am-ak-in ba'tz*
„ 3. „ *r-et-am-ak-in ba'tz.*

Intransitivum.

in-nau r-iqu'i chac ich lerne arbeiten
at-nau r-iqu'i chac u. s. w.
r-i ti-nau r-iqui' chac
oj-oj nau r-iqu'i chac
at-ak at-ak nau r-iqu'i chac
r-i r-ech-ak l-i ti-nau riqu'i chac.

Trotzdem die Begriffe „können“ und „lernen“ für unser Sprachgefühl durchaus transitiv sind und demgemäss dieselbe

Konjugationsform bedingen würden, so zeigt die Analyse der Stämme *et-am-in* und *na-u*, dass die indianische Auffassung des Verbalinhaltes in beiden Fällen eine verschiedene ist. *vu-et-am-in ba'tz* bedeutet: „mein Gewusstes ist das Spinnen". *in-na-u r-iqu'i chac* dagegen bedeutet: „ich bin einer *(in)* der vertraut geworden ist *(na-u)* mit *(r-iqu'i)* dem Arbeiten *(chac)*.

Wie in den bereits behandelten Sprachen ist es also auch hier das Suffix, welches über die Anwendung der jeweiligen Konjugation entscheidet. Indessen herrscht in der Uspanteca eine unverkennbare Vorliebe für diejenigen Suffixe, welche eine intransitive Konjugation ermöglichen, wie *ic, vuic, nic, u, san* während die mit dem Pron. poss. konstruierten Suffixe, wie *m, n, saj* seltener zur Verwendung kommen.

Besonderer Erwähnung bedarf noch der Stamm *vui* „irgendwo sein", der in der Uspanteca in regelmässiger, wenn auch defektiver Flexion vorkommt:

Sing.	1. Pers.	*in vu-in (chivuichoch)*	ich bin (zu Hause)	
„	2. „	*at vu-at (chavuichoch)*	du bist (zu Hause)	
„	3. „	*ri vui (lajarichoch)*		u. s. w.
Plur.	1. „	*oj vu-oj (laja kichoch)*		
„	2. „	*atak vu-atak (lajavuichochak)*		
„	3. „	*ri vui (lajrichochak)*.		

Eine derivierte Form bildet *vuonin*, meist synkopiert zu *vuoni*, z. B. *vuonin apuak* du hast Geld (dein Geld ist vorhanden), *vuoni vua* es giebt Tortillas.

Wenn man den Wortschatz der Uspanteca sowohl hinsichtlich der Stämme als ihrer Affixe mit den Sprachen der Qu'iché- und Pokom-Gruppe vergleicht, und sich von der weitgehenden Übereinstimmung dieser sämtlichen Idiome überzeugt, so ist man von der eigentümlichen Thatsache überrascht, dass die Indianer von Uspantan sowohl das Qu'iché als das Pokonchi nicht ohne weiteres verstehen, sondern als fremde Sprachen behandeln, die man besonders erlernen muss. Dies rührt davon her, das jedes Idiom dieser Gruppen, und so auch die Uspanteca, in der Wahl der verwendeten Stämme und ihrer Affixe und in der Bedeutung, die sie diesen Stämmen und Affixen beilegen, gewisse Abweichungen voneinander zeigen, welche in ihrer Gesamtheit den individuellen

Charakter der einzelnen Sprache ausmachen und zahlreich genug sind, um das Verständnis gegenüber den Nachbaridiomen nicht nur zu erschweren, sondern sogar unmöglich zu machen.

Während man daher auf Grund der sprachlichen Analyse geneigt sein könnte, den einzelnen Sprachen der Maya-Gruppen Guatemala's nur den Rang nahe verwandter Dialekte zuzuerkennen, werden sie von dem Sprachgefühl der Indianer selbst als verschiedene, gegeneinander unverständliche Sprachen behandelt.

Um dieses eigentümliche Verhalten genauer zu illustrieren, möge noch ein kurzes Verzeichnis der von mir in Uspantan gesammelten Worte folgen.

Wortverzeichnis.

A.

a n. Wurzel. *r-a che* Baumwurzel.

a ..... *at* pr. poss. 2. p. sing. dein.

a ..... *at-ak* pr. poss. 2. p. plur. euer.

abaj n. Stein.

abin n. Tochter.

abix n. Maisfeld.

ac'al n. jung, zart. *ac'al iqu'in* erstes und letztes Mondviertel.

ac'alin n. jung.

aj präf. nom. agentis. *aj-ac'alin* junger Mann. *aj-ajlanic* Zähler. *aj-au* Herr, Herrin. *aj-avual* Säemann. *aj-ba'tz* Spinner. *aj-bix* Sänger. *aj-camisanel* Schlächter. *aj-car* Fischer. *aj-cut* Jäger, Schütze. *aj-cutunel* Schütze. *aj-c'utunel* Lehrer. *aj-c'ayinel* Verkäufer. *aj-chac* Arbeiter. *aj-che* Matasano-Baum. *aj-chuvek* bis morgen. *aj-ch'oj* Kämpfer, streitsüchtig. *aj-ch'ojonic* Wäscherin. *aj-ij* Rohr, Zuckerrohr. *aj-ikom* Lastträger. *aj-itz* Zauberer (brujo). *aj-i'tz* Spieler. *aj-k'ij* Wahrsager (zahorí). *aj-k'ojom* Trommler. *aj-k'un* klein, jung. *ajk'un ak* Ferkel. *ajk'un ja* Bach. *aj-lok'omanel* Käufer. *aj-mac* Sünder. *aj-maj* derjenige, der reibt, massiert, Masseur. *aj-mukunel* Totengräber. *aj-ochol* der Einsammler der Maiskolben (tapixcador). *aj-pajanel* der Wäger. *aj-patba* Strohhutmacher. *aj-pop* Mattenflechter. *aj-quem* Weber. *aj-quiel* Maismahlerin. *aj-su* Flötenbläser. *aj-tzo* Truthahn. *aj-tz'aj* Färber. *aj-tz'ajol tz'um* Gerber. *aj-tz'ib* Schreiber. *aj-tz'is* Schneider, Nähterin. *aj-xajab* Sandalenmacher. *aj-xajol* Tänzer. *aj-xot* Ziegelmacher.

aj v. wollen.

ajil Wert. *jurub r-ajil* wie viel ist es wert.

ajlaj v. zählen.

ajlal n. v. gezählt.

ajlanic v. zählen.

ajrina nachher.
ajsic hier oben.
ak n. Schwein.
akan n. Bein, Fuss, Unterschenkel, Schritt, Länge, Stützpfeiler, v. hinaufsteigen, *akanen* steige hinauf.
akanic v. hinaufsteigen.
akan (r) ja Stützpfeiler des Hauses.
akansan v. hinaufstellen.
a'k n. Zunge.
ak'ab adv. Nacht, vor Sonnenaufgang.
ak'in n. sauber.
al n. 1. Gewicht, schwer. 2. Kind. *r-al o'ch* Mais. *r-al tu* Frauenbrust.
alaj unter. *r-alaj ch'at* unter dem Bett.
alax v. poss. geboren werden, hervorkommen. *ti-al-ax vui ja* das Wasser quillt hervor.
alib n. Schwiegertochter.
alin gewogen.
alk'ajin geraubt, gestohlen.
alk'om Dieb.
am n. Spinne.
amalo n. Insekt, Fliege, Raupe, Schmetterling.
anima n. Seele, (spanisches Lehnwort).
anmajic v. fliehen.
asam chi n. Bart, Schnurrbart.
at pron. pers. 2. p. sing. du.
at-ak pron. pers. 2. p. plur. ihr.
atit n. Grossmutter.
atit-ac'al (r) Hebamme.
atz'am n. Salz.

B.

ba n. Kopf. *ba-(n)-chec* Knie. *ba-(n)-k'ab* Finger. *ba(n)-teleb* Schulter. *ba-(vu)akan* Zehen.
bach n. Hagel (s. *sak bach*).
bak n. Knochen, mager. *bak achak* Sitzknochen.
bak vuich Augapfel.
bakel n. Knochen.
balam n. Tiger.
baluc n. Schwager, Schwägerin.
ban v. machen.
banal n. v. gemacht. *banal cheke ak'in* gereinigt. *banal chek r-e* geschliffen, geschärft (wörtl. gemacht schon sein Zahn).
banon re v. schärfen.
banovuic v. thun, machen. *inbanovuic ak'in* ich reinige.
ba'tz n. 1. Faden, Garn. 2. Affe. (mono saraguate). 3. v. spinnen.
batz'aj v. spinnen.
batz'al n. v. gesponnen.
batz'inic v. spinnen.
be 1. n. Weg. 2. v. gehen.
benic v. gehen.
bic Verbalsuffix des Imperativs.
bij n. Name.
bil n. v. *(bi-l)* gesagt. *bil cheke* es ist schon gesprochen.
binic v. sprechen.
bis n. traurig.
bisonic v. traurig sein.
bitic v. sich erheben. *bit-en* stehe auf. *bit-ta* wecke ihn.
bix n. Gesang.

bixanic v. singen.
biyom n. reich.
bolaj n. Holzklotz.
boraj n. Bündel, Armvoll. *boraj ichej* eine Last Viehfutter.
buanak lebewohl.
bu'k v. ausreissen.
bu'kuvuic v. ausreissen.
bus v. zusammenfalten.
busul n. v. zusammengelegt.

C.

ca n. Mahlstein, Backenzahn, Brücke.
cab n. Honig, Zucker.
cabab v. gähnen. *ti-cabab in-chi* ich gähne (mein Mund klafft).
cabarakan n. Erdbeben.
cabij übermorgen.
cabjir vorgestern.
cacabil zu zweien, von 2 zu 2.
cacalte Kinnbacke.
caibal n. Gesicht, Haus.
caj n. Himmel.
cajcaj je 4.
cajir 4 Tage her.
cakul jau n. Donner (Zorn des Herrn).
ca'k n. indianische Leiter, gekerbter Baumstamm.
cala dort.
camin sis n. Rüsselbär (pistote partideno).
camic v. sterben.
caminak n. v. tot.
camisanel n. Schlächter.
camisanic v. töten.
car n. Fisch.
camixa n. Hemd, Jacke (span. camisa).
caxcavela n. Hoden (sp. cascabel).
caxlan vua n. Weissbrod (span. castellano).
clavix und *calavix* n. Nagel (span. clavo).
coj n. 1. Silberlöwe (Puma). 2. v. anziehen, mit etwas versehen. *coj avuatziak* ziehe dein Kleid an. *coj chi calavix* nagle!
cojan v. glauben.
cojol n. v. mit etwas versehen, *cojol chek clavix* der Nagel ist eingeschlagen.
cojol atz'am Einsalzer des Fleisches.
cojou clavix n. nageln.
cosol n. v. müde.
cou und *couin* n. starr, hart, steif, stark.
coyopa n. Blitz.
cubarem n. Sitz.
cubaric v. sich setzen. *cubaren* setze dich.
cubul n v. sitzend. *cubul quin* ich sitze.
culaj n. Paar.
culelaj v. antworten.
culelan n. antworten.
cumatz n. Schlange.
cumpax n. Schläfe.
cut 1. v. schlagen, schiessen, treffen. 2. lehren. *cut chinvuich* lehre mich.
cutuv v. lehren.
cutuvuic v. schiessen.

cux n. unreifer Maiskolben (elote).

cuxtanic v. sich erinnern.

cuyan v. leiden.

C'.

c'a n. bitter.

c'aibal n. Marktplatz.

c'ajol n. jung. *c'ajol ivuanak ri* er ist noch jung.

c'am n. 1. Schnur. 2. Klafter. 3. Schlinggewächs, Rute (vejuco). 4. v. tragen, bringen. *c'am bic* bringe.

c'amal n. v. gebracht, getragen.

c'amel n. Schnur. *c'amel ch'ab* Bogensehne.

c'amovuic v. tragen, bringen, sammeln, empfangen.

c'an v. bleiben. *c'an-en* bleibe da.

c'anic v. bleiben.

c'at 1. n. Tragnetz, Fischernetz. 2. v. verbrennen.

c'atal n. v. verbrannt.

c'atan n. Hitze, Schweiss. *c'atan chivuij* ich habe heiss.

c'atovuic v. verbrennen.

c'asic v. geboren werden.

c'avuax n. Anone.

c'ay v. verkaufen. *c'ayaj chivue* verkaufe mir.

c'ol v. aufbewahren. *c'oj cojo* bewahre auf.

c'olan n. v. aufbewahrt.

c'olovuic v. aufbewahren.

c'oxin n. hinkend, lahm (ob spanisch *cojo?*)

c'oy n. Affe (mico).

c'uch n. Aasgeier (zope).

c'ul n. Hals, Verengung.

c'ul kab Handgelenk.

c'ulam n. rohes Garn (pita floja).

c'ulel n. nahe. *chin c'ulel* nahe bei mir.

c'ulic v. verheiraten.

c'ulinak n. verheiratet. *c'ulinaki ixo'k ri* diese Frau ist verheiratet.

c'ulunem n. Hochzeit.

c'ux n. unreifer Maiskolben, Elote.

Ch.

chabej v. sprechen.

chac n. Arbeit, v. arbeiten.

chacul n. v. gearbeitet.

chacun n. v. arbeiten (Imperativ).

chacunic v. arbeiten.

chaj 1. n. Asche. 2. n. Fichtenholz, Kienfackel (Ocote). 3. v. hüten, beaufsichtigen. *chajaj chivue* hüte es mir.

chajinic v. hüten.

chakab adv. auf der Seite. *chakab i jili* auf jener Seite.

chakalin n. feucht, nass.

chake (mit den Varianten *cheke*, *chak* und *chek*) Suffix beim Perfektum, z. B. *bil cheke* es ist schon gesagt. Vgl. *chak* im K'e'kchi.

chakej (mit der Variante *chekej*) n. v. trocken. *chakej car* getrockneter Fisch.

cha'klaj n. v. gekocht. *cha'klaj quina'k* gekochte Bohnen.

chal n. klein. *chal rakan* niedrig, kurz (klein sein Mass). *chal ivuich* schmal, enge (klein seine Fläche).

chap v. ergreifen, berühren, fangen. *chapo* ergreife.

chapal n. v. berührt, gefangen.

chapon v. fangen. *chapon car* fischen.

chavuic v. reden.

chay n. Obsidian.

che n. Baum, Holz.

chec n. 1. Var. von *chac* Arbeit. 2. n. Knie.

chekej n. v. trocken, Var. von *chakej*. *chekej chi* durstig (trocken der Mund). *chekej tivuic* trocknes Fleisch.

chel(vu)-ij Rückgrat.

chi n. 1. Mund. 2. präp. in, bei (in Synthese: *ch-*).

chic n. ein anderer. *jun chic.*

chicach n. Korb

chicat n. Kissen, Bett.

chi cojoc ein wenig.

chij n. 1. Gurt. 2. Hammel.

chinojel (mit Var. *chinujel*) = *chi inojel* alles. *chinujel che* alle Bäume.

chi tzij n. Wort.

chi vuek adv. Morgen. *chi vuek lak'ab* morgen, früh.

chiyaj n. Muhme.

choc 1. n. Sanate-Vogel (Quiscalus major). 2. v. rösten.

chol v. beginnen. *chol-bic* fange an.

cholan n. v. angefangen.

cholovuic v. beginnen.

chonojel n. (*chi onojel* in der Gesamtheit) Körper.

chub (mit Var. *chup*) 1. n. Speichel. 2. v. spucken.

chuc n. Ellbogen.

chuch n. Mutter.

chuchbal n. Stiefmutter.

chuch-ja n. Haushof.

chuch kaj Ave Maria.

chujaric v. verrückt sein.

chul n. Urin.

chulbal n. Harnblase.

chulunic v. urinieren.

chumursaj v. denken, überlegen.

chun n. 1. Kalk. 2. Hagel, Schnee.

chup v. 1. spucken. 2. auslöschen.

chupul n. v. ausgelöscht.

chuvuek = *chivuek*.

Ch'.

ch'ab n. Bogen und Pfeil.

ch'aj v. waschen.

ch'am n. sauer.

ch'at Bett.

ch'ejonic v. verdienen.

ch'equen n. Blattschneider-Ameise.

ch'ip (Var. *chip*) n. 1. jung, neugeboren. 2. Eiterpustel.

ch'i'ch n. Werkzeug, Eisen.

ch'ima n. Huisquil (Sechium edule).

ch'o n. Maus.

ch'ol n. Brustkorb, Bauch, Inneres.

ch'oj v. zanken.
ch'ojinic v. hüpfen, springen.
ch'ub n. Wespe.
ch'umil n. Stern.

E.

e n. Zahn.
elab k'ij n. Osten, Sonnenaufgang.
elan v. herausgehen. *elam bic* gehe hinaus.
elbej v. erwarten.
elk'anic v. rauben, stehlen.
elic v. hinausgehen.
esaj v. herausnehmen, wegnehmen. *esaj avuatziak* entkleide dich. *esaj bic* nimm weg.
esal n. v. weggenommen.
esan v. wegnehmen. *esan qu'i'c* Blut ablassen.
esanic v. wegnehmen.
etal n. Zeichen.
etam v. lernen, gelernt, gelehrt. *vuetamin* ich weiss.
etz'aminic (= atz'aminic) salzen.
etzel n. schlecht.

I.

i 1. Pluralpräfix: *iajitz* die Zauberer. 2. pron. dem. und Artikel. *mas i-al* sehr schwer.
ibaj n. in Synthese „auf", *chivu ibaj* auf mir.
iboy n. Gürteltier.
icak n. Neffe, Nichte.
ican n. Oheim.
i'c n. Mond.
ic'an n. allein (in Synth.). *vuic'an* ich allein. *ric'an ke* er ist ledig.
iqu'il n. der Begleitung (in Synth.). *riqu'il* mit ihm.
ichoch n. Haus.
ij n. Rücken, Schale, Rinde, in Synth. „auf". *chivuij* auf mir. *rij che* Baumrinde. *rij in c'ul* Nacken.
ijil n. = *ajil* Wert.
ikan n. v. Last. *ikan qu'im* eine Tracht Stroh.
il v. sehen, sich pflegen. *il avuib at calá* pflege dich dort.
ili Suffix dem; *rech .... ili* jener, er.
in (Var. *yin*) pron. pers. und poss. 1. p. sing. ich, mein. *in aj car* ich fische. *in caibal* mein Gesicht.
iquim auf dem Bauch liegend, nach unten.
itzbej v. 1. peitschen. 2. betrügen.
itzbel n. v. betrogen. *itzbel chak avuich* du bist betrogen.
itzib v. heilen, gesund machen.
itz'an v. spielen.
ivuer adv. gestern.
ix v. abkörnen (vom Mais).
ixcab n. Wachs.
ixcolop n. Gedärme.
ixc'ub n. Herdsteine.
ixok n. Frau, Weibchen. *ixok tz'i* Hündin. *ixok tun* Katze. *ixok ak* Sau. *ixok ric'an* ledige Frau.
ixokil n. Gattin.
ixpeker n. Kröte.

ixpitak n. Waschbär.
ixque'k n. Nagel, Klaue.
ixtutz n. Frosch.
ixtux n. Truthenne.

J.

j pron. poss. 3. p. z. B. *jkaj* sein Vater. *jk'u k'a'k* Flamme. *jmam* sein Grossvater.

ja n. 1. Haus, Wohnung. 2. *(ha)* Wasser, Regen, Bad, Fluss.

jabal n. Regen.

jach v. verteilen. *jachbic* verteile.

jachol n. v. verteilt.

jachovuic v. verteilen.

jal 1. n. Maiskolben. 2. v. wechseln. *jal avu atziak.* wechsle dein Kleid.

jam v. leeren. *jam chi cojo li* leere es mir.

jamal n. v. leer. *jamal chak pam* es ist schon leer.

jamon pam leer.

jatak atak gehet.

jatat gehe du. *jat atinuk* gehe baden.

jatzovuic v. kauen.

je n. Schweif.

jebej k'a'k n. Feuerwedel.

jer v. drehen.

jeran n. v. gedreht.

jerevuic v. drehen.

jet v. drücken. *jet chi cojo* presse ein wenig.

jetel n. v. gedrückt.

jetevuic v. drücken.

ji n. Schwiegervater[1]).

jik'ic v. ersticken.

jirculujin n. v. ausgleiten. *j. vuakan* mein Fuss gleitet aus.

jkaj n. Vater.

jk'u k'a'k n. Flamme.

jo v. def. gehen wir.

jo'ch n. Maisbrei (Atole).

jo'chovuic v. ernten.

jo'k n. Hülle des Maiskolbens (tusa).

jolinic v. rennen.

jore n. synth. Höhle.

jorub = *jurub*.

jotak je 5.

ju'ch n. Beutelratte (Tacuacin).

juitz n. Berg.

jujunal je einer, von 1 zu 1.

jul n. Loch, Höhle.

junab n. Jahr. *jun junab* ein Jahr.

juraj v. ziehen. *juraj chi cojo* ziehe ein wenig.

jurinic v. ziehen, anziehen.

jurub wie viel. *j. rajil* wie viel ist es wert? *j. tibec* wie viele gehen? *j. li* wie viel ist es?

juruj wann. *juruj atyuc* wann kommst du wieder?

jutun n. v. sich nähern. *j-chek* oder *jutumbic* nähere dich.

---

[1]) Auch für „Schwiegermutter" und „Schwiegersohn" wurde mir *ji* angegeben, was auf eine durch spanischen Einfluss bewirkte Verwirrung der altindianischen Nomenklatur zurückzuführen ist.

K.

k vor Vokalen: pr. poss. 1. p. plur. unser. *k-echin* unser.

ka vor Konsonanten: pr. poss. 1. p. plur. unser. *ka caibal* unser Haus.

kajbal n. Stiefvater.

kaj v. zurückkehren. *kajen chej* kehre zurück.

kapoj n. Küchenschabe (Blatta).

katz n. viel, gut. *quita katz ivuin vui* ich befinde mich nicht sehr gut. *katz sachin* sehr getäuscht.

ke part. der Beschränkung: nur. *jun ke* nur einer.

kej 1. v. herabsteigen. *kejen chej* steige herab. 2. v. leihen.

kejbal k'ij spät (bei Sonnenuntergang).

kejeb k'ij n. Sonnenuntergang, Westen.

kejic v. herabsteigen.

kejevuic v. leihen.

kejil k'ij spät.

kejom n. v. geliehen.

kesan v. herabnehmen. *in k. kib* ich nehme den Krug herab.

kib n. Thonkrug.

ki cut weshalb nicht?

kux (Var.: *kix*) part. interr. et perfecti. *kux camin* ist er schon gestorben? *kux uxlanin* schon ausgeruht.

K'.

k'ab n. Arm, Hand, Griff, Faustschlag. *k'ab ca* Handwalze des Maismahlsteins. *k'ab che* Baumast.

k'abarel n. betrunken.

k'abaric v. sich betrinken.

k'a'k n. Feuer, Hitze, Fieber.

k'aluj v. umarmen.

k'am n. Brücke.

k'an n. gelb.

k'anil n. das Gelbe. *k'anil bak ingu-vuich* das Weisse des Augapfels.

k'at v. schneiden, abschneiden, umhauen.

k'atal n. v. abgehauen.

k'el n. faul, verdorben.

k'ij n. Sonne.

k'inim n. Jocote (Spondias sp.).

k'ip v. kauen, quetschen.

k'ipil n. gekaut.

k'o'tz n. Wange.

k'ojom n. grosse indianische Trommel.

k'uk'um n. dunkel, finster.

k'unuxel (Var.: *k'unuxiel*) n. jüngerer Bruder. *k'. ixok* jüngere Schwester.

L.

la 1. part. interr. loc. *la te vui* wohin gehst du? *la xanim ajvui* welchen Weg ist er geflohen? 2. part. loc. *la ja* im Flusse. *la uleu* am Boden. *la muj* im Schatten. *la k'ij* bei Tage. *l-ak'ab* bei Nacht, *la caj* auf dem Rücken liegend. *la jqu'iché* im Walde. *la jin cumpax* an meiner Schläfe, *la jin ba* in meinem Gedächtnis. *la jpam vuakan* an meiner Fusssohle. *la jvua* an meinem Bein.

labal n. Krieg, Eroberung. *xajojlabal* „el baile de la conquista“.

lai (Var.: *lahi*) wo?

liloj n. lau.

loco v. kratzen.

lo'k v. kaufen. *lo'k chuvue* kaufe mir ab.

lo'komanel (aj-) n. Käufer.

lo'kovuic v. kaufen.

lu Peter (vom span. Pedro).

M.

ma part. vetat.: *ma soc avuib* stosse dich nicht. *ma tzakon* verliere es nicht.

mac n. Sünde, Schuld, wegen, infolge. *mac inyaj quita xinpetic* wegen meiner Krankheit kam ich nicht.

maj v. reiben. *maj cojoc* reibe.

majo und *majic* reiben, massieren.

mam n. Grossvater.

mamal n. der älteste, grösste. *mamal ink'ab* Daum.

mat part. vet. *mat chavuic* rede nicht. *mat k'abaric* betrinke dich nicht.

mau re v. schleifen. *ta maure ch'i'ch* ich schleife das Messer.

matzat n. Ananas.

max (Var.: *mex*) zur Linken.

meba n. arm, verwaist.

meseb n. Besen.

mesel n. v. gereinigt.

mesevuic v. reinigen.

mex n. Tisch (span. mesa).

mik'in (Var.: *mek'in*) heiss, warm.

miki'vuic v. erhitzen.

mir n. heute.

mol v. aufhäufen. *mol chi cojo* häufe auf.

mori n. Mistkäfer.

mu v. nass machen.

muj n. Schatten.

mujiin v. sich beschatten.

muk v. verbergen, vergraben. *muk avuib* verstecke dich.

mukul n. v. vergraben, verborgen. *m. cheke* er ist schon beerdigt.

mukunel (aj) n. v. Totengräber.

mukuvuic v. begraben, verbergen.

muk'en n. Faust.

mul 1. n. v. *(mu-l)* nass. 2. Haufen. *mul senic* Ameisenhaufen.

mulba v. sammeln. *mulba chi chivue* sammle es mir. *mulbain* gesammelt.

mulul n. Kalebasse (Jícara).

muvuic v. nass machen.

muxux n. Nabel.

N.

naj und *najin* n. fern. *naj cha k'ij* die Sonne steht schon hoch. *najini vui tenamit* das Dorf ist weit entfernt.

natun v. sich legen. *natun iquim* lege dich auf den Bauch.

nau v. lernen.

neri hier.
ni wer? *ni chi vuanak ri* wer ist dieser Mann?
nicaj n. Mitte, Hälfte.
nim und *nima* (plur. *nimak tak*) n. gross, tief. *nima ja* See (grosses Wasser. *nima vuitz* Berg. *nima k'ojom* grosse Trommel.
nimaj v. gehorchen. *nimaj tzij* gehorche.
nimanic v. wachsen.
nim ijpam tief.
nim rakan hoch, breit.
nim vuich enge, schmal.
niquek'e wem? *nique'ke tan ya vui* wem soll ich es geben? *niqui'k riqu'il ri yaj lu* mit wem ist Pedro? *niquek'e lo'k la ja ri* wem sind diese Häuser?
nosaj v. füllen.
nosal n. v. voll.
nosanic v. füllen.

O.

o'ch n. Mais (vgl. *jo'ch*).
oj und *ojoj* pr. pers. 1. p. plur. wir.
oj n. Aguacate (Persia gratissima).
ojob n. Husten.
ojobanic v. husten.
ojor vor alters (= Cakch. *ojer*).
o'kic v. weinen.
oc v. eintreten. *oquen la ja* tritt ins Haus.
oquic v. eintreten.
oyvual (Var.: *ayvuel*) n. Zorn, Ärger.
oxir vorgestern.
oxox je 3.
oxoxil zu dreien.

P.

pa präp. in, für. *pa (nica)* in der Mitte. *pa cablajuj* um 12 Uhr. *pa avuech atak* für euch. *pa jcaj* der 4. Teil.
pach n. rechts. *ka pach* zu unserer Rechten.
pachij v. begleiten. *atat inpachij* ich begleite dich.
paj v. messen, wägen. *paj chi* wäge.
pajal n. v. gewogen, gemessen.
pajbal n. Wage, Schluck, Mass.
pajo v. messen, wägen.
pak v. spalten. *pak chi cojoc* spalte.
pakaj n. Spalte, Riss.
pakal 1. n. v. gespalten. 2. viel, teuer. *pakal rijil* es kostet viel.
pakalic (Var. *bakalic*) teuer. *quita pakalic* billig.
pakovuic v. spalten.
pas n. Leibgurt, Binde.
pat n. Augenblick. *jun pat.*
patam n. Stirnbinde (mecapal) des Tragriemens.
patba n. Strohhut.
pax v. sich spalten, zerbrechen. *paxaj chi cojo chivue* zerbrich es mir.
paxal n. v. zerbrochen.
paxinic v. zerbrechen.

peraj (Var. *paraj*) n. Seite. *la jun peraj* jederseits.
petic v. zurückkommen.
pi'k v. Axe des Maiskolbens (olote).
pis und *piso* v. einhüllen.
pitz v. pressen.
pitzil n. v. gepresst.
pitzivuic v. pressen.
pok n. Sand, Staub, Pulver.
pop n. Strohmatte (petate).
pot n. Weiberhemd (huipil).
puak n. Silber, Geld.
pucuvuic v. losbinden.
pu'ch v. ausweiden.
pu'chul n. v. ausgeweidet.
pur n. 1. essbare Wasserschnecken (jute) der Gattung Melania. 2. männliches Glied.

Q.

quela dort.
queli hier.
querquen n. v. zitternd. *querquen in tiojel* ich zittere.
qui n. süss.
quie v. mahlen.
quiej n. Reh.
quiek n. rot. *quieka chaj* roter Fichtenspan. *quiek sulub* Schmetterling. *quiek sutcum* Wirbelsturm. *quiek tub* Wanderameise.
quiel n. v. gemahlen.
quiem n. Gewebe. *quiem am* Spinngewebe.
quienic v. mahlen.
quilij v. rösten.
quina'k n. Bohne (frijol).
quir v. losbinden. *quir chi cojo chivue* binde los.
quiran n. v. losgebunden.
quita part. neg. nicht. *quita al* nicht schwer. *quita at vuic* du issest nicht. *quita naj* nahe. *quita nim pam ja* das Wasser ist nicht tief.
quitan nichts, es ist nicht vorhanden.

Qu'.

qu'e'k n. schwarz.
qu'i n. viel.
qu'i'c n. Blut. *qu'i'c chin yoc* Dysenterie.
qu'iché n. Wald, Waldschlucht.
qu'ichelaj n. Wald, waldig. *qu'ichel ak* n. Wildschwein.
qu'iek n. Floh.
qu'ielaj (Var. *qu'ilaj*) viele *qu'ielaj vuinak ili* viele Leute.
qu'im n. Stroh.
qu'is v. vollenden. *qu'isban* mache fertig.
qu'isil n. v. angefangen.
qu'isivuik v. vollenden.
qu'itzaj v. züchten (Tiere).
qu'ix n. Dorn.

R.

r vor Vokalen pr. poss. 3. p. sing. *r-ichaj* sein Viehfutter.
racan n. Insekt.
rapa'c n. Löffel.

rap und *rapaj* v. schlagen, strafen. *rapaj bic* züchtige.

rapal n. v. gezüchtigt.

rax (Var. *rex*) n. grün, blau, frisch. *rax cab* Schnee, Eis.

rex car frischer Fisch.

rex teu Kälte.

rex tinic frisches Fleisch.

rech sein, ihm gehörig.

rechak u. *rechakin* ihnen gehörig.

ri pr. pers. 3. p. sing. er, dies. *ri rajil* soviel kostet es (dies ist sein Wert).

S.

sac v. schlagen, ankleben. *sacbic* klebe fest.

sacovuic v. = *sac.*

sa'c n. Heuschrecke.

sach v. vergessen, verzeihen, ausgeben. *sach imac* verzeihe.

sachal v. vergessen, verziehen. *sakal cha kamac* unsere Schuld ist verziehen.

sachin v. sich täuschen.

sacho und *sachovuic* v. ausgeben.

sak (Var. *saj*) n. weiss, hell, leuchtend. *saj qui* n. Maguey (Agave sp.). *saj uleu* n. essbare, weisse Erdart. *sak bach* n. Hagel. *sak che* die schräg von der First ausgehenden Dachbalken. *sak liloj* lau. *sak molob* Ei. *sak u'k* Laus.

sakabsaj v. weiss machen. *sakabsaj chi cojo chivue* mache weiss.

sakabsan re v. weiss machen.

sakal n. das Weisse. *sakal bak ingvuich* das Weisse des Augapfels.

sakul n. Banane.

senic n. Ameise.

si n. Brennholz.

sibel ja n. Wasserdampf.

siqu'ij v. rufen. *siqu'ij bic* und *siqu'ij chi cojo* rufe.

siqu'in re v. rufen.

siqu'inic v. rauchen.

sinaj 1. n. Skorpion. 2. v. sich schneuzen. *sinaj in tz'am* ich schneuze meine Nase.

sip n. Rauch, Dampf.

sipaj v. schenken. *sipaj chivue* schenke mir.

sipal n. v. geschenkt.

sipoj n. Geschwulst, Beule.

sipojic und *sipojin* v. anschwellen.

sipolin n. v. geschwollen.

siquinic v. rufen.

sis n. Rüsselbär (Pisote).

sital n. Wespennest.

sivuan n. Schlucht, Barranca.

soc v. sich verletzen.

socolic n. v. Wunde.

socol n. v. verletzt. *socolquin* ich bin verletzt.

so'c n. Nest.

sol v. schälen.

solan n. v. geschält.

solovuic v. schälen.

so'tz n. Fledermaus.

su n. Pfeife, Rohrflöte.

suanic v. Flöte blasen.

suban n. Maisfladen (tamal chiquito).

suj v. versprechen.
sut n. Tuch.
su'tz n. Wolken, Nebel.

T.

ta 1. Optativ-Partikel. 2. v. finden.
tac v. sich bücken. *tacaren* bücke dich.
tacal n. v. gebückt. *tacalquin* ich kauere.
tak 1. Suffix des Plurals. 2. v. befehlen.
takal n. v. befohlen.
takou v. befehlen. *takou bi re* befiehl.
tal n. v. gefunden.
tambal (im)ba n. Kopfschmuck.
tan (vor *b* und *p tam*, vor *m* und *n ta*) Verbalpräfix des Präsens subfuturum: *tanch'aj in k'ab* ich will meine Hände waschen.
tap n. Krebs.
tavuic und *tavuin* v. finden, verstehen, auf etwas kommen, ankommen. *xintavuin* ich bin angekommen.
te v. öffnen. *teba* öffne.
tejinic v. donnern.
tel n. v. offen.
teleb n. Schulter.
tem n. Balken.
teu n. Frost, kalter Wind, Schnee. Reif.
ti 1. n. Essen. 2) Verbalpräfix des Präsens subfut. p. 3. sing. *ti tejinic cakul jau* es donnert.
ti'c v. säen.
tija v. geniessen, essen, trinken.
tijivuic v. essen.
tinic n. v. Fleisch.
tinimit n. Dorf. (Nahuatl: tenamitl).
tioj n. fett.
tiojal (Var. *tiojel*) n. Körper, Beleibtheit.
tion und *tionic* v. beissen, jucken, *ti tion imba* der Kopf schmerzt mich. *ti tion gvue* ich habe Zahnweh. *ti tion inch'ol* ich habe Leibschmerzen.
toj v. 1. bezahlen. 2. wegwerfen.
tojol 1. bezahlt. 2. weggeworfen.
tojovuic 1. bezahlen. 2. wegwerfen.
to'k n. Leibgurt (maztate).
toprij i pa vuakan stolpern.
tou v. helfen.
tub s. *quie'k tub*.
tuc v. stossen, sich gegen etwas stemmen.
tucur n. Nachteule.
tucuvuic v. stossen.
tucxij v. umrühren, bewegen, schütteln.
tucxinic v. umrühren.
tuj n. Badeofen.
tun n. Katze (Nahuatl: *mistontli*).
tunic v. saugen.
tut n. indianischer Regenmantel (Soyacal).
tux n. Ferse.

Tz.

tzaibanic v. aufhängen.
tzaj v. def. komm! *tzaj neri* komm her!
tzajal n. v. befleckt.
tzajan v. beflecken.
tzakic v. fallen.
tzakal n. v. erschrocken. *tzakal chaj ch'ol.*
tzakan v. verlieren, zu Grunde richten, erschrecken.
tzam n. Nase, Schnabel, Insektenstachel.
tzapal n. v. aufgehängt.
tzenic v. lachen.
tzer und *tzeric* v. sich niederlegen. *tzeren* lege dich nieder.
tzes anima n. weibliche Scham (span. ánima).
tzi und *tziin* n. gesund, gut. *tzi invuich* ich bin gesund. *tziin* es ist gut. *tziin tinatunic* es ist sauber oder hübsch. *tzin avuich* bist du gesund?
tziak n. Kleid; gewöhnlich in der Synthese *a tziak* gebraucht. *vu-a tziak* mein Kleid.
tzij 1. n. Wort. 2. v. Feuer schlagen, anzünden. *tzij chi cojon in k'a'k-a* ich zünde an.
tzijivuic k'a'k v. anzünden.
tzil n. schmutzig.
tzimá n. Kürbisschale (guacal).
tzokol n. v. gelogen. *tzokol tzij* Lüge.
tzokou tzij v. lügen.
tzuj n. Tropfen. *ca tzuj* zwei Tropfen.

Tz'.

tz'aj v. färben, malen. Imper. *tz'aj chi cojoc.*
tz'ajal n. v. gemalt, gefärbt.
tz'ajovuic v. färben, malen.
tz'ak n. Kuchen aus Maisbrei (tamal grande).
tz'alam n. Brett.
tz'apij v. schliessen. Imper. *tz'apij chi chivue.*
tz'apil n. v. geschlossen.
tz'etin n. sicher, gewiss.
tz'i und *tz'iin* n. Hund.
tz'ibaj v. schreiben. Imper. *tz'ibaj chi cojoc.*
tz'ibal n. v. geschrieben.
tz'ibanic v. schreiben.
tz'il n. schmutzig, trübe.
tz'ilibsanik v. beschmutzen.
tz'is v. nähen. *tz'is chivue li* nähe mir dies.
tz'isil n. v. genäht.
tz'isivuic v. nähen.
tz'onaj v. fragen, verlangen. *tz'onaj bic* frage. *tz'onaj in kejom* entlehnen.
tz'oninic v. fragen.
tz'ubaj v. kauen.
tz'um n. Leder, Lederriem (mecapal).
tz'umal n. Haut, Fell.
tz'unun n. Kolibri.
tz'up je n. Schwanzwirbel.

U.

ubab n. Blasrohr.
ubenic v. blasen.

uc'aj v. schlucken, trinken.
uk n. Weiberrock (enaguas).
uleu n. Erde, Erdboden, Land.
ulul n. Gehirn.
umul n. Hase.
usum n. Mosquito.
usumal n. Haar, Bart. *rusumal imba* mein Kopfhaar. *rusumal bak ingvuich* Wimper, Augen- *rusumal ba ral o'ch* Bart des Maiskolbens.
ut n. Wildtaube.
utiu n. wilder Hund (Coyote).
ux n. Schleifstein.
uxlanic v. ausruhen. Imper. *uxlan* ruhe aus.
uxleb Var. *vuxleb* n. Atem.

V.

v pr. pers. 1. pers. sing. vor Vokalen: *vu-ech* mir gehörig. *vu-etamin* ich weiss.
vua n. Brot, Maisfladen (tortillas).
vuac'a adv. jetzt, heute.
vualej n. Maiskuchen.
vualic sak che die Längsbalken des Hausdaches.
vual n. v. aufrechtstehend. *vualquinin* ich stehe aufrecht.
vuanaj n. Kugel.
vuanak n. Mensch.
vuanakil n. coll. Menschen.
vuanak cab n. Bienenvolk.
vuaric v. aufstehen. *vuaren* stelle dich aufrecht.
vuex n. Kleid.
vui 1. n. einzelne Pflanze. *ca vui* zwei Stauden. 2. part. loc. et interr. 3. verb. def. sein, sich befinden. *vui apuak-ak* ihr habt Geld.
vuic 1. v. essen. 2. n. Speise.
vuich 1. n. Antlitz, Fläche, Oberfläche. *vuich huitz* Abhang, Bergflanke. *vuich xan* Wand.
vuich tacaj Thal.
vuijal n. Hunger.
vuinak n. Mensch (= *vuanak*).
vuinic v. essen.
vuitz (Var.: *huitz*) n. Berg, Gebirge.
vuj n. Amate-Baum (Ficus sp.), Buch.
vuk n. Weiberrock (= *uk*).
vuoni v. def. es giebt, ist vorhanden. *vuoni re ch'i'ch* das Messer ist scharf.
vuorok v. schlafen.
vux n. Schleifstein (= *ux*).

X.

x 1. Verbalpräfix der Vergangenheit. 2. pr. poss. 3. p. sing. *x-chac i jun li* seine Arbeit.
xa v. kämmen. *xa imba* ich kämme mich.
xab n. Kamm.
xabic v. erbrechen.
xajab n. Sandalen.
xajoj 1. v. tanzen. 2. n. Tanz.
xajovic v. tanzen.
xak n. Blatt. *xak che* Baumblatt.
xan n. Lehmziegel. *xana ja* Hütte aus Ziegeln.
xe n. Wurzel, Grund. *xe huitz*

Sohle der Schlucht. *xe vu-e* Zahnfleisch.

xi'c n. 1. Flügel. 2. Falke.

xila n. Stuhl (spanisch: silla).

xim v. anbinden.

ximil n. v. angebunden.

ximivuic v. anbinden.

xiqu'in n. Ohr.

xoco n. Strick, Seil.

xojoj qu'iché n. der Vogel „guarda-barranco".

xok'ol n. Kot.

xol n. Zwischenraum. *xolak ja* zwischen den Häusern.

xot n. Thonschüssel (comal), gebrannter Ziegel.

xùbanic v. pfeifen.

xucaric v. knieen. *xucaren* kniee nieder.

xucarin n. v. knieend.

xucul n. Rippe, Seite.

xulanic n. v. Abstieg.

xum n. Blume. *xum che* Blüte.

xum pelqui Jucca-Blüte (flor de isote).

Y.

ya v. geben, legen.

yaj 1. v. krank sein. 2. n. Krankheit. 3. v. tadeln. *yajbic* tadle.

yajel n. Krankheit.

yajin n. v. krank.

yajo v. tadeln.

yavuic v. geben, legen.

yin pr. pers. 1. p. sing. ich, vor Verben verdoppelt. zu *yin in*. *yin in nim* ich bin gross. *yin inyavuic* ich gebe.

yocanok v. zu Stuhl gehen.

yol n. lebendig, wach. *yolquinin* ich erwache, bin lebendig.

yovuop anima n. Menstruation.

yu'c v. kommen, ankommen. *x-yu'c* er ist gekommen.

Ergänzungen.

Zu Seite 5. Vor kurzem sind zwei neue Arbeiten erschienen, in denen Material für das K'e'kchí enthalten ist, nämlich:

Saravia, Ramón G., Vocabulario-Gramatical del Español y Quechí, Coban 1895

und

Sapper, Dr. C., Die Gebräuche und religiösen Anschauungen der Kekchí-Indianer. Intern. Arch. f. Ethnogr. Bd. VIII. 1895.

Ersteres ist ein kleines Duodez-Heftchen, in welchem das K'e'kchí nach dem Zuschnitt der spanischen Grammatik abgehandelt wird, eine Arbeit von untergeordnetem Werte. Wichtiger dagegen ist die von Sapper publizierte Sammlung von K'e'kchí-Gebeten.